傳家寶妻

3

完

風文創 911

秋水痕 著

目錄

第四十五章 挑人家默娘訂親

過了府試，趙傳煒仍舊沒有放鬆，日日勤學不輟。偶有閒暇，去楊府看看楊寶娘，或者上承恩公府看望外公外婆，還要去其他世家拜訪。好在趙雲陽大了，可以幫他分擔一些。

楊寶娘過完生日後，開始操心楊默娘的婚事，便去問楊太傅。

楊太傅正在書房寫奏摺，見女兒一頭衝進來，沒有氣惱，頭也沒抬，指了指旁邊的椅子，讓她坐。

楊寶娘知道，楊太傅這是讓她先等一等，便坐在旁邊，一邊喝茶、一邊慢慢等。

楊太傅寫的奏摺很重要，先擬了草稿，又改兩遍，才認真謄抄到奏本上。

寫完最後一個字，他放下筆，把奏摺擱到一邊，等字跡乾了，再合起來。

楊太傅用左手寫字，手腕有些發痠，但右手殘了，沒辦法替自己揉，只能忍著。

楊寶娘一眼看出來，主動起身。「阿爹，我幫您揉揉。」

話落，她不由分說走過來，拉起楊太傅的手，低頭幫他揉捏。上輩子坐辦公室，害怕自己的腰腿跟胳膊出毛病，時常去外頭找正規的按摩店放鬆，多少懂一些，手法還算可以。

「阿爹，明天我讓莫管事給您泡點藥酒，以後每天晚上來幫您揉一揉。您的手一天要寫不少字呢，可要好生保養。」

楊太傅靠在椅背上，任由女兒服侍，笑著問她。「寶兒來有何事？」

聽見楊太傅問她，楊寶娘小聲回答。「阿爹，三妹妹的事情怎麼樣了？鴻臚寺左少卿的次孫中了府試沒有？」

楊太傅閉上眼睛。「中了，名次還算可以。」

楊寶娘試探地問：「那阿爹的意思呢？孔家三郎今年沒下場，不知是好是歹。」

楊太傅沒有直接回答她。「寶兒覺得哪個好呢？」

楊寶娘有些為難。「阿爹，不如問問豐姨娘和三妹妹的意思？」

楊太傅嗯了一聲。「妳去問吧，阿爹近來事多。」主要是不想去後院。

楊寶娘點頭。「好，那我去問問。」

幫楊太傅揉完手，楊寶娘又替他按頭，忙活兩刻鐘，楊太傅打斷了她。

「寶兒孝順，阿爹知道，但妳小孩子家的，手上能有多少力氣？按了這半天，回去歇歇吧。問過妳三妹妹後，來給我回個話。」

楊寶娘應下，向楊太傅行個禮，回後院去了。

進了後院，楊寶娘直奔豐姨娘的院子。

楊默娘正在澆花，瞧見她，趕緊上前迎接。「二姊姊來了。」

豐姨娘聽見動靜，也出來打招呼。

楊寶娘看看楊默娘種的花。「三妹妹真會養花，都五月底了，妳這裡的牡丹還開著。」

楊默娘謙虛。「我也是問了花房裡的花匠，不然哪裡懂這個。」

姊妹倆在院子裡說了幾句閒話，豐姨娘泡好茶，請楊寶娘進去坐。

三人一起到了內室，楊寶娘一邊喝茶、一邊打量楊默娘。剛過生日的楊默娘已經滿十三歲，如一朵含苞待放的花蕾，容貌嬌豔，神情溫婉。不由心想，這大概是天底下大部分男人都喜歡的樣子吧，長得好看，又溫柔體貼。

楊默娘笑。「二姊姊今日怎麼了，總是看我，我臉上有麻子不成？」

楊寶娘也笑。「三妹妹好看，我多看兩眼又怎麼了？美人和鮮花一樣，不讓人看，豈不暴殄天物？」

楊默娘打趣道：「二姊姊想看美人，不用來看我，自己照鏡子就可以了。」

豐姨娘笑吟吟地聽著她們姊妹說話，順嘴問了一句。「二娘子，老爺近來好不好？」

楊寶娘點頭。「我剛從前院回來，阿爹還好，就是寫字寫久了，手腕發痠，有時候會頭疼。我讓莫管事弄些藥酒，以後多幫阿爹揉一揉。」

豐姨娘淺笑。「二娘子孝順。」其餘的話，一句都沒說。

楊寶娘喝了口茶。「姨娘這裡的茶倒是不錯。」

豐姨娘仍舊溫和地回答。「都是管事娘子送來的，好壞我也分不出來。」

楊寶娘又問：「這些日子，姨娘這裡的丫頭婆子盡心嗎？」

豐姨娘點頭。「都好得很，煩勞二娘子掛記。」

楊寶娘一笑，放下茶盞，看了豐姨娘身後的丫頭一眼。

豐姨娘會意，揮揮手，讓丫頭們出去，幫楊寶娘續了茶。

楊寶娘又端起茶盞，放在手裡。「姨娘，三妹妹過完生日，虛歲算起來也有十四歲，該說人家了。」

楊默娘立時紅了臉。「二姊姊。」

豐姨娘安撫女兒。「三娘子莫惱，二娘子這是真心實意為妳著想，才來說這話。太太不便；老太太年紀大了，精力不足；老爺整日忙著朝堂裡的事。如今二娘子訂了親，替妹妹操心，也能說得過去。」

她說完，又看向楊寶娘。「二娘子有什麼話就說吧，我托個大，也聽一聽。」

楊寶娘看看她們母女，道：「姨娘讓我說，那我就不瞞著了。我問過阿爹，三妹妹的婚事可有著落？阿爹說，他看了許多家子弟，替三妹妹挑了兩個人。我沒見過，阿爹讓我來問問姨娘和三妹妹的意思。」

豐姨娘的眼睛頓時亮了。「是哪兩家？」

楊默娘雖然低著頭，耳朵也豎了起來。

楊寶娘微笑著把兩家孩子的背景說清楚。

豐姨娘的神情漸漸冷靜，這兩家都是清貴人家，論起家世，和趙家是雲泥之別。但豐姨娘清楚，楊默娘是庶女，在家裡也不是特別得寵，只能說給讀書人家的上進孩子。

豐姨娘權衡再三，轉頭問女兒。「三娘子，妳自己看呢？」

楊默娘仍舊低著頭。「姨娘，這事問我做什麼，姨娘做主就是了。」

豐姨娘搖頭。「三娘子，這是妳的終身大事，我一個姨娘，豈能大包大攬。這是老爺幫妳挑的人，看來都是很不錯的，也都是嫡子。」

楊默娘沈默半天，抬頭看向豐姨娘。「我想知道，姨娘是怎麼選的？」

豐姨娘也不避諱楊寶娘在場，道：「我心裡，是偏向孔家子弟的。孔家是窮翰林不假，但從翰林院出來，有幾個最後沒出息呢？人窮不怕，只要肯上進，再沒有過不好的日子。鴻臚寺左少卿的次孫已經過了府試，想來他家正準備給他說個門當戶對的嫡女呢。論起門第，咱們家比這兩家高，但鴻臚寺左少卿官職不低，我怕三娘子嫁過去後，得不到太多敬重。」

楊寶娘聽了，插嘴道：「姨娘不要憂心太多，三妹妹不管去誰家，總不會被人慢待。阿爹還好好地在朝堂上立著呢。」

豐姨娘連忙解釋。「二娘子說得沒錯，有老爺在，三娘子不用太操心。是我自己有私心，人雖是老爺挑的，卻不知對方明不明白老爺的意思，若是人家還不知道，我們豈不成了剃頭擔子一邊熱？」

楊寶娘正色道：「我倒沒問過阿爹這件事。」

楊默娘忽然開口。「姨娘，那就孔家吧。」

豐姨娘有些急。「三娘子，這可不能草率。」

楊默娘笑。「不管我挑誰，姨娘都會不放心的。」

豐姨娘點頭。「三娘子說得不假，總是我的一片私心。」

楊寶娘也笑。「姨娘疼愛三妹妹，自然看哪家都有毛病，這是人之常情。姨娘和三妹妹再想想，也不是立刻就要回阿爹的。」

豐姨娘連忙道謝。「多謝二娘子為我們三娘子操心了。」

楊寶娘客氣兩句，又坐一會兒後，回棲月閣去。

第二日，豐姨娘親自來找楊寶娘，沒有帶著楊默娘。

母女倆最後仍舊挑了孔家，豐姨娘給了好幾個理由。

「不瞞二娘子，昨天我讓人去打聽了，鴻臚寺左少卿家的老爺們都有妾，想來少爺們以後也少不了。二娘子別笑話我，雖然我是個姨娘，但也知道，小倆口的情分，最禁不住妾室的折騰。再者，孔家是孔夫子的後人，雖說關係遠了些，總會更守規矩。

「鴻臚寺左少卿的次孫小小年紀中了府試，正志得意滿，忽然說個庶女給他，說不定心裡不樂意。但孔三郎現在什麼都沒有，得了太傅家的千金，總能稀罕個幾年，有這幾年工夫，便能慢慢生出情分了。」

楊寶娘笑著點頭。「姨娘睿智，可憐天下父母心。」

豐姨娘不好意思。「我不過是個妾，卻越俎代庖管起這些事情，二娘子別笑話我不懂規矩就好。」

楊寶娘親自替她斟茶。「姨娘說哪裡的話，咱們家和別人家不一樣。有些規矩該守的要守，有些時候，該變通就要變通。姨娘來我這裡，三妹妹和闌哥兒知道嗎？」

豐姨娘回道：「他們姊弟都曉得，好些消息，還是二少爺幫我打聽來的。」

楊寶娘笑。「闌哥兒小小年紀，平日看著老老實實，沒想到這麼中用。」

豐姨娘謝過楊寶娘。「二少爺的性子是靦覥了些，但這關係到他姊姊的終身，所以壯起膽子。不光二少爺，大少爺也幫著問了許多事情。」

楊寶娘心裡很滿意。正常人家，小娘子們的婚事都是由太太做主，但楊太傅和楊寶娘卻越過莫氏，直接問豐姨娘。楊玉昆知道後並沒惱，反而幫著打聽消息，可見心胸開闊。

「姨娘說的話，我都知道了。等晚上阿爹回來，我就去前院回話。」

豐姨娘起身，鄭重行禮。「長姊如母，如今二娘子是家裡最大的姊姊，三娘子的事，就有勞您多費心了。」

楊寶娘趕緊起身側過，沒有受她的禮。「姨娘是三妹妹的生母，我們姊妹感情好，姨娘不要總是這樣客氣。」

豐姨娘笑。「我真心實意感謝二娘子，既然二娘子不願受我的禮，我回去給您做身夏裳，還請不要嫌棄我手藝粗糙。」

楊寶娘也笑。「怎麼會，那我厚著臉皮等著穿姨娘做的衣裳了。」

於是，豐姨娘又客氣幾句後，楊寶娘讓喜鵲送她出去。

平日豐姨娘很少出院門，忽然獨自去了棲月閣，府裡人都開始竊竊私語。

陳氏打發人叫了楊寶娘過去問話，楊寶娘實話實說。

陳氏擺擺手。「既然妳阿爹讓妳操心，妳多費些心，去吧。」

等楊寶娘出門後，陳氏忽然長長嘆了一口氣。

鎮兒，你心裡還怪阿娘，對嗎？

莫氏聾了，不能交際，但陳氏身為家裡的太夫人，一品誥命，幫孫女找個相配的婆家，還不是手到擒來。

然而，楊太傅寧可自己去打聽，又讓未出嫁的女兒操辦，也沒有讓陳氏插手。

陳氏心裡清楚，從她退了兒子的婚事之後，就失去兒子的信任。當年，楊太傅親自替妹妹擇了妹婿，楊黛娘的夫婿也是他挑的，後面幾個孩子的婚事，他仍舊不肯讓陳氏沾手。

楊太傅仍舊孝順母親，但陳氏知道，在兒子心裡，她就是個貪圖榮華富貴的淺薄女人。

說起來，楊太傅好幾天沒來向她請安了，只命人好生伺候，家裡有好吃好喝的，都先緊著她。

至於請安，以前每隔幾天就會來，近日卻來得少了。

再說楊寶娘那邊，她得了豐姨娘母女的話之後，當天夜裡便去前院找楊太傅。

過幾日，孔家上門提親。

楊寶娘直稱奇，這動作也太快了。

原來，楊太傅知道豐姨娘母女的心意後，便讓吏部左侍郎魏大人幫他問問孔家的意思。

孔翰林早仰慕三元及第的楊太傅，且多年為官清廉，潔身自好，聽了魏大人傳的話，當場愣住，隨即狂喜。

「魏大人，太傅大人真這樣問了？」

魏大人正色道：「這等事情，本官還會矇你不成？你願不願意，給句話吧。太傅大人家裡的千金，雖是庶女，也是學詩詞歌賦、規矩禮儀教養大的，何愁嫁不出去，是看重你家裡懂規矩，又是聖人後代，沒有那些亂七八糟的事情，且聽說你家哥兒書讀得也不錯，才讓我來問問。你要是不願意，我還要去問第二家呢。」

孔翰林一把拉住他。「魏大人，下官願意！」

魏大人笑道：「既然你願意，就去求見楊大人。娶兒媳婦，總得把禮節做足了。」

孔翰林再三道謝，送走了魏大人。

等魏大人一走，他又犯難。他一個七品翰林，想去求見楊太傅，連門都摸不著。但魏大人交代了，他也不能退卻。

於是，孔翰林把自己打理得整整齊齊，去吏部求見楊太傅。

吏部門房斜著眼看他。「這位大人，楊大人忙著呢，你無事就別來煩擾了。」

孔翰林擦擦汗，不好說是來求親的，只能繼續拜託門房。最後還是魏大人幫他解圍，讓人帶他進去。

一見到楊太傅，孔翰林先俯身行大禮。「下官見過太傅大人。」

楊太傅正埋首在文書堆裡，頭都沒抬，嗯了一聲。「坐。」

孔翰林爬起來，坐到一邊，見楊太傅仍舊奮筆疾書，壯了壯膽子，道：「大人，下官斗膽，想求大人將貴府三女許給家中小兒。」

楊太傅這才抬起頭，面無表情地看著他。

楊太傅官威重，自有氣勢，孔翰林感覺額頭開始冒汗，但想著自己來都來了，魏大人總不會去矇騙一個窮翰林，索性再次說了一遍。

楊太傅這才面色稍霽。「孔大人未免太直接。」

孔翰林看看四周，見沒有其他人，又道：「下官知道太傅大人每日忙碌，既然誠心求娶，還是不拐彎抹角的好。不瞞大人，犬子說不上多好，就是知規矩些，也願意讀書，如今尚未參加科舉。承蒙大人厚愛，以後下官自會督促他上進，定不辱沒貴府千金。」

楊太傅沈吟。「聽說你家孩子都是嫡出。」

孔翰林聞弦歌而知雅意。「大人明察，下官家中清貧，奴僕極少。且孔家祖訓，男子四十無子方可納妾，大人儘管放心。」

楊太傅自揭短。「小女是庶出。」

孔翰林笑。「魏大人已告訴下官。下官想著，大人才華橫溢，為官清廉，家中子女不論嫡庶，自然都是知禮儀的。」

楊太傅放下筆。「孔大人若有意，明天休沐，讓貴府郎君來我家。小兒平日好交遊，若是都愛讀書，也能在一起說說。」

孔翰林點頭。「謹遵大人吩咐。」

楊太傅覺得自己這樣相看人家孩子，好像有些仗勢欺人，又補充一句。「小女的婚事，是二女兒在操辦，貴府有小娘子，也可一起過來。」

孔大人雖然是個書呆子，卻不是不通俗務。楊太傅之妻是天殘，家裡特殊些也是常理。說定之後，隔天孔大人就讓家中次媳帶著幼女和三子去楊家拜訪。

孔家人到後，楊寶娘和兩個妹妹帶著孔家姑嫂去了陳氏的院子，陳氏問了幾句話，也當著孔家人的面，讓楊默娘吩咐家事。

孔家次媳一看，楊家三娘子長得真不錯，看起來溫溫柔柔，聽說還通詩書和音律，也懂管家。除了庶女這一點，其餘再沒有不好的。

不過話說回來，要是嫡女，也輪不到孔三郎了。

今天楊寶娘只陪著說話，家裡的事情都交給楊默娘。楊默娘得豐姨娘囑咐，聽祖母和姊姊的吩咐，再照顧好妹妹，其餘不用多說。

而前院中，雖是休沐日，楊太傅卻被景仁帝叫進宮裡議事，並不在家，楊玉昆兄弟招待了孔三郎。

楊玉昆還好，有禮地跟孔三郎寒暄，論一論學問。楊玉闌就不一樣了，兩隻眼睛盯得死緊，看得孔三郎頭皮發麻。

孔翰林官職低微，家中子弟並沒有資格上官學，只在外頭私塾讀書，平日靠孔翰林多指點。雖然孔三郎沒有去最好的學堂，學問底子卻非常紮實，難怪能被楊太傅挑出來。

孔家後人名聲好，孔翰林也是二甲傳臚出身，論起學問，差不了楊太傅太多。他親自教導的兒子，自然是不差的。

楊玉昆對孔三郎的學問很滿意，楊玉闌看的就不一樣了，處處挑刺。他先看相貌，不是特別滿意。再看禮儀，勉強說得過去。至於衣著嘛，孔三郎穿的是普通衣料。孔家不如楊家富有，孔翰林也不打腫臉充胖子，是什麼樣子就擺出什麼樣子。

因為是親姊夫，楊玉闌要求就高了，看了半天，覺得還算湊合。這只是他自己的想法，實則孔三郎不論外貌還是才華，都不至於只得湊合之語。

三個人正客氣地說話，外頭忽然來報，二姑爺來了。

楊玉昆帶頭起身，一起迎接趙傳煒。

趙傳煒進門，發現有個陌生的少年郎，問楊玉昆。「昆哥兒，這是哪家子弟？」

楊玉昆實話實說。「翰林院孔翰林家的三子。」

趙傳煒唔了聲，電光石火之間，頓時明白了，熱情起來，與孔三郎相互見禮。

孔三郎瞧見衣著光鮮、容貌俊美的趙傳煒，聽見楊家兄弟叫二姊夫，曉得這是趙家三公子，也連忙抱拳行禮。

四人落坐後，繼續討論學問。

孔三郎恭維趙傳煒。「聽說趙兄一連兩次中了案首，實在讓我佩服不已。」

趙傳煒微笑。「我不過是啟蒙早些罷了，論起做學問，誰也比不得兄弟家裡。」

孔三郎謙虛。「祖宗餘蔭，我還差得遠。」

吃午飯之前，楊太傅回來了，孔三郎額頭登時開始冒汗。

楊太傅看他一眼，並未為難，溫和地問起他在外頭學堂裡的事情。

孔三郎雖然忐忑，也一五一十地交代清楚。

談了一會兒，楊太傅對外頭的下人使眼色，下人進來，在他耳邊低語兩句，說陳氏的意思是讓他做主。

楊太傅知道，內院應該沒什麼意見了，立刻讓人擺飯。

這頓飯，孔三郎吃得小心翼翼，緊張極了。

回去後，孔三郎對孔翰林抱怨了。

「阿爹，您今日休沐，怎麼不陪兒子一起去？太傅大人的眼光一掃過來，我後背都冒冷汗呢。」

孔翰林高興地哼著小調。「你怕楊太傅，難道我不怕？我一個七品小翰林，見到一品大員，按照規矩，還得行大禮。如今是你娶媳婦，合該你受著。」

孔三郎哼一聲。「我定是阿爹撿回來的。」

孔翰林知道楊家答應親事後，一事不煩二主，索性請魏大人當媒人，下一個休沐日，便直接來楊家提親了。

第四十六章　定計策兩情繾綣

這一回，楊太傅留在家裡。

魏大人在中間周旋，也能讓孔家父子自在些。之前孔太太沒來，只打發兒媳婦上門，這回提親，就親自過來了。

今日楊默娘打扮得光鮮亮麗，見過楊默娘後，孔太太很滿意，相貌出眾，性格溫和，雖是庶出，卻和家中姊妹感情好，看來不是個掐尖要強的。

今天是重要日子，陳氏把莫氏叫來。莫氏本來還想拿喬，陳氏卻不把她當回事，荔枝苦勸，莫氏才過來，坐在屋裡，也沒人和她說話，就是個擺設。

孔太太同陳氏寒暄，楊寶娘有時跟著回兩句，雙方聊得很愉快。

豐姨娘聽楊玉闌仔細說過孔三郎的身家背景，心裡大致有了譜，是個能過日子的上進好孩子。

吃過午飯後，這親事算是說定了，孔太太替楊默娘插了根全新的赤金簪子，算是正式訂下這個兒媳婦。

等孔家人走了，陳氏吩咐楊默娘。「以後家裡的事情，妳不能總是躲到姊姊身後。我知道妳懂禮，知道長幼有序。但孔家子弟以後要科舉做官，妳若跟著夫婿外任，總要學會自己操持家務。從明兒開始，廚房裡的事全交給妳，把吃這項打理好，家就管好一半了。」
楊默娘連忙屈膝應下，陳氏便打發她們姊妹各自回去。

楊默娘的親事一定下來，滿京城的人頓時又傻了眼。

楊太傅也太奸詐，二女兒訂給實權派，替自己拉來硬靠山，腰桿子又硬了三分。這回三女兒選了個清貴子弟，真是要名有名，要利有利。

這話不假，孔家雖窮，但名聲好啊。楊太傅不是愛錢的人，才幫楊默娘找這樣的婆家。

景仁帝也聽說了，並未太在意，仍舊每日拉著楊太傅討論國事。

這一日，君臣倆待在御書房，景仁帝問楊太傅。「先生家裡都安頓好了嗎？」

楊太傅點頭。「多謝聖上垂問，家中一切都好。」

景仁帝又問：「依先生的意思，江南鹽稅的事，要怎麼解決才好？」

楊太傅簡單說了一句。「出其不意。」

景仁帝放下筆。「先生和朕想到一塊去了，如今各大家族聯姻，像一張網一樣，都想把朕網在裡頭。鹽稅牽扯到的官吏，沒有一千也有幾百，每日上朝的官員這麼多，朕都不知道到底有多少人往裡面伸了手。」

楊太傅提醒他。「聖上，不光鹽稅，還有茶稅、糧稅、商稅。江南富庶，也亂得很。」

景仁帝轉動著手裡的扳指。「先生說說，要如何出其不意？」

楊太傅躬身行禮。「聖上若信得過臣，臣願悄悄前往江南查帳。」

景仁帝看向他。「先生要暗地裡查？」

楊太傅點頭。「不錯，臣好歹是一部尚書，官居一品，若是大張旗鼓地去，每日要與各方官員應酬，哪裡還有精力查帳？臣聽說，不管什麼人到了江南，那些人都有本事讓人沈迷享受，忘了差事。聖上找個明面上的欽差，吸引江南四省各方人馬的注意，臣則待在暗處。一明一暗，總能有些收穫。」

景仁帝不置可否。「先生是朝廷棟梁，忽然不在京中，世人皆疑。」

楊太傅瞇起眼睛。「臣有疾，要休養。」

景仁帝語塞。「都是朕的錯，先生身子不好，還每日操勞，休沐日也時常被朕叫來。」

楊太傅面無表情。「臣願意。」

景仁帝被這話頂得心口發疼。死老頭子，這些日子越來越無賴了。

景仁帝想了想，道：「先生明日就告假吧，辛苦這麼多年，也該休息休息了。」

楊太傅看景仁帝一下，又垂下眼簾。「臣遵旨。」

景仁帝把扳指戴好。「先生陪朕用午膳吧。」

楊太傅應下，再次行禮。

景仁帝走前面，楊太傅跟在後面。張內侍在旁邊咧嘴，也就楊太傅敢這樣硬邦邦地跟景仁帝說話了。

君臣倆一起吃了頓平靜的午飯，楊太傅繼續與景仁帝議事。

「臣若不在，吏部可託付左侍郎魏大人。」

景仁帝點頭。「過幾日，朕挑一位御史為巡鹽御史，先行一步。」

楊太傅微微俯身。「臣聽候聖上安排。」

景仁帝凝視他。「先生，此去江南，危險重重，務必要保重自己。若實在為難，先生就當去遊玩一趟吧。」

楊太傅官居一品，又是吏部尚書，有權力查百官。他悄悄潛入江南，若被人知道，派了亡命之徒來對付他，什麼事情幹不出來？

楊太傅搖頭。「聖上放心，臣定然會帶回一些東西。臣不在，還請聖上保重身體。」

景仁帝心裡有些感動。換做旁人，誰肯這樣拿命去拚？也只有楊太傅了。

「先生先去衙門吧。」

楊太傅行禮告別，去了吏部衙門。

他如往常一樣理事，許多事情只處理了一半，等天黑回去時，也沒交代一個字。

離開衙門後，楊太傅發覺了不對勁。

他一掀開車簾，車夫又換了！

楊太傅默默地放下車簾。

到了明盛園，俞大人親自送他進去，在離上回那間屋子不遠的地方，停下腳步，輕聲開了口。

「楊大人，聖上有令，命下官送大人到這裡。方圓數里，已無一人。」

楊太傅嗯了一聲，面無表情。「有勞俞大人。」

俞大人靜悄悄退下。

等俞大人走了，楊太傅拾階而上，到了門口。

他踟躕不前，在門外發呆。

忽然，屋子的門打開了，李太后笑吟吟看著他。「你來了。」

楊太傅眼睛有些酸。「姊姊知道我要來？」

李太后說：「不知道。這些日子我沒準備回宮，女兒們家裡一堆事情，我便把她們打發回去了。我一人無事，就到處逛，時常會來這裡坐坐，沒想到今兒碰到了你。你一個人來的？皇兒沒過來？」

楊太傅搖頭。「我也不知。」

李太后想了想。「這孩子就愛瞎胡鬧。外頭風大，你進來坐坐吧。」

這幾間屋子位在明盛園比較偏僻的地方，今天李太后鬼使神差過來走一走，沒想到居然碰到了楊太傅。

進去後，李太后讓楊太傅坐，隔著小桌子，幫他倒茶。

這屋子大約是提前被人整理過了，有熱茶、有蠟燭，打掃得很乾淨。

楊太傅問李太后。「明盛園裡的人，姊姊都能使喚得動嗎？」

李太后笑。「是能使喚得動，但不全是我的人，有許多人，大概已經投靠了皇兒。你看，這裡被人清理過了，我並沒派人來做這些。」

楊太傅也笑。「當皇帝的人，仔細些總是沒錯的。」

李太后問楊太傅。「你吃過晚飯沒有？」

楊太傅搖頭。「未曾。我的車夫被聖上換了，直接把我送來這裡。」

李太后失笑。「皇兒真是胡鬧，連飯都不管，怎麼能使喚臣子幹活？」起了身。「你在這裡等一等，我去幫你端飯來。」

楊太傅唔了聲，不知道要說什麼好。

李太后轉身走了。

楊太傅坐了一會兒，起身四處看看。

這院子有三間屋子，他們坐的是中間的小客廳，東邊是開間，掀開珠簾進去一看，裡面有床、有書桌，布置有些簡陋，但一應簾帳看起來都是新的。

楊太傅有些不自在，連忙出去。西屋的門是關著的，他推了推，沒推動，想來上回偷聽的人就是躲在這裡。

還沒等他想辦法打開西屋門，李太后回來了。

她仍舊是一個人，手裡端著托盤，上面有一只大碗，裡面是一碗熱騰騰的麵。

李太后叫他。「鎮哥兒，來吃飯吧。」

楊太傅回頭，看見李太后把麵放在小桌上。他忙碌一下午，這會兒確實有些餓了，便走過去。

李太后把筷子遞給他。「這是廚房剛做的麵，用雞湯下的，你快趁熱吃了。」

楊太傅仔細打量那碗麵，麵條粗細均勻，湯水清澈，上面有顆蛋，還有幾片肉，湯裡飄著一些蔥花。

他抬頭問：「姊姊吃過了嗎？」

李太后點頭。「我一個閒人，整日除了吃飯，也沒事幹了。」

楊太傅接過筷子。「有勞姊姊。」端起碗就開始吃。

李太后笑容溫和，坐在一邊看他吃麵。

麵的滋味很不錯，楊太傅靜靜吃，一言不發，想起三十多年前的事。那時候，阿爹剛去世，繼祖母和二嬸在家裡作怪，他和妹妹每日清湯寡水為父守孝。承恩公夫人肖氏怕他們小孩子家熬壞了身子，時常叫他們過去，瞞著外人給他們做些好吃的。

陳氏知道後，每天打發兩個孩子去李家，說是男孩子討論學問，小娘子們一起做針線。

當時兩家已經訂了親事，每次他去，都是李豆娘端飯。

三十多年過去了，她又端了一碗麵給他吃。

楊太傅把臉埋得很低，用吃麵的聲音遮蓋他外露的思緒。

李太后默默看著，楊太傅不光寫字用左手，吃飯也是用左手，心裡忽然有些疼，一個人從三十多歲開始，練習用左手吃飯和寫字，該是多麼艱難。

李太后眼眶發紅，靜悄悄用帕子按了按眼角。

楊太傅一口氣把整碗麵吃完，感覺腹中暖意融融。

李太后笑著問他。「吃飽了沒？我再幫你添一碗。」

楊太傅放下碗筷。「多謝姊姊招待，我已經飽了，姊姊這裡的廚子手藝不錯。」

李太后收起他手裡的筷子。「那你稍坐，我把碗筷送回去。」

楊太傅嗯了一聲。「天黑了，姊姊走路當心些。」

李太后用托盤端著空碗和筷子，沒入黑夜中。

不遠處，瓊枝姑姑正等候著。

她接下了李太后手上的托盤。「娘娘快回去吧，有我看著呢。」

李太后嗯了聲，轉身回去。

瓊枝姑姑在後面看著，笑得眼睛都瞇起來。這一對苦命鴛鴦，總算能聚一聚了。

李太后靜悄悄往回走，進門後，發現小廳裡沒人，遂往旁邊屋裡走去。
她剛掀開珠簾，兜頭就被人摟進懷裡。
李太后身姿仍舊纖細，被這樣一帶，整個人直接撲倒，楊太傅接得穩穩地，兩人緊緊貼在一起。
李太后感覺到他胳膊上傳來的力量，頓時有些臉紅。「鎮哥兒，你快放開我。」
楊太傅沒鬆手。「姊姊，過一陣子，我要去江南了。」
李太后不再閃躲，凝視他的雙眼。「是不是很危險？」
楊太傅用右手摟著她的腰，抬起左手摸摸她鬢邊的步搖。「姊姊放心，我也不是三歲稚童，總不至於丟了性命。」
李太后滿臉擔憂。「關鍵時刻，定要保全自己為先。」
楊太傅輕輕晃了晃步搖。「若能辦成此事，我這輩子的官也算沒白做了，說不定能載入史冊呢。」
李太后皺起眉頭。「朝中沒有別的人嗎？皇兒怎麼非派你去不可？」
楊太傅輕笑。「旁人去，會無功而返。」
李太后嘆口氣。「是我連累你了。」
楊太傅放下左手。「沒有的事，我也想建功立業，名垂千古。」
李太后看他。「那你一路保重身體，我等你回來。」

楊太傅嗯了聲，忽然說道：「姊姊，妳害苦我了。」

李太后睜大眼睛，不明所以。

楊太傅伸出左手，掏出那條帕子。「姊姊害我夜夜不得安眠。」

李太后的臉頰紅透了。「鎮哥兒，莫要開玩笑，我都多大年紀了。再說了，你家裡不是有妻妾，何至於不能安眠。」

楊太傅不想多解釋。「我對不起姊姊，娶妻納妾。」

李太后連忙搖頭。「我知道你的苦衷。我……我也陪伴了先帝許多年。」

楊太傅的眼神忽然深邃起來。「不說那些了，我好不容易來一趟，姊姊願意嗎？」

李太后的臉更紅了，心跳變快，把臉扭到一邊。

「鎮哥兒，你說什麼呢。」

楊太傅把她的臉轉過來，二話不說，低頭開始索取。

他獨自在家裡的外書房住了快一年，這會兒摟著心愛的人，整個人像喪失了理智一樣。

他不再是睿智的太傅，也不再是精明的尚書，只是個想占有面前女人的普通男人。

李太后漸漸站不穩，楊太傅右手雖殘，仍舊穩穩地托著她。

過了好久，李太后覺得這樣不妥，開始掙扎。

她越掙扎，楊太傅禁錮得越緊。

李太后是成熟婦人，什麼不懂？兩人緊緊貼在一起，隔著衣服，她感覺到楊太傅的變化，他身下的蓄勢待發，讓她有些忐忑，心裡怦怦直跳。
過了好久，楊太傅鬆開她，一隻手仍舊緊緊摟著她的腰。
李太后睫毛抖動，聲音發顫。「鎮哥兒，你……」
楊太傅聽見她這樣的顫音，更加忍不住，直接打橫抱起她，放在旁邊的床上。
李太后驚呼一聲，感覺到他整個人撲過來。
楊太傅隨手扯下簾子，透過紗簾，漏進一些燭光。
他忽然放緩了動作，湊到她耳邊低喃。「姊姊，妳願意嗎？」
李太后獨居十幾年，忽然被他這樣撩撥，手腳都不知道往哪裡放。
「鎮哥兒，我……我害怕。」
楊太傅摸摸她的頭髮。「姊姊別怕，外頭的罵名，全讓我來擔。」
李太后輕輕回了一句。「不，我和你一起擔。」
楊太傅聽見這話，手頓了下，有些粗暴地除掉了她所有的衣衫。
李太后保養得很好，渾身滑膩白皙，忽然裸身，雙手不由抱在胸前。
楊太傅溫柔起來，手下動作不停。
魚兒遇到水，久旱忽然逢甘霖。楊太傅置身溫柔鄉裡，摟著她一聲一聲呢喃。「姊姊，我日日想妳……」
李太后羞得閉上眼睛。「鎮哥兒，我也想你。」

楊太傅聽見她這樣說，停頓一下，攻勢忽然異常猛烈。

李太后頭上的步搖磕到床沿上，伴隨著口中細碎的叫喊，一聲一聲響起來，敲打著寂靜的夜晚。

楊太傅感覺自己又回到夢裡，似被人下了咒，不能自已，但他甘願。他透過紗簾縫隙中的光，瞧見她的表情，忍不住又瘋狂索討起來……

事畢，楊太傅輕輕撫摸李太后散亂的頭髮。「姊姊，我很高興。」

李太后輕輕嗯了聲。「鎮哥兒，你要注意身體。」

楊太傅眼神又變得深邃。「姊姊嫌我老了嗎？」

李太后紅了紅臉。「沒有，你好得很。」

楊太傅笑。「姊姊覺得好就好。」

李太后問他。「天不早了，你要回去嗎？」

楊太傅戀戀不捨。「我再待一陣子。下回見到姊姊，不知道會是什麼時候。」

說著說著，楊太傅感覺自己又燥熱起來，馬上翻身而上，直搗黃龍。

李太后驚呼。「鎮哥兒，你不能這樣糟蹋身子。」

楊太傅直接封住了她的口，心裡想的卻是，前幾日墨竹弄來的補湯，果然有用。

楊太傅知道，他臨行前，肯定還會來明盛園。為此，他喝了好幾天的補湯，補得差點流鼻血了。

直到月上中天，楊太傅終於停止。李太后已經軟如一團棉花，有氣無力。

瓊枝姑姑察覺動靜，親自提了熱水放在門口。楊太傅取來，要幫李太后擦身子。

李太后有些羞。「鎮哥兒，你放下，我自己來。」

楊太傅目光溫和。「姊姊累了，我來服侍姊姊。」

他說完，不等李太后拒絕，搓搓柔軟的棉布巾，細細替她擦了身子。

李太后欲言又止。「鎮哥兒，你要愛惜身體。」楊太傅是四十多歲的人了，怎能這樣索取無度。

楊太傅替她蓋好薄被，在她額上親了一口。「姊姊，我好得很。要不是看姊姊受不住，我……」也有些不好意思說下去了。

李太后想到自己剛才的求饒，立刻把臉埋在枕頭裡，再不想出來。

楊太傅輕輕摸摸她的頭髮。「姊姊，我先回去了，妳等著我回來。」

李太后又抬起臉。「你……一切小心。」

楊太傅應聲，萬般不捨地放下紗簾，出去了。

屋外，他碰到瓊枝姑姑。瓊枝姑姑默默向他行禮，進了屋。

楊太傅回頭看一眼，轉身走了。

楊太傅走出去好遠，碰到了俞大人。

俞大人悄悄打量他，見楊太傅表情柔和，眼角眉梢是遮蓋不住的情意，心裡直笑。發現楊太傅回看他，立刻像受到驚嚇似的低下頭。

「楊大人，下官送您回去。」

楊太傅沒說話，跟他走了。

屋裡，李太后蜷縮在薄被中，枕頭上、被子裡，似乎還殘留著楊太傅的味道。

瓊枝姑姑靜悄悄地進來，隔著紗簾輕輕喊：「娘娘。」

李太后嗯了一聲。「扶我起來。」

瓊枝姑姑掀開紗簾，伸手扶她起來。一起身，薄被往下滑落，李太后身上的紅痕若隱若現，遍布全身。

瓊枝姑姑頭一次見到李太后身上這麼多「傷」，吃驚一下，什麼都沒說，默默幫她穿好衣裳。

主僕兩人收拾好之後，一起回了李太后常住的院子。

第四十七章　唱雙簧太傅生病

回程，楊太傅坐在車中，愜意地把頭靠在後面，掀開簾子一看，時辰不早了。整個京城靜悄悄的，但有俞大人在，別說內城，皇宮也能進去。

一行人悄無聲息地到了楊府門口，俞大人掀開車簾。「楊大人，到了。」

楊太傅起身下車，俞大人還扶他一把。

下車後，楊太傅打量俞大人一眼。「你很好。」

俞大人低下頭。「下官聽命而為，不敢當楊大人誇獎。」

楊太傅唔了聲。「時辰不早，俞大人早些回去吧。」

俞大人拱手。「下官告辭。」

他轉身時，楊太傅忽然出聲。「俞大人。」

俞大人回頭。「楊大人有何吩咐？」

楊太傅背對著他，道：「俞大人出生世家，家族子弟眾多，難免有不成器的。這陣子，還是讓家裡人多花些工夫，查一查可有放高利貸和剝削百姓的，莫要等到事到臨頭，只能蹲大牢了。」

俞大人心裡一驚，楊太傅管著吏部，又在御史臺當過左都御史，會說出這話，必定是他家族裡有人不妥當。

他立刻躬身行禮。「下官謝過楊大人。」

楊太傅抬腳往屋裡走。「俞大人去吧。」

俞大人抬頭，看著楊太傅進了大門，楊家下人把門關上，他才離去。

一路上，俞大人暗想，今日楊太傅明盛園一行，算是坐實了聖上繼父的名頭。嘖嘖嘖，從古至今，皇帝有繼母的數不勝數，有繼父的，怕是一隻手便能數得完。

俞大人想到楊太傅在明盛園留了那麼久，忍不住咧嘴。又想到楊太傅的提醒，不知是哪個混帳幹了什麼事，等他查出來，非剝了那人的皮不可。

俞大人年輕，卻是御前侍衛統領，在家族裡的地位非常高。

楊太傅肯提醒他，看來是想跟他交好。楊太傅是帝師，官居一品，如今又……嘿嘿嘿，萬不能得罪了，若能交好，更好不過。以後楊太傅再去明盛園，他定然好生照顧。

嘿嘿嘿……俞大人想著，忍不住又笑了起來。

楊太傅靜悄悄回了前院書房，莫大管事一直在書房門口等著。

「老爺回來了。」

楊太傅嗯了聲。「你去打水來，明日早上幫我告假，說我病了，要休養一陣子。」

莫大管事什麼都沒問，點頭應下。

今晚楊太傅難得泡了浴桶，把自己全身洗乾淨，獨自歇息去了。

莫大管事心裡清楚，自家老爺定然又去了明盛園。見他一回來就表情溫和，似乎還帶著笑，忍不住揣測，莫不是今晚……

咳咳，但願他幫老爺燉的湯有用。

莫大管事為了掩人耳目，也跟著喝湯，喝多了，就有些把持不住。這些日子他家婆娘被他煩得不得了，忍不住痛罵他，老不要臉的，多大年紀了，喝那玩意做什麼？

屋裡，楊太傅有些累了，一邊回味著今日的纏綿悱惻、一邊心滿意足地睡著了。

第二天早上，楊太傅賴在床上沒起來。

莫大管事來叫，他有氣無力地擺擺手。「我頭疼，起不來了，你去幫我告假。」

莫大管事低聲應了。「老爺，我幫您請太醫。」

正常來說，太醫院裡的太醫們只為皇家服務，但太醫們是輪值，不當班時，便在家裡歇息。若達官貴人來喊，他們也會上門看診。

莫大管事去衙門幫楊太傅告假，又請了副院判陸太醫來。

陸太醫幫楊太傅把脈，摸著鬍鬚沈吟許久，才斟酌著開了口。「大人這是補過頭，又泄得狠了，有些不調，養一養便好。」

楊太傅應了一聲。「多謝陸大人。」

陸太醫開了方子，莫大管事親自把人送到大門口，給了厚厚的診金。

「我家老爺時常看文書看到半夜，休沐日也沒閒過。家裡太太不管事，還有一堆孩子，老爺當爹又當娘，一年到頭操勞。我怕老爺身子垮了，就幫他進補，孰料我這門外漢連累了老爺，還請陸大人幫著轉圜一二。」

陸太醫笑。「大管事放心，下官這裡，再不會多說一個字。這些日子，飲食清淡，善加保養，過不了多久，楊大人就會好了，以後可不能再這樣操勞。」

莫大管事再三道謝，送走了陸太醫。

陸太醫出門後，嘆息一聲，楊太傅也是歹命，娶了個聾子，跟個擺設似的，官居一品的大員，還要管家裡雞毛蒜皮的小事。

另一邊，景仁帝聽說楊太傅病了，賜下許多藥材，讓太醫院每日派人來診脈。

楊家後院裡，眾人曉得楊太傅生病，都來看望。

楊太傅讓孩子們該讀書的讀書，該照管家務事的照管家務事，不要分心。

陳氏有些擔憂。「鎮兒，可要緊？」

楊太傅把兒女們都打發走，才道：「阿娘不用擔心，兒子忙了這些年，趁著這會兒歇一歇也使得。」

陳氏這才放心。「你整日忙忙碌碌，身子累壞了，我讓兩個姨娘輪流伺候你。」

楊太傅搖頭。「讓她們回去吧，兒子一個人自在些。」

陳氏也不勉強他。「那你有事，記得叫我們。」

兒子的私事，她不好管太多，帶著兩個姨娘回後院。

一路上，陳姨娘叨念起來。「姑媽，表哥一個人，身邊連個服侍的人都沒有，小廝們粗手粗腳的，哪裡能伺候好。」

陳氏眼睛一瞪。「閉嘴！」

楊太傅就這樣堂而皇之在家裡養起了病，眾人以為他休養個一、兩天便能上朝，孰料過了七、八天，他還沒來。

景仁帝發了話，太醫、藥材流水一樣往楊府裡送，百官們紛紛來探望。

楊太傅躺在床上，官員來了，他也不起身，就躺著跟人家說話，額頭上搭條帕子，一副病得很嚴重的模樣。

太醫們看不出名堂，起初陸太醫說楊太傅補過頭了，莫大管事清湯寡水照料楊太傅許久，仍舊沒什麼起色。

漸漸地，大家默認，楊太傅可能得了重疾，太醫院束手無策。

楊太傅這一病，楊府的氛圍低沈下來。多年以來，楊家全靠楊太傅撐著，沒有同黨，沒有太多姻親。聯姻的周家和趙家，一個無實權，一個掌權人在外地。

楊太傅手中的權力很快被瓜分，吏部由魏大人主持，但景仁帝保留著楊太傅的職位。至於太傅之位，本就是虛職，隨時可上可下。

陳氏帶著兩個孫女管家，嚴令所有下人不許嚼舌根，不許往外傳遞消息，一旦發現，立刻發賣。

陳氏年紀大了，楊寶娘每天帶著楊默娘巡視家中。以前楊寶娘就有威信，這回冷著臉，誰也不敢亂來。而楊默娘訂親之後，也不再如以前那樣，萬事只求無功無過。

陳氏見兩個孫女整日忙碌，心裡又暗自痛罵莫氏一頓。整日在家吃好穿好，卻連個屁用都沒有，還要她一個老婆子來伺候。

莫氏被禁足內院許久，楊太傅的生生死死，似乎跟她沒有關係。每天要麼安靜地坐著發呆，要麼替外孫女和外孫子縫衣裳，或者幫兒子做針線。

以前秦嬤嬤在的時候，主僕倆還有些話說，現在荔枝除了伺候她起居，或者勸她不要那麼拗，平日裡也沒有別的話可說了。

漸漸地，莫氏如同與世隔絕一樣，楊太傅也不讓她去莫家，如今她唯一的目的，就是占著正房的位置。

楊太傅病了，陳氏和兩個姨娘、幾個孩子輪番去探望，她卻一點動靜都沒有。

楊玉昆心裡有些難過，莫氏的倔強毫無理由。他已經知道了以前的恩恩怨怨，什麼都不想說。有時候，他甚至覺得自己的出生也是個錯誤。

也罷，就這樣吧，你們不要再見面了。

楊太傅生病一陣子後，家裡人似乎已經習慣了。

過沒多久，楊太傅說要去莊子休養。

陳氏沒反對，把兩個孫女叫過去。「妳們阿爹想去莊子，我不放心他一個人，妳們之中，得有人陪他去。」

楊默娘主動讓賢。「奶奶，讓二姊姊去吧。」

陳氏點頭。「也行。寶娘去了，多勸慰妳阿爹，默娘留在家裡照看家務和兄弟們。」

楊寶娘點頭。「那家裡辛苦奶奶和三妹妹了。」又對陳氏道：「奶奶，要是有什麼急事，就送信來。阿爹在家裡養病，人來人往，也不得安生，去莊子說不定更好些。」

陳氏嘆口氣。「你們父女倆有話說，去了之後，讓妳阿爹多歇息。他是咱們家的頂梁柱，要是倒了，這一家子都要悽惶了。」

祖孫三個說了許久的話，陳氏才打發她們姊妹回去。

楊寶娘回了前院，立刻帶著莫大管事整理行李，吃的穿的用的，裝了好幾車。

楊太傅走前，把兩個兒子叫到書房中，囑咐他們好生讀書，孝順祖母，照顧姊妹，並布置了許多功課。

楊玉昆兄弟再三保證，定會好生看顧家裡。

第二天，楊寶娘陪著楊太傅，去了自家的莊子。

楊寶娘提前打發人來，仔細收拾好幾遍，尤其是楊太傅的正院，該換的換、該清理的清理。楊寶娘在這裡住過一陣子，她對莊子的每個角落都很清楚，誰也別想矇她。

父女倆坐在一輛車上，車輪吱呀吱呀往前走。

楊太傅拿掉頭上的東西，坐直身子。「這些日子，辛苦我兒了。」

楊寶娘笑。「女兒不辛苦，阿爹才辛苦。」

楊太傅也笑。「阿爹做了幾十年的官，除了起初待在翰林院還算清閒，後來整日忙忙碌碌。有時候想，等老了辭官，是不是就能享福？這樣看來，辭了官，也不一定能過上自己想要的日子。」

楊寶娘納悶。「阿爹為什麼要裝病？」

楊太傅輕聲回答道：「寶兒莫要問那麼多，且好生照顧阿爹就好。等時候到了，阿爹就告訴妳。」

楊寶娘點頭。「我聽阿爹的吩咐。」

楊太傅閉上眼，身子靠在車廂內壁上。「貧居鬧市無人問，富在深山有遠親。看吧，要不了多久，咱們家就門可羅雀了。」

楊寶娘笑。「阿爹的職位還在呢，聖上總是派人賞賜，總不會一下子就跌入塵埃。」

到了莊子，楊寶娘把楊太傅送進正院，自己住在廂房裡，方便隨時照顧父親。正院不小，裡面全是父女倆的心腹，閒雜人等一概不許進去。

到了莊子，沒人整天來探望，楊太傅覺得自己終於清閒下來。

楊太傅不再整日窩在屋中，偶爾出來走走，帶著楊寶娘打理院子裡的花花草草。楊寶娘利用正院的小廚房，每日親自做飯給楊太傅吃。都是些家常飯菜，用的佐料跟蔬果，全是莊子裡的。

沒了俗世紛擾，父女倆覺得日子特別清靜。偶爾，楊太傅還會帶著女兒，到菜園和後面林子裡轉一轉。

兩人侍弄花草。楊寶娘挎著籃子，或摘些果子，或拔兩把菜，跟鄉下的小娘子一樣。她拎不動籃子了，便向楊太傅撒嬌，楊太傅笑著幫她拎，一手牽著她往回走。

回來後，楊太傅陪著女兒擇菜洗菜，有時楊寶娘做飯，他還能幫著燒火。

楊太傅頭一次燒火時，楊寶娘驚訝得眼珠子都要掉出來了。

「阿爹，您會燒火?!」

楊太傅笑。「以前妳爺爺只是個普通衙役，阿爹小時候，家裡除了妳奶奶和妳姑媽，一個下人都沒有。妳奶奶整日忙著操持家務，妳姑媽還小，我經常幫妳奶奶燒火。寶兒放心，燒火的手藝，阿爹沒丟下。」

楊太傅沒吹牛，楊寶娘想要多大的火，說一聲，他保管燒好。有兩回，他讓楊寶娘燒火，親自做飯給她吃。手藝一般，但也足夠讓人驚奇了。

楊寶娘暗自感嘆，這真是個神仙爹爹。官大有錢，長得好看，多才多藝，還寵女兒！啊，她真是太幸運了。

除了做飯，楊寶娘還要打理楊太傅的衣衫。

楊寶娘做衣裳時，楊太傅竟能幫著分線，甚至還教她用絹布堆出花兒戴。

父女倆整日圍著這些小事情轉，楊太傅似乎想把以前因為忙碌而丟失的父女時光，都補回來。

閒暇之餘，楊寶娘每天都要畫畫。楊太傅是她最主要的對象。

她要求不高，不需要人一動不動地坐在那裡。楊太傅看書寫字，該幹麼就幹麼，她偶爾抬頭看一下，就能把他畫得栩栩如生。

每每看了女兒作畫，楊太傅心裡就忍不住高興。「我兒有才，為父自嘆不如。」

楊寶娘笑。「阿爹才華橫溢，女兒不及阿爹遠矣。」

楊太傅吃了女兒一記馬屁，哈哈笑了起來。

這日，楊太傅在書房讀書，楊寶娘在旁邊畫畫。

她畫了一半，放下筆。「阿爹，女兒真遺憾。」

楊太傅頭也不抬。「遺憾什麼？」

楊寶娘打趣道：「阿爹長得這麼好看，女兒遺憾自己晚生了二十幾年，沒看到阿爹年輕時的樣子。」

楊太傅笑了。「好看不好看的，不過一副臭皮囊，寶兒難道是那等膚淺之人？」

楊寶娘繼續畫畫。「好看的樣子，誰不喜歡呢？」

楊太傅聽見女兒這話，想到女婿那張俊俏的臉，頓時感到一陣窒息。

父女倆這樣過了一陣安心寧靜的日子，楊太傅又假裝病倒，開始閉門不出，躺在床上讓女兒和莫大管事照顧，其餘人一概不許近身。

雖然楊寶娘不知道原因，卻全力配合。楊太傅吃喝拉撒的事，都親力親為。

這天夜裡，楊太傅忽然正色對楊寶娘說：「寶兒，阿爹要離京了。」

楊寶娘心裡一驚。「阿爹要去哪裡？」

楊太傅讓女兒坐到身邊。「阿爹要秘密去江南，查鹽、鐵、茶葉和糧稅。阿爹走後，妳繼續住在莊子裡，等阿爹回來，再帶妳一起回京。」

楊寶娘按下內心的不安，問道：「阿爹，為什麼要悄悄地去？」

楊太傅看女兒一眼。「寶兒別管那麼多，只管好生待在莊子裡。我給妳留些人，該幹什麼就幹什麼，若有人來訪，就說我身子不便。每個月仍舊往家裡寫一封信，不要讓外人知道我已經離開。寶兒莫怕，阿爹很快就回來。」

楊寶娘又問：「阿爹，此行是不是很危險？」她不做官，卻也知道，楊太傅提到的幾樣東西，都是大景朝的經濟命脈。

楊太傅點頭。「是有些危險。寶兒放心，聖上給了大內侍衛，都是一等一的好手。」

楊寶娘擔憂地看著楊太傅。「阿爹，差事重要，但務必要保重自己。咱們這一大家子，全靠阿爹呢。」

楊太傅點頭。「寶兒放心，阿爹還想回來繼續做一品高官呢。整日待在莊子裡，快活是快活，但再也沒人來奉承阿爹，阿爹心裡失落得很。」

楊寶娘被逗笑了。「阿爹，路上一定要小心，女兒會看好這裡。」

楊太傅囑咐楊寶娘一大籮筐的話後，又陪著楊寶娘吃晚飯。

當天夜裡，外面來了一隊人馬，帶頭就是俞大人。

這回景仁帝下了血本，把自己的御前侍衛統領全給楊太傅。

兩人抱拳打招呼，楊太傅上了後面的車，連莫大管事都沒帶。

楊寶娘跑出來送，楊太傅對她擺手。「快回去。」

等楊太傅坐好，俞大人打馬，帶著楊太傅，星夜趕往江南四省。

第四十八章　守莊園噩耗傳來

隔天開始，楊寶娘和莫大管事一內一外，把莊子看得死死的。

楊寶娘仍舊每天做飯給楊太傅吃，不光做飯，連楊太傅的衣裳都是她打理，從不假他人之手。

楊寶娘做的飯都被莫大管事吃了，沒過多久，莫大管事越來越胖。

楊太傅走了十幾天，趙傳煒忽然來了。

楊寶娘想了想，在外院招呼他。

趙傳煒見楊寶娘進來，起身望著她。「岳父怎麼樣了？」

楊寶娘有些糾結，不知道該不該告訴他實情。

趙傳煒見她表情複雜，忍不住擔憂。「難道是哪裡不好？」

楊寶娘搖頭。「沒有。你怎麼過來了？」

趙傳煒笑道：「今日官學休沐，我去我家的莊子看看，順道過來看看你們。上回去妳家，撲了個空。」

楊寶娘請他坐下。「天氣熱了，你們在學堂累不累？會不會太熱？」

趙傳煒點頭。「熱是正常的，但也得忍著，夏天哪裡不熱呢。妳這裡好不好？莊子裡蚊蟲多，每天多薰兩遍。」

楊寶娘心中一暖。「我整日除了照顧阿爹，也沒別的事，你讀書辛苦，要注意身子。」

趙傳煒微笑著點頭。「我去給岳父請個安，現在可方便？」

楊寶娘神色更複雜了，見屋裡沒有其他人，忽然輕聲說了一句。「三郎，我相信你。」

趙傳煒愣住，感覺楊寶娘話裡有話，低聲問道：「寶兒，發生了何事？」

楊寶娘起身。「你跟我來。」

兩人一起去了正院。

進了正房，楊寶娘掀開東屋的簾子。

「阿爹，三郎來向您請安了。」

趙傳煒跟著進去，抬眼一看，屋裡空無一人！

他立刻定住，內心很驚訝，卻一言不發。

他想了想楊寶娘剛開始說的話，立刻彎腰躬身。「小婿給岳父大人請安。」

屋裡沒有任何回音，楊寶娘說道：「阿爹，您歇著，我們先出去了。」

雖然這院子裡都是父女倆的心腹，但楊寶娘不確定是不是所有人都真正忠心。事關楊太傅生死，楊寶娘絲毫不敢含糊，做足了樣子。

她每天端飯，把衣裳拿出去洗，藥也端進來，不知道的人以為楊太傅又臥床不起了。

兩人到了門口，楊寶娘吩咐莫大管事。「莫大叔，中午讓外頭多送些菜，我自己做飯給阿爹和三郎吃。」

莫大管事點頭應了。

楊寶娘吩咐完，帶著趙傳煒去自己住的西廂房。有喜鵲在屋裡陪著，不怕人閒話。

喜鵲站在門口，楊寶娘和趙傳煒坐在中間的小廳裡，隔了張小桌子，一起喝茶。

趙傳煒輕聲問道：「寶兒，我不問岳父去了哪裡。妳這裡，有什麼是我能做的？」

楊寶娘想了想，回答他。「你定期來看看就行，回去之後若有人問，就說阿爹還在休養，一時半會兒回不了京城。」

趙傳煒點頭。「妳一個人，辛苦了。」

楊寶娘笑。「伺候阿爹，是我的本分。」

兩人說了一會兒話，楊寶娘起身。「我要去做飯了，你稍坐。」

趙傳煒站起來。「我跟妳一起去。」

楊寶娘將他從頭打量到腳。「你會做什麼？」

趙傳煒想了想，道：「我會燒火，我阿娘教我的。阿娘說，世家大族起起伏伏，說不定哪一天就敗落。若是連自己的生活都照顧不好，豈不任人宰割？」

楊寶娘聽了，心裡由衷讚嘆那位前輩。「嬸子說得對，那你幫我燒火吧。要不要先換身衣裳？」

趙傳煒看看自己。「我沒帶衣裳來呀。」

楊寶娘笑。「你等等。」進臥房拿出一套衣裳。「這是我剛做的，你去東廂房換上。」

趙傳煒接過衣裳，仔細摸了摸，這是普通棉布做的，家常穿最好不過。

他拿著衣服，自己去了耳房。等他換好出來，發現楊寶娘已經換了做飯穿的衣裳，頭上搭了頭巾，還繫著圍裙。

趙傳煒感覺，這樣的楊寶娘更有一種說不出的美麗，她身上的煙火氣息，讓人覺得溫暖安寧。

楊寶娘對他招手。「別傻站著，跟我去廚房。」

趙傳煒樂顛顛地跟去了。

到了廚房，楊寶娘立刻手腳麻利地開始幹活。

淘米、燜飯、擇菜、洗菜、切菜，雞是廚娘殺的，已經弄好了，肉和魚也提前處理過，楊寶娘只需將素菜洗洗切切就行。

趙傳煒在灶下默默燒火，看著楊寶娘在廚房裡忙來忙去，素色裙襬飛舞不停。

除了做飯，楊寶娘還要熬藥。她把藥放入罐子裡，再把罐子塞進灶門。

「你注意些，別打翻了。」

趙傳煒點頭。「放心吧，我燒火的功夫好得很。」
楊寶娘笑。「好好燒火，中午幫你加根雞腿。」
趙傳煒也笑。「好，我等著吃雞腿。」
楊寶娘又開始忙，趙傳煒聽從指揮，一會兒大火，一會兒小火，忙活大半個時辰，六菜一湯終於做好了。
山雞燉菌菇、清蒸魚、茄子炒肉片、茭白筍炒蛋、豇豆炒肉絲、清炒莧菜，還有一盆絲瓜湯。都是最普通的飯菜，因楊太傅在養病，楊寶娘做得很清淡。
兩人把飯菜端到正房，在楊太傅的臥室內擺了張小桌。
平日，楊寶娘吃完飯再讓莫大管事吃，最後把剩下的端出來。今日趙傳煒來了，莫大管事就到外頭吃。
楊寶娘仍舊擺了三副碗筷，還往主位的碗裡盛飯夾菜，然後招呼趙傳煒一起吃。
楊寶娘先幫他夾了根雞腿。「你辛苦了。」
趙傳煒把另外一根雞腿夾給她。「寶兒也辛苦了。」
楊寶娘用帕子擦擦汗。「這天氣怪熱的。」
趙傳煒端起碗吃飯，一邊吃、一邊誇。「寶兒手藝真不錯，蒸的魚一點腥味都沒有。」
楊寶娘看看碗裡的雞腿，又看看趙傳煒。如果拿起雞腿直接啃，他不會說什麼吧？

她想著，忽然笑了，她本來就不是什麼大小姐，裝什麼裝？夾起雞腿就開始吃。

嗯，這野山雞燉得入了味，確實不錯。

兩個人一邊吃、一邊說閒話，趙傳煒還順帶吃了楊太傅那碗飯。

吃完後，他打了個飽嗝。「我吃撐了。」

楊寶娘笑。「來親戚家，不吃撐了，豈不顯得我小氣？」

趙傳煒掏出帕子，笑咪咪地幫楊寶娘擦擦嘴角。「都怪寶兒做得太好吃了。」

楊寶娘拍開他的手，收拾碗筷，拿出去給下人洗。

楊寶娘打發趙傳煒在東廂房歇息一會兒，又帶他進正房向楊太傅請安告別，然後送他到大門口。

太陽已經偏西，趙傳煒坐穩之後，看著荊釵布裙的楊寶娘，有些不放心。

他心裡清楚，楊太傅突然生病，又不知所蹤，必定是去辦什麼大事。能讓楊太傅這樣謹慎對待的，必定是要命的事情。楊寶娘獨自在這裡掩護父親，時間久了，難免會被人發現。

他低聲對楊寶娘說：「過兩天我會派些侍衛到隔壁莊子，到時候我送幾個煙花彈給妳，若是遇到困難，直接放煙花彈，我那邊的人就會來。妳這裡的侍衛太少了，我又不好直接派人過來，怕引人注目。」

楊寶娘輕輕點頭。「多謝三郎，你也要照顧好自己。」

趙傳煒伸手摸摸楊寶娘的頭髮。「過兩天我再來。」說完，翻身上馬，再看楊寶娘一眼，便打馬而去。

過了幾日，趙傳煒悄悄派了五、六個身手很好的護衛去隔壁莊子，讓他們隨時注意楊家的動靜。

接著，趙傳煒又來楊家莊子一趟，如上次一樣向楊太傅請安，陪楊寶娘做飯、吃飯。為了掩人耳目，他還帶了功課來，請岳父指點。

趁著沒人時，他偷偷塞了三個煙花彈給楊寶娘。

「這東西妳保存好，不要貼身放，以免它太熱，自己爆了。妳在這園子裡找三個地方藏，若有人圖謀不軌，對著天空一拉引線，煙花一響，我那邊的人就會立刻過來。」

楊寶娘接過煙花彈，自己看了看，有點像後世的沖天炮，下面有根引線。

她摸了摸引線。「我一拉，它就會響嗎？萬一我拉急了，它不響怎麼辦？」任何產品都會有不合格的東西，更別說這個技術落後的年代了。

趙傳煒笑。「所以我才給妳三個，這是我家重要的東西，除了我阿爹和我們兄弟，連雲陽都沒有。這是最好的煙花彈，九成以上沒問題，這三個總不至於都是啞巴。我也不敢給妳太多，怕被人翻出來了亂放。」

楊寶娘道：「這東西這樣金貴，你給了我，回去會不會挨罵？」

趙傳煒伸手摸她的頭。「挨罵我也願意。」

楊寶娘拍掉他的手。「你們家的侍衛見到煙花彈，真的就會來嗎？」

趙傳煒點頭。「妳放心，我囑咐過他們幾個了。」

楊寶娘對他燦然一笑。「三郎，你對我真好。」

趙傳煒見四周的人離得遠，拉住她的手。「寶兒不要跟我客氣，我是心甘情願的。」

楊寶娘紅了臉。「你快回去吧。」

交代完事情，趙傳煒就走了。

等他走後，楊寶娘把三個煙花彈分別藏在三個院中見不著太陽的乾燥角落裡。

楊寶娘繼續守著莊子，每旬給陳氏寫一封信交代近況。每日照常做飯洗衣裳，閒暇時讀書寫字畫畫，還親手種菜，送了些給楊家和趙家。

京中人聽說楊寶娘親自替病重的父親做飯洗衣裳，都誇她孝順。反倒是莫大管事，一頓吃兩人份的飯，越來越胖。

趙傳煒每隔十來天來看看楊寶娘，等夏天快要過完時，南邊忽然傳來消息，讓京城炸開了鍋——

楊太傅在江南被人刺殺，當場身亡！

楊太傅的棺木是俞大人親自帶回來的，同時帶回來的，還有幾百本帳本。

這些帳本，是楊太傅拿命換來的，裡面記錄江南四省各大豪族偷稅漏稅、買賣人口、圈禁田地等各種違法之事，還有官商勾結的證據。

楊太傅在暗，巡鹽御史在明。巡鹽御史不知道楊太傅來了，一入江南，就被燈紅酒綠腐蝕得頭腦發昏，想查帳，卻步步艱難。

他要查帳，人家讓他查，但查的帳目都嚴絲合縫，一點問題都沒有。

既然各處官員關注著巡鹽御史，楊太傅就好辦事了。

他忙了幾個月，搜集大量帳冊和證據，裝了滿滿一車。這其間，他殺過人，也被人追殺過、被人詐騙、被人投毒，九死一生。沒人知道他是當朝尚書，只以為是政敵派來的奸細。

等他帶著一車帳本走水路回京時，從船底竄出一群死士襲擊他們。

俞大人受了重傷，大內侍衛折損過半，還是沒保住楊太傅，他被人用利刃穿了胸。

俞大人到京城時，天還沒亮。

他身負重傷，一條腿被人砍傷，差點變成瘸子。他不能騎馬，只能躺在車裡，到了宮門口，他亮出牌子，暢行無阻地進了宮。

景仁帝正在早朝，今日是大朝會，在京的官員們都來了，殿內殿外擠滿人。

百官們被俞大人這副模樣驚呆了，因俞大人平日負責景仁帝守衛，且大多數時候都是暗中行動，極少在人前露臉。他離開幾個月，居然沒多少人發現。

他拖著一瘸一拐的腿，跪在金鑾殿前。「聖上，臣與太傅大人不辱使命，查清了江南四省鹽、鐵、茶、糧四年的稅收實情。」

景仁帝見他這副模樣，心開始突突跳。「先生何在？」

俞大人低下頭。「臣死罪，未能保住太傅大人。」

呼啦一聲，景仁帝把案几上的東西全掀到地上。「混帳！先生不在，你怎麼回來了？」

俞大人磕頭。「臣無能，臨行前，來了一群死士。」

百官從驚訝到震驚，除了幾個大員大概知道一絲隱情，其餘人目瞪口呆。楊太傅不是病入膏肓，怎麼跑到江南查帳去了？這個老奸賊，這麼大的事，他居然想一個人偷偷建功?!

戶部尚書知道這件事，稅務本是戶部的活兒，但他手下無人能擔此責任，才勞動楊太傅親自出馬。

這些日子裡，他每日忐忑不安，又怕楊太傅查出什麼來，到時候整個戶部都要被連累；又怕楊太傅查不出什麼，那少的稅到底去哪裡了？

驚聞楊太傅身亡，戶部尚書心裡也怦怦亂跳。

景仁帝從龍椅上走下來，再次問俞大人。「先生何在？」

俞大人以頭觸地。「在宮門口。」

景仁帝一揮袖子，直接走出大殿。

五部尚書和南平郡王等人連忙跟上，殿內都是四品以上的官員，殿外七、八品的小官們還懵著呢。

景仁帝鐵青著臉，飛快往前走。

一路走過去，幾道宮門先後打開，到了最後一道門，南平郡王攔住他。

「皇兄，君子不立危牆。」

景仁帝推開他，繼續往前走。

宮門前，一口上等的楠木棺材擺在那裡。

景仁帝頓時感覺胸口一陣絞痛，心裡忍不住大罵：死老頭子，誰允許你死的！母后還在等著你，你不是說陪她到老，卻提了褲子就死，讓母后又守寡！

景仁帝走上前，用手撫摸棺木。「先生怎麼說話不算數？說好了，朕等你回來的。」

話音一落，景仁帝撲在棺木上大哭起來，弄明白後的百官也跟著哭泣。

哭了一陣子之後，景仁帝站起身，吩咐禮部尚書。「你去楊府，親自操辦先生的後事，一應花銷，從戶部撥銀子。戶部要是沒錢，就停建朕的皇陵。」

戶部尚書擦擦額頭的汗，和禮部尚書一起躬身。「臣遵旨。」

景仁帝吩咐完，失魂落魄回了金鑾殿，問俞大人。「帳冊何在？」

俞大人回答。「在太傅大人的棺木底下。」

景仁帝大怒。「混帳！」

俞大人又磕頭。「臣死罪。」
景仁帝緩口氣，走上高臺，坐到龍椅上。「三司何在？」
三司之首站出來應諾，景仁帝面無表情地交代他們。「著你三人一起核對帳目，戶部陪審，五天內把牽扯到的人理清楚，不管皇親國戚還是豪門勛貴，一個都不許瞞報！」
景仁帝說完，又喊：「禮部右侍郎。」
又有一人出列。
「命你同翰林院一起，替先生定諡號。」
景仁帝繼續吩咐。「南平郡王。」
南平郡王出列。
景仁帝看著他。「你帶著大皇子和二皇子，去祭奠先生。」
吩咐完，景仁帝起身道：「退朝。」一揮袖子，一個人回了御書房。

禮部官員們送楊太傅的棺木到楊府，楊家的門房瞧見了，一頭霧水。
禮部尚書硬著頭皮，上前說了實情。
門房嚇得一屁股坐到地上，連滾帶爬地進去，一邊哭、一邊喊：「老爺歿了！」
消息很快傳到後院，陳氏瞪大了眼睛看著門房。「你說什麼？」
門房哆哆嗦嗦。「禮部尚書親自送老爺的棺木來，說老爺在江南被人刺殺。」

陳氏劈手抽了他一耳光。「你放屁！我兒正在莊子裡養病，哪來的被殺！」

陳姨娘立刻哭起來。「姑媽，快派人去莊子。二娘子不是在那裡，去看看就明白了。」

陳氏拄著枴杖，顫巍巍去了大門口。

禮部尚書向她行禮。「見過太夫人。」

陳氏見到那口棺木，立刻想起當年丈夫死的時候。

她的眼珠子都要瞪出來了，用手指指著棺木，大喊：「誰說這是我兒的?!」

禮部尚書再次彎腰行禮。「回太夫人，這是御前侍衛統領俞大人帶回來的。楊太傅與俞大人微服南下，去江南查帳……」

後面的話，禮部尚書就沒有說了。

陳氏哆嗦著嘴唇，半天後嚎出一聲。「我的兒呐！」嚎完便昏倒了。

家裡全亂了，楊太傅歿了，楊寶娘去莊子，陳氏昏倒，莫氏不管事，莫大管事也不在，這可怎麼辦才好！

楊默娘擦擦眼淚，當機立斷，吩咐前院管事。「你們幾個，一個去莊子請二姊姊，看看實情，把莫大管事叫回來；一個去通知各家親友；一個去採買靈堂裡要用的東西。」

禮部官員坐鎮，調動楊家內外管事。很快地，靈堂搭好了，楊玉昆兄弟趕回家，披麻戴孝跪在靈前。

此時，楊寶娘正在莊子裡侍弄花草，忽然有人衝進來。

「二娘子，老爺歿了，老太太和三娘子請二娘子趕緊回去。」

楊寶娘呆住。「你說什麼？」

那人也顧不得了，實話實說。

楊寶娘把花灑一扔，立刻跑到外院，騎上一匹馬，絕塵而去。

阿爹說了會回來，怎麼突然就死了？此行雖凶險，但阿爹布局一向縝密，定然不會毫無防範。

馬兒在郊外跑得飛快。這一年多，楊太傅有多疼愛她，她就有多傷心。

阿爹，你不能死！

後面，莫大管事等人的馬鞭都抽斷了，仍沒追上她。

第四十九章　辦喪事靈前爭執

到了城門口，楊寶娘報上楊家的名頭，留下信物，一路暢行無阻。

趕到家門前，她抬眼一看，整個楊府一片白茫茫。

楊寶娘下馬就往靈堂衝。

陳姨娘眼尖，一把拉住她。「二娘子，老爺不是在莊子裡？不是妳服侍的？怎麼就死了？這麼大的事，妳為何不向家裡報個信？妳是何居心！」

楊寶娘一把揮開陳姨娘的手，走到棺木前，就要開棺。

楊玉昆大喝。「二姊姊！」

楊寶娘看著他。「昆哥兒，阿爹不會騙我的，他說他去辦大事，讓我等他回來。」

楊玉昆很傷心。「二姊姊，阿爹已經去了，妳別驚擾他了。」

楊寶娘聲音大起來。「你胡說，阿爹那麼聰明，怎麼會輕易死了?!」

楊玉昆抬眼看她。「我已經驗過屍身，二姊姊還要再看一遍嗎？」

楊寶娘二話不說，猛使一把力氣，推開棺材蓋板。

裡面是一名中年男子，雖然一直用冰塊冰著，但臉上已有些要腐敗的跡象，看身形、髮型、大致容顏和輪廓，還有那缺少的四根手指，就是楊太傅。

楊寶娘淚雨紛飛，趴在棺木上，嚎啕大哭起來。

在她哭的時候，感覺到內心另一股強烈的恨意和悲傷。這股恨意沖得她腦袋發昏，漸漸地，失去了知覺。

眾人只見楊寶娘從棺木上爬起來，雙眼空洞地伸出手，摸了摸棺木裡的人。

忽然間，她笑了。「姊姊，他不是阿爹。」說完這句話，就昏倒了。

大家以為楊寶娘受了刺激，把她抬進棲月閣。

很快地，莫大管事回府，各路親朋都來弔喪。

楊寶娘仍舊昏迷著，只有喜鵲和劉嬤嬤陪著她。外頭鬧哄哄的，棲月閣裡的人都被叫去幫忙。

楊寶娘昏迷許久，感覺一直有人在喊她。

姊姊，姊姊，妳醒醒……

等到快天黑，楊寶娘終於醒了。

喜鵲端來一碗粥。「二娘子，您喝兩口粥，然後去幫老爺守靈。」

楊寶娘推開碗。「妳幫我換身衣裳。」

劉嬤嬤嘆息一聲，替楊寶娘換上孝服。

楊寶娘只喝了口水，又去了靈堂。

弟弟妹妹們都在，意外的是，楊黛娘也來了。

前些日子，因周太太病重，楊黛娘急忙回京，還沒來得及去莊子看望楊太傅，忽然就得到父親的死訊。

楊寶娘呆呆地走到棺木前，又想去摸棺材。

楊黛娘怒斥。「妳住手！」

楊寶娘依舊呆愣。「大姊姊回來了。」

楊黛娘恨恨地說：「就是妳害死了阿爹！」

楊寶娘轉頭，面無表情地看著她。

這會兒沒有外人，只有兄弟姊妹和兩個姨娘在場，其餘客人都在外頭。

楊黛娘哼了一聲。「妳們娘兒倆把阿爹害死，終於滿意了。」

楊黛娘的公爹驚聞楊太傅噩耗，立刻明白中間的緣由。楊黛娘聽了一下，頓時覺得楊太傅是被宮裡那個女人害死的。楊太傅一死，她在婆家地位一落千丈。周晉中這幾年表現不錯，本來還想著靠著岳父再升一升呢。

楊寶娘盯著她一會兒，又轉過頭，自己在另外一邊默默跪下，離他們遠遠地。

楊黛娘見楊寶娘漠視她，內心騰升起一股怒氣，衝過來，一把抓住楊寶娘的衣襟。

「妳不配跪在這裡！」

楊寶娘本來不想和楊黛娘計較，見她拿自己撒氣，冷著臉問她。「那大姊姊配跪在這裡？阿爹屍骨未寒，妳就開始欺負弟弟妹妹了，好大的威風。我怎麼不知道，原來大姊姊竟是個怒目金剛。」

楊黛娘回來後，老秦姨娘立刻送信給她，說莫九郎父子因為楊寶娘險些丟了性命，莫家二房斷了香火，此仇不報枉為人。楊黛娘看重外家，這會兒見楊太傅死了，新仇舊恨一起湧上心頭，再不是往常那個溫和慈善的大姊姊了。

楊黛娘想把楊寶娘拖出去，但她柔弱，楊寶娘好歹懂些花拳繡腿，一把就甩開她。

楊黛娘被摔到地上，楊玉昆出聲了。「鬧什麼鬧！」

這裡的動靜吸引了外頭的人，趙傳煒第一個衝進來。

他在官學裡聽見噩耗，立刻趕來，聽說楊寶娘昏倒，他一邊焦急地等她醒轉、一邊幫著處理喪事。

楊寶娘進靈堂時，他在不遠處看到了，默默關注。等靈堂裡傳來動靜，他再也顧不得規矩，直接跑過來。

他是準女婿，身上也戴了孝，見楊寶娘跪在棺木前，楊黛娘摔在地上，知道姊妹倆定然是起了爭執。

他先問楊寶娘。「寶兒無事吧？」

楊寶娘搖頭。「我無事，大姊姊傷心難過，說我兩句也罷了。阿爹在這裡呢，我們爭吵不像話。」

楊黛娘呸了一聲。「別假惺惺了，阿爹歿了，妳又有硬靠山，我哪裡敢說妳。要是多說兩句，我怕跟表弟和二舅一樣，明兒丟了性命。」

趙傳煒瞇起眼睛。「周二奶奶是說趙家仗勢欺人嗎？我聽說周二爺在青州做知府，不知這回江南稅案，要牽連多少人。周二奶奶還是多燒兩炷香，祈求佛祖保佑家裡平安吧。」

他連大姊姊都不想喊了，想到莫家當年幹的事就覺得噁心。以前他覺得楊黛娘姊弟是無辜的，一直和睦相處。但楊黛娘想欺負楊寶娘，他斷然不許。

楊黛娘和莫家人一樣，欺軟怕硬，聞言只是哼了聲，並未說話。

陳姨娘見到楊寶娘，忍不住大哭。「二娘子，老爺不是跟妳待在莊園，如何把他弄丟了？老爺歿了，我們怎麼活啊？妳和三娘子都有了好人家，我們四娘子還小，沒了親爹，以後如何是好？妳為什麼不給家裡送信，這麼大的事，自己私下做主，眼裡還有兄弟姊妹嗎？」

豐姨娘開口勸道：「陳妹妹，老爺要做什麼大事，老太太和太太都管不了，二娘子能管得了？」

楊黛娘是正妻，最討厭這些妾室，見她們爭吵，只看笑話不說話。

楊默娘也幫腔。「陳姨娘，聖上命阿爹去辦差，難道是聖上錯了嗎？還是說，阿爹去辦差，要提前向陳姨娘稟報？」

楊默娘平日不吭聲，這會兒忽然利口如刀。她看得清清楚楚，陳姨娘和莫家人一樣，欺軟怕硬。阿爹沒了，奶奶老了，以後在府裡，她和弟弟、姨娘會更艱難，與其指望楊玉昆那個搖擺不定的莫氏子，還不如投靠楊寶娘。楊寶娘的親娘是太后，婆家又硬氣。

陳姨娘瞪大了眼睛，想要回嘴，又不知道怎麼說，只能氣哼哼地低下頭。

楊玉昆又大喝一聲。「都住嘴！願意守的就在這裡守著，不願意守的，想去哪裡，我不攔著。」

楊黛娘爬起來，跪到弟弟身邊。楊玉昆是嫡長子，說話還是很有分量的。

楊寶娘仍舊安靜地跪著，只覺得心裡難過，根本不想跟任何人說話爭吵。趙傳煒怕她受欺負，索性跪在她身邊。

幾人默默跪著，過了許久，莫氏來了。

楊黛娘連忙去迎接。「阿娘，您怎麼來了？」

莫氏拍拍楊黛娘的手，陳姨娘撇撇嘴，男人死了，她一滴眼淚都沒有，狠心的賊婆娘。當年巴巴地搶過來，就是這樣對他的。

莫氏掃視屋內，看到豐姨娘，厭惡地別過眼，再看到楊寶娘和她身邊的趙傳煒，就更厭惡了。

莫氏被關了許久，整日沒人同她正常說話，她沈浸在自己的世界中，不能自拔。以前楊太傅初一十五還會去看看她，後來出了莫九郎的事，夫妻倆反目成仇，便不再去正院。

一個人獨處久了，性子本就有些拗的莫氏，更加偏執，除了親生兒女能讓她稍微理智些，其餘的楊家兒女在她眼裡，管他們是誰生的，都賤如草芥。

莫氏這樣赤裸裸的表情，誰看不出來呢？

楊玉昆帶著弟弟妹妹們起身向莫氏行禮。

楊寶娘見莫氏用看垃圾一樣的眼神看她，並未起身。這個搶人男人的賤子，有什麼資格瞧不起她？

楊黛娘見她不起來，忍不住譏諷。「都說二妹妹懂禮儀，見了阿娘不行禮的嗎？」

楊寶娘抬起頭。「阿爹去了，太太連孝都不戴嗎？」

莫氏沒換孝服，身上還是彩色的衣裳，頭上還有金飾。

楊黛娘語塞。「阿娘痛在心裡，豈是妳能懂的？」

楊寶娘垂下眼簾。「我的禮在心裡，只敬有德之人。」

莫氏看懂了楊寶娘說的話，渾身開始打顫。

楊玉昆喝斥楊寶娘。「二姊姊！」

楊寶娘起身。「昆哥兒，你是不是覺得大姊姊罵我兩句，多大的事，我忍一忍不就是了？但我告訴你，誰都可以罵我，可凡是帶了一個莫字的都不行，連你也不可以！」

楊玉昆面無表情。「二姊姊，長輩們的事情，我們難道還要再計較一輩子嗎？」

趙傳煒插話了。「昆哥兒何必咄咄逼人？岳父死了，寶兒在這家裡是沒了靠山，但你們不能強按著她的頭逼她服軟。等我死了，你們再逞威風也不遲。」

楊玉昆沈默一瞬。「二姊夫，這是我阿娘。」

趙傳煒一字一句地回他。「昆哥兒，這是我妻。不管別人家的正房太太怎麼過，我們趙家，絕不允許別人欺負自己的女人，哪怕你是她兄弟也不行。」

楊黛娘似笑非笑。「都說趙家三公子是文曲星下凡，一連中了兩個案首，見了岳母，連個禮都沒有。」

趙傳煒看著她，又撇開臉。「昆哥兒，你姊姊瘋魔了，你趕緊讓她回家去吧，別攪了岳父的葬禮。」

楊玉昆也覺得楊黛娘今日有些不對勁。「大姊姊，何必逞口舌之快？」

幾人正說著，陳氏來了。

陳氏一進門，一枴杖砸到莫氏身上。

「妳這娼婦，我兒死了，妳不說痛斷肝腸，一滴眼淚都沒有，還穿紅著綠。妳們娘兒倆哄著我把妳這個殘廢娶進門，一輩子跟個廢物似的，只曉得張嘴吃飯，讓我老婆子服侍妳一輩子。如今我兒子死了，我老婆子也不想活了，索性帶著妳去見鎮兒！」

楊黛娘連忙跪下，抱住陳氏的腿。「奶奶啊，阿娘如何不痛心呢，可她說不出來啊！」

陳氏見到最喜歡的大孫女，收斂了怒氣。「妳一個出了門的姑奶奶，不要管家裡的閒事，回來奔喪，就好生給妳阿爹哭靈。妳是長姊，我以前怎麼教妳的，要友愛弟妹，不要眼睛裡只裝得下一個昆哥兒。」

陳氏知道了楊黛娘剛才為難楊寶娘的事，這是在警告她。

兒子歿了，兩個孫子的前程說不定得指望趙家。再說了，宮裡那位看著軟和，可不是菩薩。敢欺負她女兒，看她讓不讓人死無葬身之地。

楊黛娘忍了又忍，道：「奶奶，阿爹原本可以不死，是為了她們母女才去冒險的。」

陳氏劈手甩了她一耳光。「閉嘴！妳懂個屁！都怪我可憐妳小時候沒有親爹疼愛，把妳寵成小心眼。再胡說八道，妳就滾回周家去！」

罵完孫女，陳氏看到堂中的棺木，頓時悲從中來，老淚縱橫。「我的兒呐，都是阿娘害了你啊！阿娘不該被富貴迷了眼，給你娶了這個沒用的廢物。老天爺啊，官人呐，你們把我帶走吧，把鎮兒還回來啊！」

陳氏哭得聲嘶力竭，所有人被她感染，跟著哭了。

忽然間，楊寶娘感覺到內心那股強烈的恨意又起來了，越來越強烈，意識漸漸模糊，強撐一會兒後，再次昏倒。

趙傳煒一把抱住她。「寶兒，妳怎麼了？」又揚聲喊：「書君，快叫太醫！」

書君在外面聽見了，立刻跑去太醫院。

沒過多久，楊寶娘醒了。

趙傳煒很高興，摸摸她的額頭。「寶兒，妳醒了。」

楊寶娘眼神有些空洞，看看趙傳煒，神思飄渺，然後對他輕輕笑了一下。

她看起來很虛弱，轉了轉眼珠子，在人群裡梭巡。

半晌後，她掙扎著起身，慢慢走到莫氏身邊。

莫氏被陳氏打得跪下，見到楊寶娘過來，嫌惡地垂下眼簾。

孰料，楊寶娘二話不說，劈手抽了她一耳光。

動手後，楊寶娘有些累，在眾人還沒反應過來之前，又反手抽了莫氏一耳光。

楊黛娘起身撲過來，把她壓到身下，開始打她。「我打死妳這個目無尊卑的賤人！」

打完莫氏後，楊寶娘又昏過去，任由楊黛娘蹂躪。

趙傳煒見楊黛娘下死手，立刻起身，一腳踹開她，抱起楊寶娘去旁邊。

眾人驚呆了，誰也沒想到，楊寶娘會去抽莫氏耳光。雖然她不是莫氏親生的，但好歹有個名分，毆打母親，十惡不赦啊。

趙傳煒覺得楊寶娘有些奇怪，但想到莫家那一窩子噁心的人，連他都想打。打就打了吧，莫家人若想報仇，他兜著。楊玉昆要是想替母親出氣，來找他好了。

楊黛娘見狀，抱著陳氏的腿哭。「奶奶，阿爹剛死，她就敢動手打阿娘了。」

陳氏何曾把莫氏放在眼裡，在她心裡，莫氏和老秦姨娘才是罪魁禍首。若是她們當年不誘惑她，就沒有什麼太后和太傅，一家子說不定和和美美，兒子也不用死了。

「哼，人家替親娘打她兩巴掌又怎麼了？」

楊黛娘驚愕地抬眼。「奶奶，阿娘也是聽從父母之命，媒妁之言，有什麼錯啊？」

陳氏怒了。「依妳的意思，都是我的錯了？我嫌貧愛富，我背信棄義？要是知道她是個聾子，別說莫家只是大理寺正卿，就算是皇親國戚，我也不答應！」

幾人爭吵著，外頭傳來一陣掌聲。

掌聲一落，一個身穿素服的中年婦人走進來。

「大娘說得真好，我差點都相信了。」

陳氏抬眼，大吃一驚，等看清來人，膝蓋一軟，緩緩跪下磕頭。

「臣婦給娘娘請安。」

楊黛娘也嚇一跳，立刻低下頭，又忍不住悄悄抬眼偷看。

李太后一身月白色衣裳，沒有一點花飾，頭上只有一根白玉簪子，滿面素淨。

陳氏跪下了，所有人都跟著跪，唯有趙傳煒，他雙手抱著楊寶娘，不好起身，只喊了一聲姨母。

李太后本來在明盛園閒坐，景仁帝傳消息給她。李太后坐不住了，在屋裡來回踱步許久，還是忍不住悄悄來了，外頭除了禮部尚書，沒人知道。

禮部尚書什麼都沒說，只吩咐人看緊門戶。

陳氏磕頭後，抬起身子，見李太后這一身裝扮，心裡發酸。那個八抬大轎抬進來的，一滴眼淚沒有，這個不能說出來的卻卸了釵環，以這種方式祭奠，頓時又老淚縱橫。

「娘娘，都是我的錯，我鬼迷心竅，我嫌貧愛富。可老天爺已經懲罰我了，鎮兒一輩子和我離心，如今又讓我白髮人送黑髮人。」

李太后冷笑。「大娘何必悲傷？妳兒子替妳掙了一品誥命，妳享了一輩子富貴，如今又兒孫滿堂，還有什麼不滿意呢？」

陳氏仍舊哭。「您罵得好，都是我該受的。只是，這幾個孩子無辜，他們都是鎮兒的骨血，求您不要為難他們。」

李太后看了楊黛娘一眼。「剛才妳打了寶兒？」她一到，劉嬤嬤立刻把剛才靈堂裡的事情告訴她。因有趙傳煒在，劉嬤嬤就沒進來。

楊黛娘一驚。「我……我們姊妹爭執了幾句而已。」

李太后盯著楊黛娘片刻。「周二奶奶身上有孝，怕是不能服侍丈夫了。」

楊黛娘猛地抬頭，嘴唇哆嗦。家裡已經有兩個妾跟兩個通房，李太后再賜人，她……

楊黛娘有些後悔剛才不該口不擇言，但她也沒想到李太后會過來。

陳氏聽見李太后這話，鬆了口氣，這樣的處罰不算重，算是給楊黛娘一個教訓，別聽了莫家那個老賤婦幾句挑唆，膽子就大了。以為楊寶娘是妹妹，想罵就罵？人家兩個靠山，隨便拎一個出來，就能壓死她全家。

想到這裡，陳氏又痛恨起老秦姨娘。本來想積些陰德，饒過她一命，現在又出來作怪，看來是不想活了。

李太后過來之後，莫氏一直呆呆地看著她。這是她這輩子第一次見李太后。

她和楊家訂親沒多久，李太后便進了王府，再也沒出來過。莫氏做了這麼多年的誥命，卻從未進宮，自然見不到李太后。

燭光下，李太后面如寒霜，快五十歲仍舊容貌出眾，身上還有一股高位者的氣勢。

莫氏摸摸自己的臉，論容貌，她自然不如李太后。但她好歹是官家小姐，卻被這個李家養女壓了一輩子。

這就是你惦記了幾十年的人嗎？

莫氏忽然悲從中來，捂著嘴，無聲痛哭起來。

第五十章 驗真身大開殺戒

李太后沒看莫氏，一句話沒說，走到棺木之前。

「煒哥兒，你過來。」

趙傳煒放下楊寶娘，對楊默娘使眼色，讓她幫忙照看，去了李太后身邊。

李太后沈聲吩咐。「開棺！」

趙傳煒呆了下，陳氏也愣住了。

李太后再次道：「開棺！」聲音大了起來。畢竟是當朝太后，這樣寒著臉說話，就算景仁帝在，也不會當場違逆她。

趙傳煒伸出雙手，推開棺材蓋板。

李太后又吩咐他。「拿蠟燭來。」

趙傳煒立刻從供桌上取下兒臂粗的白蠟燭，站在棺材旁。

李太后就著燃亮的燭光，圍著棺木轉了兩圈，然後伸出手，不知在裡面翻揀什麼。

忽然間，她笑了，低低說了一句話。「老賊，連哀家都騙！」

說完這句，她立刻用帕子擦擦手，想把帕子丟了，又收起來，命趙傳煒蓋上棺材。

她立在棺材前許久，滿臉哀傷。「鎮哥兒，你一路走好。我會替你報仇，你的兒女，我也會照看。此生無緣，但願來世我們能做夫妻。」

她的聲音很小，陳氏離得近，聽見後又嗚嗚哭了起來。

李太后哀悼完，然後轉身。「煒哥兒，帶著你媳婦跟我走。」

趙傳煒是習武之人，耳力好，正在思索李太后那句老賊的意思，聽見她吩咐，便走到楊寶娘身邊。

他交代楊默娘。「三妹妹有什麼難處，派人去找我。孔兄弟那裡，有我看著呢，三妹妹儘管放心。」

楊默娘點頭。「多謝二姊夫。」

趙傳煒想著她們姊妹感情好，從懷裡掏出兩張銀票，趁著大家的心思都在李太后身上，塞到楊默娘手裡。

「妳和四妹妹拿去用。」

陳氏悲傷，這兩天已經不管事，莫氏見到兩個姨娘就厭惡，特別是豐姨娘母子幾個，根本是她的眼中釘。楊太傅一死，若陳氏扛不住病倒，趙傳煒擔心兩姊妹的日子怕要難過了。有錢能使鬼推磨，他只能給錢了。

楊默娘也不客氣，雖然她手裡金銀首飾不少，但真沒什麼銀錢。

楊淑娘年紀小，忽然沒了親爹，眼睛都哭腫了。陳姨娘對楊寶娘發難，她還懵著呢。這會兒見趙傳煒仍舊關照她，頓時羞愧不已。

「二姊夫，對不起。姨娘心裡難過，又害怕，不是故意要為難二姊姊。求二姊夫看在我的面子上，不要和姨娘計較。」

趙傳煒見她年紀小，叮囑她兩句。「以後萬事跟著妳三姊。你們家老太太年紀大了，遭逢巨變，怕是受不住。以後家裡鬧哄哄的，妳別跟著瞎起鬨。」

楊淑娘點頭。「我知道了，多謝二姊夫。」

李太后走到陳氏身邊。「大娘，妳心裡難過嗎？」

陳氏哭得眼睛都腫了。「娘娘也兒女成群，難道不理解臣婦的心？」

李太后點頭。「但願大娘能有所醒悟。哀家走了，大娘保重。」

陳氏叫了一聲。「娘娘。」

李太后回頭。

陳氏又對她磕了個頭。「我對不起娘娘。」

李太后什麼都沒說，轉身走了，趙傳煒抱著楊寶娘跟上。

三人從楊府側門出去。外面有輛馬車，等他們上來後，駛往明盛園，書君帶太醫跟上。

李太后讓趙傳煒把楊寶娘放在車廂裡側。這馬車很寬敞，裡側是小榻，躺個小娘子綽綽有餘。

李太后摸摸楊寶娘的額頭，見她呼吸均勻，許是被激著了，又問趙傳煒剛才的經過。

聽聞楊黛娘把楊寶娘壓在身下打，李太后瞇起了眼睛。

趙傳煒覺得自己這樣告狀不好，但楊黛娘欺負他媳婦，他肯定不能善了。

他低聲問：「姨母，剛才您說的那話是什麼意思？」

李太后好久沒見到兒子，剛才又顧著去看楊寶娘，便摸摸他的頭。

「煒哥兒莫難過，你岳父沒有死，那個人是假的。」

趙傳煒睜大了眼睛。「姨母，昆哥兒親自驗過身形面容，還有手指的。」

李太后轉過臉，不好說那天晚上她仔細看過了楊太傅的右手，把他的斷掌握在手中，撫摸許久。

當日匪徒砍傷楊太傅時，是斜砍的，還剩下一丁點小拇指，但棺材裡的人，完全沒了小拇指。而且，李太后在他後脖頸上找了找，沒找到那顆痣。

那天夜裡，楊太傅無賴至極，一遍遍逼迫李太后對他表白。李太后怕羞不肯，他就變著花樣折騰她，弄得她最後不得不求饒。

一個太傅，不知從哪裡學來那些下流手段，李太后又羞又氣。

十幾年前那一回，楊太傅猝不及防被叫去，當時因為傷心，兩人匆匆溫存一番後，就分開了。

這回，楊太傅做足準備，反覆告訴李太后他身上每一處的不同，還說他脖子後面的那顆痣，叫癡情痣。

不要臉的奸賊！李太后在心裡罵。

罵歸罵，這會兒卻有了大用。李太后就是根據他說的那些話，仔細查看，才確定這是楊太傅的障眼法，但她和楊太傅的私事，實在不想說給兒子聽。

「你別問那麼多，我自有我的法子判斷。」

趙傳煒轉轉眼珠子。「姨母這樣說，我就放心了。岳父歿了，寶兒難過得昏過去好幾回。岳父對我好，若是真的去世，我也要難過死了。」

李太后眼神複雜，什麼都沒說，又摸摸兒子的頭。「你岳父那個老狐狸，可能又在打什麼壞主意。你跟我去明盛園，等寶兒醒了，再回官學。你好生讀書，考過院試，你岳父回來了也高興。」

趙傳煒點頭。「我聽姨母的。」

到了明盛園後，李太后立刻命太醫替楊寶娘看病。

太醫診脈後，小心回答。「這位小娘子是急火攻心，又沒吃沒喝，一時激著了。醒來後，好生養著，過兩天就無礙。只是，還是莫要太過悲傷。」

李太后聽到後，鬆了口氣，揮揮手，讓人送太醫出去。

太醫在外頭開了方子，明盛園裡什麼藥都有，瓊枝姑姑讓人去熬藥，並準備清淡吃食。

楊寶娘這一覺睡了許久，李太后和趙傳煒陪在一旁。

李太后帶著趙傳煒吃晚飯，又拉著他的手，說了許多家常話。
兩人正說著，楊寶娘坐了起來。
母子倆發現了，趙傳煒一個箭步衝上前。
李太后見狀，偷偷笑了笑，也跟過來。
楊寶娘有些懵，趙傳煒抱著她，摸摸她的額頭。「寶兒，妳還難受嗎？」
楊寶娘搖頭，看到李太后，瞪大了眼睛，就要爬起來行禮。
李太后按住她。「好孩子，別起來。」
楊寶娘蠕動著嘴巴，不知道要喊什麼。
趙傳煒想到剛才在楊家靈堂裡的事，慫恿楊寶娘。「寶兒，喊阿娘。」
楊寶娘看趙傳煒一眼，又悄悄去看李太后。
李太后輕輕撫摸楊寶娘的頭髮。「寶兒乖，喊阿娘。」這是她兒媳婦，也是她親表妹的女兒，和她長得像，又是楊太傅親手養大的。想到楊寶娘無父無母，便憶起自己的小時候，想跟這個苦命孩子親近些。
楊寶娘低頭，小聲喊了一句。「阿娘。」
李太后把趙傳煒推開，摟住楊寶娘。「好孩子，妳受苦了。都是我的錯，當年應該把妳留在身邊的。」
楊寶娘搖頭。「阿娘，我很好，阿爹疼我。可是，阿爹他……」忍不住又哭起來。

李太后連忙安慰她。「莫哭，妳阿爹他沒死。這個老奸賊，不知道從哪裡弄了個死人回來騙人。」

楊寶娘哭得喘不過氣，呆呆地看著李太后。「阿娘，您說的是真的？」

李太后幫她擦眼淚。「是真的。我騙妳做什麼？」

楊寶娘又問：「可昆哥兒說，那就是阿爹。」

李太后有些臉紅。「他小孩子家，看走了眼也是常理。」

趙傳煒在旁邊咳嗽一聲，楊寶娘立刻會意，想來李太后知道的更多。最親密的人，肯定比兒女更清楚。

李太后在楊寶娘身後放了個枕頭，喊道：「瓊枝。」

瓊枝姑姑端了飯菜和藥過來。

按理來說，空腹喝藥好些，但李太后想著，楊寶娘整天沒吃沒喝，乍然喝藥，怕傷著胃，便餵她喝了一碗清粥。

趙傳煒默默看著，李太后拿著勺子，一勺一勺地餵，楊寶娘感覺自己又想掉淚了，忽然想起今天兩次的不對勁。

寶娘，妳真的還在嗎？妳看妳阿娘，她多疼妳。

喝完粥，李太后把趙傳煒攆出去，帶人幫楊寶娘洗澡。

等楊寶娘洗得乾乾淨淨、香噴噴之後，李太后把那碗溫熱的藥端給她喝了。藥剛入口，苦得楊寶娘皺眉頭，李太后趕緊拿兩顆蜜餞塞進她嘴裡。

等一切準備就緒，李太后才去洗漱一番，讓楊寶娘和她一起睡。

李太后的床大，別說加個小娘子，再來兩個也能睡得下。

楊寶娘抱著被子坐在旁邊，李太后拉著她的手。「寶兒別怕，妳就留在我這裡，誰也不敢來欺負妳。」

楊寶娘嗯了一聲。「阿娘，我待在這裡，聖上會不會不高興？」

李太后微笑。「莫怕，這會兒他也為妳阿爹難過呢。妳的身世，在他那裡過了明路的，他都知道。」

楊寶娘這才放心。「那就好，我怕連累阿娘。」

李太后聞言，鼻子發酸，把她摟進懷裡。「好孩子，都是阿娘的錯，沒能多疼愛妳。」

楊寶娘靠在李太后懷中，覺得又溫暖、又舒適。「沒有的事，如今我在京城，誰都不敢惹我，都是仗了阿娘的勢。」

李太后輕輕撫摸她的頭髮。「寶兒，我給妳的金鑰匙還在嗎？」

楊寶娘一聽，立時坐直了身子，拿出金鑰匙，擰開活扣，取出銀票。「阿娘，這是您給我的嗎？」

李太后笑著，把銀票塞進去。「這個給妳，以後留著當陪嫁。」

楊寶娘紅了臉，又問：「阿娘，為什麼三郎也有一把一模一樣的鑰匙？」

李太后把鑰匙掛回楊寶娘脖子上。「這有什麼不好？這是你們的緣分，何必追問。」

李太后不願意說，楊寶娘也不再問，又撲進李太后懷裡。「阿娘，您真好。」

李太后溫柔地抱著楊寶娘。「寶兒乖，妳在我這裡住一陣子，什麼都別想。等妳阿爹回來了，妳要是願意回楊家，就回去；要是不願意，留在我這裡也使得，就說妳婆母託付我照看妳。」

聽見婆母兩個字，楊寶娘又紅了臉。「阿娘，三姨是什麼樣的人？好不好相處？」

李太后笑。「妳三姨最是豁達，也最護短，從不會計較小事情。妳大嫂生了兩個女兒，妳三姨一個字都沒說，怕她難過，還寫信安慰她，要是別人家，早就有了庶子。妳二嫂是平民女子，入了元帥府，妳三姨手把手教導，從未因門第之見而輕視。誰欺負她的人，她定不會善罷甘休。妳長得好，是我的女兒，和煒哥兒情分又好，放心吧，妳三姨定會疼妳的。」

楊寶娘又忍不住臉紅，和李太后私語到半夜。

子時鐘聲響，李太后親自幫楊寶娘鋪了被子。「寶兒乖，快睡吧，明天我帶妳和煒哥兒在明盛園裡好生玩玩。」

楊寶娘高興地躺下，李太后躺在她身邊，輕輕拍拍她的背，唱起了兒歌。

楊寶娘有些累，迷迷糊糊睡著了。

第二天一大早，李太后讓人做了一桌豐盛的早飯，帶著兩個孩子一起吃。

趙傳煒見楊寶娘氣色好，笑咪咪地看著她。「岳父真是的，害我白掉眼淚。」

楊寶娘在下面踢他一腳。「你快吃飯。」

李太后幫兩個孩子各夾了一顆水晶餃。「天還熱呢，不好到處跑，等會兒你們跟我到船上玩。」

楊寶娘吃了口餃子，偷偷瞄李太后一眼。

李太后笑問她。「寶兒有什麼想問的？儘管說，不要拘謹。到了我這裡，和妳阿爹那裡是一樣的。」

楊寶娘悄悄問道：「阿娘，要不要給奶奶送個信，難道真把那個人埋進我家祖墳裡？」

李太后收斂笑容。「此事非同小可，妳阿爹從江南帶回來的帳本子，不知道會牽扯多少人的命，查清之後，妳兄長怕要大開殺戒了。這會兒妳阿爹詐死也好，若是他還活著，那麼多人要抄家奪官，百官不敢恨皇帝，只能恨他了。

「妳阿爹不結黨營私，這回得罪那麼多官員，還是避一避。暫時莫要送信，楊家人多嘴雜，演得越真越好。煒哥兒出去後，照常戴孝，一切照著規矩來，等塵埃落定之後再說。」

趙傳煒點頭。「我聽姨母的。」

楊寶娘又問：「阿娘，要不要告訴聖上實情？」

李太后想了想。「這事你們莫管，只裝作什麼都不知道。」她不準備告訴景仁帝，且讓他急一急。
楊寶娘點頭。「那我留在阿娘這裡。回了楊家，怕自己露餡。」
李太后點頭。「好，妳留在這裡陪我。過幾日妳兩個姊姊會過來，妳們也見見面。」
楊寶娘試探地問：「姊姊們會不會嫌棄我？」
李太后笑。「不會，她們最通情達理了。好了，快吃飯吧。」
吃過了飯，李太后帶著兩個孩子去船上玩。
楊寶娘讓李太后坐好，為她作畫，趙傳煒坐在甲板上釣魚。
等楊寶娘畫完，李太后拿過去看，忍不住讚嘆。「畫得真好。」
隔天，趙傳煒就被李太后攆走了。楊寶娘在明盛園住下來，李太后帶著她整日玩耍，給了許多綾羅綢緞和金銀珠寶，彷彿要把楊寶娘缺失十幾年的母愛都補回去一樣。
明盛園裡母女和諧，朝堂上卻要翻天了。
三司連同戶部一起，很快查清帳目。這一查可不得了，江南四省官員沒有一個是屁股乾淨的，許多京中的人都受到牽連。
剛開始，眾人驚慌，後來聽說牽連到那麼多人，頓時放了心。景仁帝總不能一下子把幾百人全砍了，那江南四省豈不是無人辦差？
景仁帝默不作聲，等查清楚之後，命御林軍陪戶部官員去江南核實，若是無誤，立刻拿下四省總督，押解回京。

他是沒辦法砍了幾百人，但收拾這些大蛀蟲，抄了家，補貼國庫，也能洩憤。京中幾個官位高的，立刻摘了官帽打入大牢，抄沒所有家產。

景仁帝痛失臂膀，大開殺戒，這一回絲毫不手軟。誰想求情，便讓人把他拎到楊家靈堂前磕頭。

禮部為楊太傅定了謚號，封文忠公，配享太廟。這種榮耀，當朝只有王老太師和老英國公幾個開國元勛有過。

過了十幾日，楊家把「楊太傅」葬入祖墳，閉門謝客，開始守孝。

至於楊寶娘的離去，楊府眾人緘默不語；她打了莫氏的事，也被陳氏壓下。第二天莫大管事就把喜鵲和劉嬤嬤打發去了明盛園，他在家裡聽候陳氏吩咐，好不容易養出來的肥肉，幾天工夫全沒了。

辦完喪事，陳氏一病不起。楊黛娘回來探望，卻被陳氏攆走，勒令她不許再上門。

陳氏生病之後，天天把莫氏叫到跟前服侍。她伺候莫氏吃喝一輩子，如今該換莫氏伺候她了。

但莫氏就是個飯桶，什麼都不會幹，不是藥燙嘴，就是洗臉水是涼的。

婆媳倆整日一個氣急敗壞，一個委屈無聲哭泣。陳氏天天派人到莫家罵人，二老太太把老秦姨娘從莊子裡拎回來，讓她聽著。老秦姨娘見楊太傅歿了，本想來楊家慫恿女兒當家作主，卻被陳氏罵個狗血淋頭。

如今，楊家的家事全交給楊默娘，外頭有楊玉昆和莫大管事打理，暫時還能支應。楊淑娘則擺出小姐的架子，把陳姨娘關在院子裡，不許她再到處哭訴。無論陳姨娘怎麼哭罵，她死活不鬆口，陪她一起在院子裡坐牢。

景仁帝在朝堂攪動風雨，凡是吃黑錢到了一定數目的，全部革職查辦，京中人人自危。有老臣勸景仁帝，適可而止，景仁帝毫不動搖，殺了好幾個總督跟巡撫，也砍了二十幾個州縣官員的腦袋。

朝中候缺的兩榜進士那麼多，景仁帝迅速補齊州縣官員，再把一些平日裡表現出色的小官提上來。這種緊要關頭，新上任的官員絲毫不敢懈怠，原本大家害怕的情況並沒有發生，反而是衙門裡的人辦差賣力了許多。

這回景仁帝的鐵血手腕，為後來十幾年的吏治清明打下堅實基礎。他還降低了官鹽的價錢，命各州府嚴厲查緝私鹽。

當年秋天，江南四省的稅收大漲，解了朝廷之危。

第五十一章　算舊帳死而復生

等所有事情塵埃落定，已經到了九月底。

這段日子，楊寶娘見了清河長公主和渭河長公主，宮裡幾位公主也來過。

眾人對楊寶娘的身分諱莫如深，反正楊寶娘礙不著她們什麼，自然不會在意。

兩位長公主想的不一樣，她們從年幼開始，就跟著李太后在宮裡艱難求生。

清河長公主是老大，知道李太后為了景仁帝，什麼都做過。她不是不通世事的小娘子，她和駙馬琴瑟和諧，見李太后孤苦，既然兩人訂過親，先帝也歿了，而楊太傅為助景仁帝，連命都搭進去，權當李太后改嫁了吧。

天家的公主們，並沒有把三從四德放在心上。

渭河長公主更瀟灑了，悄悄同姊姊嘀咕。「算算年紀，妹妹是父皇去了之後才有的。既然父皇歿了，母后有心頭好，生個孩子又怎樣？哼，要是母后喜歡，別說楊太傅那樣的老頭子，我送母后兩個好看的少年郎都行。不過，母后眼光真好，聽說楊太傅年輕時，是出了名的俊俏。」

清河長公主拍她一下。「別胡說，妹夫知道，要生氣了。」

渭河長公主笑。「我只是說說，又沒真的做。我跟駙馬說好了，他要是敢納妾，我立刻養更多面首。」

清河長公主也笑。「知道知道，妳最厲害了。妹夫對妳還不好？妳可別瞎胡鬧，孩子們看著呢。」

渭河長公主笑嘻嘻。「我就是嚇唬嚇唬他。」

不過，雖然李太后要是沒入王府，就沒有兩位長公主了，但她們心裡還是不高興。瓊枝姑姑背地裡跟她們嘀咕半天，清河長公主回去後，便拐著彎送兩個妾給周晉中。而周晉中的屁股也沒那麼乾淨，這回老丈人的命搭進去了，他不光升不了官，還得受罰。

渭河長公主等陳氏不再罵人，老秦姨娘又回莊子之後，命人在莫家莊園邊放了兩個賊，趁著大家抓賊的工夫，帶走老秦姨娘和秦嬤嬤，直接送到黑磚窯裡，替工人們做飯洗衣裳。

黑磚窯裡的人都是粗漢子，老秦姨娘和秦嬤嬤老了，仍免不了被他們從口舌上占便宜，整日受苦受累受氣。沒過多久，兩人先後歿了，連副棺材都沒有。

至於莫氏，渭河長公主還沒想好辦法收拾，清河長公主攔住了她。「算了吧，周二奶奶打了妹妹，略微懲戒也就罷了。楊夫人那裡，母后都不計較，咱們就當她不存在算了。一個殘廢，又不得寵，沒必要為了她，壞了妳的名聲。」

渭河長公主這才罷休。

明盛園裡一派和諧，千里之外，楊太傅正愜意地坐在躺椅上，一邊吃著當地的時令新鮮瓜果、一邊悠悠哉哉地看書。雖然身上傷得重，卻絲毫不影響他的好心情。

他正在看東籬先生寫的遊記，想著自己什麼時候也能出去走走。

外面突然響起了人聲。「老楊，你可賺大了，聖上給你定了諡號，封文忠公，還配享太廟呢！」

楊太傅抬頭。「死後殊榮，有個屁用。」

來人正是晉國公，進屋後，一屁股坐到楊太傅身邊。「別矯情了，我還不知道你？最貪慕虛榮。」

楊太傅哈哈笑。「說得好像你不喜歡虛榮似的。」

晉國公看看他手裡的書。「怎麼，太傅大人真準備以後雲遊江湖，再不問世事？」

楊太傅瞇起眼睛。「我都死了，還問什麼世事？」

晉國公笑。「那你待在我這裡養老吧，多的沒有，一日三餐還是有的。」

楊太傅晃了晃搖椅。「那就多謝親家公了。」

晉國公忽然收斂笑容。「楊大哥，你真不回去了？」

楊太傅翻了一頁書。「身前跟身後的名都有了，我也累了，只剩下半條命，想歇一歇。家裡老小有吃有喝，萬一遇到難處，不是還有你兒子？真要多謝你養的好兒子，天天在我面前盡孝。」

楊太傅說得不假，他這半條命是撿來的。那天，匪徒給他來了個利刃穿胸，還好沒有扎到心臟。

他一入江南，就和晉國公聯繫上。指望俞大人手底下那十幾個侍衛，他早死了。那批攻擊他們的死士裡，已經混入晉國公的人。

兩人知道，江南這批官員，不會讓他活著離開。重傷是真的，但屍體是假的，是晉國公找的死囚，提前放在船上，連俞大人都不知道。

俞大人抱著楊太傅的假屍體痛哭，真的楊太傅僅剩一口氣，被晉國公的人弄走了。

俞大人哭完，發了狠，立刻聯繫當地駐軍，拿出聖旨和御前侍衛統領的腰牌，駐軍首領不敢不認，立刻護送他們回京城。

晉國公目光複雜地看著楊太傅。「老楊，我兒子好吧？」

楊太傅嗯了聲。「是不錯，快趕得上我了。」

晉國公笑話他。「你別不要臉，他比你強多了。他為了媳婦，敢得罪皇帝，你當年連個屁都沒放過。」

楊太傅面無表情。「那是因為他有個你這樣有本事的爹，不然也是連屁都不敢放。」

晉國公看著他，一字一頓地說：「他要是不敢放屁，那可能就是像親爹了。」

楊太傅覺得不對勁，抬起頭看向晉國公。「你這話是什麼意思？」

晉國公挪開了眼。「老楊，我替你把兒子養大，你是感謝我，還是想殺我？」

楊太傅緩緩放下手裡的書，厲聲問道：「你到底是什麼意思？」

晉國公撫摸著手上的扳指。「你莫激動，小心傷口裂開，還沒見到兒子就死了。」

楊太傅大口喘氣。「你給我說清楚！」

晉國公笑。「你家裡那個小娘子，是文家老姑太太的後人。因自小無父無母，大姊姊就送給了你，你兒子是我養大的。不對，他是我兒子，我疼了他十幾年，就算不是親生的，你也別想來跟我搶。」

楊太傅暴怒。「你胡說八道！」

晉國公聲音很輕。「老楊，煒哥兒十四歲了，你也只剩半條命，我才告訴你。你莫要怪大姊姊，煒哥兒送給我，是最好的選擇。」

楊太傅的呼吸更重了，傷口傳來陣陣疼痛。「你胡說！」

晉國公聲音也高起來。「怎麼？難道你還想讓大姊姊把兒子送給你？你家裡亂糟糟的，煒哥兒去了，要當庶子不成？」

楊太傅氣得把手裡的書往晉國公臉上丟。「我的兒子憑什麼給你？我不會疼他嗎?!」

晉國公站起來，居高臨下地看著他。

「煒哥兒媳婦是個小娘子，你都費了那麼大的功夫才記成嫡女，讓孩子去你家當嫡長子，你家那個聾子豈不得上吊？你想讓孩子背負逼死嫡母的罪名嗎？若是讓他當嫡次子，又憑什麼呢？別說大姊姊不答應，我們也不答應。你能為孩子做到什麼地步？冷落正妻？那莫氏的兒子會不記仇？兄弟成仇人，你願意看到？」

楊太傅雙眼通紅，傷口開始有血流出來。

晉國公夫人李氏進來了。「官人，好好說話，楊大哥身上有傷呢。」

晉國公又坐下了。

李氏安撫楊太傅。「楊大哥，不是大姊姊想騙你。你想一想，煒哥兒到了我家，這十幾年，我們對他的疼愛，一點都不比平哥兒和慶哥兒少。當時婧娘剛出生，他們算作雙胎正好。那時你家裡整日死氣沈沈，大姊姊怎麼放心把孩子送回去？」

楊太傅剛才淩厲的氣勢頓時委頓下來。「都是我的錯。」

李氏又安慰他。「楊大哥不知道，大姊姊的懷相不是很好，那陣子，她瘦得只剩下肚子了，因我家婧娘大些，最後大姊姊吃了催產的藥，兩個孩子才湊成雙胎。

「煒哥兒出生時，還不滿九個月，京城一到冬天，冷得不得了，他哪裡熬得住，三天兩頭生病，我時常整夜抱著他，熬得眼睛差點瞎了。後來等他稍微大一點點，我立刻帶著兩個孩子到福建，這邊暖和，像鳳凰蛋一樣精心捧著他養了好幾年，官人從小教他習武強身，他才能越來越壯實。」

楊太傅的眼淚掉下來。「姝娘，多謝妳。」

李氏繼續道：「楊大哥，你整日上朝忙碌，京城人多眼雜，規矩又重，你不在家，誰能看著孩子呢？楊大娘雖能幫忙照看，但我說句實話，莫氏子也是她孫子，她不可能太偏著一個，時日久了，煒哥兒豈不要受委屈？

「可他媳婦不一樣，當時你們家大女兒即將出閣，她不可能跟一個妹妹計較太多。莫氏有了兒子，也不會太為難一個小娘子，反正礙不著她兒子的地位和前程。」

楊太傅老淚縱橫。「姝娘，妳說得都對，但我心裡還是難過。我自己的兒子，卻沒養過他一天。」

晉國公也勸他。「老楊，如今他是你女婿，你想怎麼疼愛都行。他一進京城，就遇見他媳婦，這何嘗不是你們父子之間的緣分？老楊，到了咱們這個歲數，還有什麼事看不開的，要那個父子虛名做什麼？」

楊太傅哭了許久，李氏怕他傷了身子，勸道：「楊大哥得保重身子，等兩個孩子成親，你還要回去呢。煒哥兒剛考過府試，以後科舉路長得很，需要你多指點。」

楊太傅漸漸止住哭聲。「這件事，還有誰知道？」

李氏輕聲說：「大姊姊知道，至於聖上知不知道，我們就不得而知了。我家裡孩子，一個都不知道。楊大哥要不要告訴煒哥兒，由你自己決定。」

楊太傅想起那個朝氣蓬勃、笑容燦爛的孩子，又落下眼淚。「多謝你們，替我把兒子養得這麼好。」

晉國公拍拍他的肩膀。「好了老楊，別矯情了。你是配享太廟的人，人生注定和別人不一樣，要承受更多的風雨。如今都過去了，孩子大了，和他媳婦很好，以後科舉做官，一輩子和和美美。你雖然沒養大兒子，但親手養大兒媳婦，也是緣分。」

楊太傅沈默片刻。「你們去吧，讓我歇一歇。」

夫妻倆對視一眼，一起走了。

出去後，李氏派人去請大夫，來替楊太傅診治。

回屋後，李氏問晉國公。「官人，你怎麼忽然告訴楊大哥真相？」

晉國公回答。「他為了大姊姊和聖上，命都要丟了，也該知道了。」

李氏有些擔憂。「煒哥兒曉得了，會不會難過？」

晉國公拉著她的手。「這些年，咱們對他和親生的一樣。孩子又不傻，誰真心疼他，他能感受到。他也大了，有權知道自己的身世。不管是咱們，還是大姊姊和老楊，哪一個都疼他，就算剛開始有些難以接受，慢慢就好了。」

李氏嘆口氣。「但願兩個孩子能好好的。」

楊太傅在趙家養了許久的傷，等身子好全之後，外面的事情也塵埃落定。

李太后一直帶著楊寶娘住在明盛園，景仁帝殺得差不多，各處的缺位也補上了，魏大人升了吏部尚書，楊家還在守孝。

孔翰林經常打發兒子上門問候陳氏，和楊家兄弟一起做學問，趙傳煒暗地裡也一直注意楊家的動靜。

京城的天氣，說冷就冷了。

下第一場雪的那日，又是大朝會。一輛馬車停在宮門口，一名衣著光鮮的男子從車上走下來。

侍衛們瞧見他的臉，頓時目瞪口呆。老天爺，見鬼啦！

一個膽大些的鼓起勇氣問：「請問這位大官人，您是哪位？」

楊太傅對著宮門拱手。「臣楊鎮，求見聖上。」

我的娘欸！侍衛一屁股坐到地上，連滾帶爬進去稟報。

南平郡王見有人慌慌張張跑進來，立刻大喝。「護駕！」

侍衛撲通跪下。「聖上，外頭有個人，自稱是楊太傅，和楊太傅長得一模一樣。」

景仁帝寒著臉。「你莫不是沒睡醒？」

侍衛急了。「卑職沒有撒謊，真的，好多人看到了。」

景仁帝吩咐旁邊的張內侍。「你去看看。」

張內侍應聲去了，走到大門口一瞧，驚得眼珠子都要掉了，圍著楊太傅轉兩圈。

「您……您真的是楊太傅？」

楊太傅看他一眼。「張內侍平日不是膽子大得很，連假傳聖旨的事都敢幹。」

張內侍聽了，一拍大腿。「楊大人，您沒死啊！哎喲，真是的，害我白流一缸眼淚。」

楊太傅摸摸鬍鬚。「不急，等我以後真死的時候，你就不用再哭了。」

張內侍呸呸兩聲。「既然楊大人回來了，快跟我去面聖吧。」

有張內侍帶路，兩人到了金鑾殿。

楊太傅進殿後，先跪下行大禮。「臣楊鎮，見過聖上。」

景仁帝臉上一點表情都沒有，從楊太傅進來的那一刻起，他就確認，這個是真的。

他沈默許久，忽然道：「御前侍衛統領，罰俸三年，思過十日。」

楊太傅又磕了個頭。「臣有罪。」

景仁帝的聲音很平靜。「這些日子，先生去了哪裡？京城裡，人人為先生悲痛。」

楊太傅的聲音清亮。「當日臣被匪徒一刀穿胸，只剩一口氣，被晉國公派人救下。臣想著，匪徒們一擊不中，定會再來，索性詐死，讓俞大人帶回帳冊，也算不辱使命。」

景仁帝笑起來。「好個不辱使命。愛卿成了英雄，朕把皇子全派去祭奠那個死人了。」

楊太傅又請罪。「臣有罪，請聖上責罰。」

魏大人頂替楊太傅的位置，立刻出來幫他說話。「聖上，楊大人身負重傷，僥倖保住一命，雖詐死欺騙眾人，也是不得已而為之。」

旁邊的戶部尚書跟著打圓場。「聖上，歹徒凶狠，楊大人若不詐死，對方怕是不會甘休。好在俞大人平安將帳冊帶回來，楊大人也算不辱使命。」

景仁帝沈默許久，長長出了一口氣，然後走下龍椅。

他走到楊太傅面前，伸手扶起楊太傅，摸摸他的胸口。「先生真是命大，被人一刀穿胸，還能活著回來。」

傷口被景仁帝碰到，楊太傅渾身一僵。「多謝聖上關心，都是臣的本分。」

景仁帝忽然哈哈笑了。「好，先生此去，九死一生，總算回來了。今年各省稅收大漲，是先生的功勞。先生先回去歇著，朕命太醫替先生診治。」

眾人鬆了一口氣。楊太傅死的時候，景仁帝在宮門口哭半天，現在他又活了，等於是戲弄君王，治他的罪也不為過。

楊太傅躬身。「臣多謝聖上恩典。」

景仁帝揮手，讓人送他回去。

楊太傅一出金鑾殿，魏大人立刻上奏。「聖上，楊大人不在，臣代為掌管吏部。如今楊大人歸來，臣請聖上讓楊大人官復原職。」

景仁帝唔了一聲。「此事暫不議。」

另一邊，楊太傅坐著馬車回了家。

到了大門口，他看到掛著的白色燈籠，皺起眉頭。

門房瞧見他，嚇得一屁股坐到地上，哭了起來。「老爺饒命！」

楊太傅一甩袖子，往裡面走。「把這些東西全拆了！」又揚聲喊：「墨竹！墨竹！」

莫大管事以為自己睡迷糊了，站起來聽，卻是熟悉的聲音，出來一看，立刻老淚縱橫。「老爺，您還有什麼心願，我幫您完成。二娘子住在明盛園，老太太大病了一場又好了。如今家裡還算太平，沒有人敢來欺負。」

楊太傅笑罵。「混帳，快幫我備水洗漱，我趕上千里路回來的。」

莫大管事呆了，慢吞吞走過來，拉過楊太傅的手摸了摸，又大著膽子，把頭靠近他的胸口，聽見咚咚的心跳聲。沒錯，是活的！

楊太傅揚手對著他的頭拍了下。「老爺我沒死，快把家裡這些東西拆了。」說完，抬腳去了後院。

莫大管事頓時狂喜。「老爺沒死！老爺沒死！」又一把拉住楊太傅。「老爺，老太太年紀大了，禁不住這樣驚嚇。」

楊太傅看看天色。「青天白日的，就算有鬼，也不用怕。」

陳氏正默默坐在屋子裡念經。

兒子死後，她一下子老了許多，精神一天比一天差。她年紀不小了，經過這件事後，開始吃齋念佛，還叫莫氏跟她一起吃。

多年來，莫氏雖不得楊太傅歡心，在楊家卻是吃好穿好，忽然間要吃齋，她受不了，但婆母有令，不敢不從。

楊太傅靜悄悄地進來了，聽見母親在念經，沒有吱聲，靜靜地站在那裡。

陳氏要喝茶，莫氏轉身去幫婆婆倒，一眼瞧見站在門口的楊太傅，立刻嚇得捂住嘴，嗚嗚亂叫起來。

陳氏氣得罵她。「鬼叫什麼？」

莫氏急得去拉陳氏的袖子，指了指門口。

陳氏一抬頭，呆住了。

她緩緩走到門口。「鎮兒，你進來，莫要站在太陽底下。」知道鬼魂怕陽光，若曬著了，會魂飛魄散。

楊太傅進屋，站在那裡不說話。

陳氏落下眼淚。「我兒，你還有什麼心願未了？阿娘拚著這條老命，也替你完成。」

楊太傅的聲音沒有一絲起伏。「阿娘還好嗎？」

陳氏痛哭起來，想去摸兒子，又怕自己身上的陽氣傷著他。「都是阿娘的錯，阿娘嫌貧愛富、阿娘背信棄義，讓你一輩子鬱鬱寡歡。阿娘從此吃齋念佛，準備把私房錢捐出去，接濟窮人，做些好事。你告訴你阿爹，我對不起他。等你兩個兒子長大些，阿娘就能放心地去見他了。」

楊太傅問：「阿娘當了一品誥命，這輩子過得歡心嗎？」

陳氏繼續哭。「前些日子，娘娘來的時候，我給她磕頭認錯，她還說了，這輩子無緣，下輩子要和你做夫妻。鎮兒，你聽見了嗎？她心裡也是想著你的。阿娘是個罪人，眼裡只有富貴。如今我兒去了，阿娘覺得這滿眼富貴都在打我的臉。」

楊太傅輕聲回答。「兒子不孝，讓阿娘受苦了。」

陳氏搖頭。「我兒，你安心地去吧。你放心，阿娘臨死前，一定把幾個孩子的親事都訂好。我兒下輩子投胎，找個好人家，父母雙全，夫妻恩愛，一家子和和美美。」

楊太傅定定地看著陳氏。「阿娘，兒子捨不得死呢。」

陳氏又哭了。「我兒要是不想走，只要地府不催，就在阿娘屋裡住下，阿娘每日讓孩子們輪流來給你上香。」

楊太傅眼神平和地看著陳氏，見她滿頭白髮、滿臉皺紋，神情悲傷，想摸他又不敢摸。過了好久，他拉起陳氏的手，陳氏掙扎，楊太傅便把她的手按在自己胸口。

「阿娘，兒子僥倖保住一命，藏了這麼久才敢回來，讓阿娘擔心了。」

陳氏感受手底下的溫熱，又仔細摸了摸兒子，捏捏他的手腕跟脈搏，確定這是活人之後，立刻嚎啕大哭起來。

她這一哭，把家裡所有人都招來了。幾個孩子們驚嚇過後，經莫大管事一說，都過來拉著楊太傅哭。

楊太傅輪著拍拍幾個孩子的頭，問楊默娘。「妳二姊姊呢？」

楊默娘支吾道：「二姊姊去親戚家了。」

莫大管事過來耳語兩句，楊太傅眼神犀利地看向楊玉昆。

楊玉昆低下頭，楊太傅什麼都沒說，吩咐楊默娘。「妳去準備一桌好飯菜，阿爹還沒吃飯呢。」

楊默娘立刻高興地去了。

第五十二章　舐犢情父子相見

一會兒後，莫大管事帶人把家裡那些白色東西全拆了，換成紅色的，又放鞭炮，堅持要楊太傅上祠堂祭拜祖宗，進去時還跨了火盆。同時派人去楊家祖墳，幫那個死囚犯移棺，找幾個和尚念經，安葬到別的地方。

楊默娘讓廚房飛快去採買葷菜，準備了一桌像樣的酒席。

等楊太傅洗漱完畢後，酒席也擺好了，一家子團聚，連家裡兩個姨娘都來了，唯獨少了楊寶娘。

楊太傅看著楊玉昆。「昆哥兒，你二姊姊出去這麼久，你怎麼不去接她回來？」

楊玉昆站起身。「都是兒子的錯，請阿爹責罰。」

楊太傅盯著他。「你老子死了，你是家裡的嫡長子，當家原也沒錯。但你眼見兩個姊姊爭執，卻毫無作為。往常我看你還算懂禮，老子一死，你眼裡就只有親姊姊和親娘了。」

楊玉昆撲通跪下。「阿爹，兒子不能眼見阿娘受辱。」

莫氏立刻起身去拉兒子，但楊玉昆死活不起來。莫氏想到那天夜晚，楊寶娘抽她兩耳光，李太后來了之後，壓得她絲毫喘不過氣，心裡的那股激憤又冒出來了。

她指著楊太傅，雖然一句話都說不出來，但誰都看得出，她心裡定是把楊太傅罵了個狗血淋頭。

楊太傅看都不看她一眼。「你去祠堂裡跪著，什麼時候想清楚嫡長子的責任，什麼時候起來。」

楊玉昆低下頭。「兒子知罪。」起身去祠堂，莫氏追了出去。

兒子教導孫子，陳氏一句話都沒說。等楊玉昆走了，才勸兒子。「鎮哥兒，昆哥兒這回是做得不對。可你忽然來了這麼一齣，別說孩子們，連我都糊塗了。好在你平安歸來，教訓他一頓也就罷了。」

楊太傅幫陳氏夾了一筷子菜。「當日兒子只剩一口氣，多虧箇兒弟救了我。外頭那些人要是知道兒子還活著，豈不把我活剝。兒子藏了這麼久才敢出來，讓阿娘受驚了。」

陳氏拍拍兒子的手。「我不如你李家嬸子，她一心向善，養的孩子也好。年輕時，我就比她爭強好勝。爭來爭去，爭什麼呢？人這一輩子，說沒了就沒了，最後不都是個死。」

楊太傅勸慰陳氏。「都過去了，阿娘不必再提。兒子剛回來呢，吃飯吧。」

陳氏知道，不管她怎麼說，做過的錯事已經無法彌補。她一提這個，兒子就打岔。

楊太傅挨個問幾個孩子近來的事，替他們夾菜，一家子一起吃了頓溫馨的午飯。

吃過飯，楊太傅去了前院書房，先睡一覺，起來後就寫摺子。

臣身負重傷，恐不能再擔重任，祈望聖上垂愛，允臣辭去官職，在家奉養老母，教導兒女……

摺子還沒寫完，陸太醫就來了。

陸太醫替楊太傅把脈，又看看他的傷口，道：「真是驚險，再差一分，就要傷著心肺，可見老天爺不想我大景朝折損一忠臣。這傷好得差不多，但還得仔細休養，心境平和，當日傷口縫得粗糙，怕裡頭進了氣。且傷口在心肺之間，若是情緒激動，怕會影響心肺。」

陸太醫說的一點不假，趙家的大夫是軍醫，幫戰場上下來的士兵們縫傷，全用大針和粗線，都是糙老爺們，留住命就可以了。

那傷口猙獰得很，莫大管事看得腿都發軟。

陸太醫說了許多保養的法子，莫大管事一一記下，陸太醫又開了藥，這才離去。

天冷，楊太傅剛解開衣裳，這會兒忍不住咳嗽起來。他一咳嗽，胸口果然有些疼，想來是裡頭真進了氣。

莫大管事見狀，立刻熬藥給他喝，絮絮叨叨說起這些日子的事，楊太傅覺得他聒噪，便把他攆出去。

等莫大管事走了，楊太傅在書房裡翻找以前讀書時寫的筆記，把中舉前念的東西拿出來，仔細整理了兩遍。

天快黑時，楊太傅讓人把楊玉昆叫過來。

楊玉昆跪了好幾個時辰，人有些虛，進門後又跪下了。

「阿爹。」

楊太傅指指椅子。「坐。」

楊玉昆聽話地坐下。

楊太傅問他。「想明白了嗎？」

楊玉昆低聲道：「兒子的眼界太小了。」

楊太傅嗯了一聲。「還有呢？」

楊玉昆抬起頭。「阿爹，兒子想離開京城。」

楊太傅問他。「為何想離開京城？」

楊玉昆認真回答。「兒子長這麼大，總是在京城裡打轉，整日錦衣玉食，因是太傅嫡長子，聽到的全是奉承。兒子沒有經歷過風雨，心性不定。二姊姊被表兄欺負，兒子便痛恨表兄；二姊姊和阿娘起爭執，兒子又覺得二姊姊不好。兒子總是被旁人左右，像個沒有自己靈魂的傀儡。」

楊太傅聽著，下筆如飛。「你出生時，家運已經興旺，你過得順風順水，闌哥兒小，性子軟，從來不和你相爭，幾個姊妹也不難相處，你這嫡長子做得真是比吃飯還容易。你看到趙世子、李世子和嚴世子嗎？他們也是嫡長子，他們在做什麼，你又在做什麼？你和姊妹置氣，置身內宅婦人鬥爭之中，若我真死了，你這輩子也就是個小心眼的廢物了。」

楊玉昆低了頭。「兒子知錯。」

楊太傅放下筆。「你說得不錯，你是該經歷風雨了。過幾日，我送你去南邊的白鹿書院。你以普通人家孩子的身分去，只准帶一個人，一個月給五兩銀子，兩年後再回來從縣試開始考。考完之後，繼續出去讀書。你沾了老子十幾年的光，以後自己去拚吧。」

楊玉昆點頭。「兒子遵命，多謝阿爹教誨。」

楊太傅擺擺手。「你去吧。」

楊玉昆離開楊太傅的書房，出門後，忽然感覺豁然開朗。以前的抑鬱、這些日子的愁苦，好像都被楊太傅罵醒了。

回到自己屋裡，楊玉昆想到過幾日就要走，先給楊寶娘寫了封信，為自己的不作為而道歉，又去莫氏的院子向她告別，囑咐荔枝好生照顧莫氏，然後帶著莫大管事的小兒子，收拾簡單的行李。

第二天，景仁帝翻來覆去地看楊太傅呈上的摺子，又問陸太醫，楊太傅的身體如何？仔細斟酌，批了楊太傅的摺子，免去吏部尚書之職，保留太傅之位，休養一個月後再上朝。

這是模仿先帝對王老太師的禮遇了，沒有實職，卻是帝王心腹和智囊，誰也不敢小看。

這結果在楊太傅意料之中，魏大人是他親手提上來的，完全能勝任。這回殺了這麼多人頭，吏治能安穩許久，他就不要操心了。

楊太傅一回來，京城裡立刻炸開了鍋。有人不相信，但這是景仁帝親自在金鑾殿上確認的，又聽說他詐死的經歷，頓時咋舌。還有人不相信，跑到楊家打探，一見楊家的白燈籠換成紅燈籠，家裡下人滿臉喜色，每日買肉買酒，這才相信楊太傅真回來了。

楊玉昆還沒走，趙傳煒在學堂聽到消息，立刻趕過來。

趙傳煒到時，楊太傅正在書房裡整理自己的讀書筆記，莫大管事把他迎到外書房。

趙傳煒站在門口，仔細看著楊太傅。

楊太傅坐在桌後，也目不轉睛地看著他。

看了一會兒，趙傳煒高興地衝過來。「岳父，真的是您？您回來了！」拉住楊太傅的手，左右看了看，又盯著他的臉細瞧。

楊太傅拉著他的手，鼻子有些發酸。「是我。好孩子，你怎麼來了？」

趙傳煒坐在旁邊的小圓凳上。「昨日官學裡傳開了，說岳父回京，我還不相信，今日特地來看看。聽說岳父受傷了？都好了沒有？」

楊太傅微笑。「都好了，你阿爹救下我，找的軍中好大夫幫我治傷。我休養這麼久，無礙了。」

趙傳煒瞇起眼睛笑。「岳父去我家了？我阿爹阿娘好不好？我離開福建快兩年，明年想回去看看呢。」

楊太傅拍拍他的手。「你阿爹阿娘好得很。聽說你院試考得不錯，好生讀書，後年秋闈要是能得個頭名，那才好呢。」

趙傳煒有些不好意思。「沒讓岳父丟臉就好。」

楊太傅在趙家養傷時，趙傳煒順利過了院試，又是頭名。

晉國公得到信後，跑去向楊太傅炫耀。「你看我兒子多有本事。」

楊太傅氣結。「那是像我，像你只能是個莽夫。」

晉國公瞟他一眼。「你生氣也沒用，他就是我兒子。即便我沒考狀元，也是大景朝第一個文武雙進士。如今說出去，誰不說煒哥兒像我呢。」

楊太傅感覺傷口發疼，扭過臉不去看他小人得志的樣子。

現在兒子就在自己面前，楊太傅越看越歡心，細看他眉眼，越看越覺得，這是他的兒子。晉國公在東南吹了幾十年海風，如何能生出這麼漂亮的孩子，這一點，楊太傅十分自信。

他這樣目不轉睛地盯著趙傳煒，讓趙傳煒有些納悶。

「岳父？」

楊太傅回過神。「寶兒在明盛園好不好？」

趙傳煒點頭。「好得很，姨母親自帶著她，誰也不敢欺負。當日俞大人送回假岳父，寶兒哭得昏過去兩回。後來聽姨母說了實情，我們才放心，就盼著岳父能早日回來。」

楊太傅唔了聲，不好跟他說中間的緣由，遂道：「既然來了，中午就別走了。來，陪我下盤棋。」

趙傳煒高興地點頭。「好，我來擺棋盤。」

翁兒倆坐在小桌邊對弈，沈默不語。

趙傳煒聚精會神，楊太傅卻是分心，偶爾抬頭看兒子兩眼。他問過李氏這孩子的生辰，日子是沒錯的，算起時間，比昆哥兒早了半天，這才是他真正的嫡長子。

楊太傅感覺眼眶有些發熱，這孩子被趙家養得很好，心思純正，讀書用功，聽說趙傳慶離京辦差之後，家裡的許多事都是他在管，可見不是個無能的。

楊太傅又想起晉國公那些話，雖然扎心，卻無法反駁，暗暗嘆口氣。於養孩子上頭，他確實做得不好，不是個好父親。家裡兩個兒子，老大是牆頭草，老二性子軟和，幾個女兒，他要麼不聞不問，要麼寵上了天。

趙傳煒步步為營，還是落了下風。楊太傅漫不經心，贏他還是綽綽有餘。

趙傳煒抬頭笑。「我什麼時候才能有岳父這樣的棋藝？」

楊太傅笑。「你還小呢，不急，這已經很好了。」

翁兒倆剛下完一盤棋，楊玉昆來了。

趙傳煒起身打招呼。經過靈堂裡的爭執，兩人似乎有了隔閡。

趙傳煒生性豁達，李氏一直教導他，人和人之間需要緣分，沒有緣分，不必強求，表面上過得去就可以了。
楊太傅讓他們坐下。「東西收拾好了嗎？」
楊玉昆點頭。「都收好了。」
楊太傅道：「兩天後出發，以後兩個月寫一封信回來，今年過年不用回京城了。」
趙傳煒好奇。「昆哥兒要去哪裡？」
楊太傅簡單回了一句。「去南邊讀書。整日聽人吹捧，不知道自己幾斤幾兩。到外頭聽了實話，好長些見識。」
楊玉昆低下頭。「多謝阿爹教誨。」
中午，楊太傅帶著兩個兒子吃了頓安靜的午飯後，趙傳煒告辭，楊玉昆請他轉呈給楊寶娘的信。
楊太傅沒死，趙傳煒非常高興，回去後，便把消息傳播出去。
明盛園那裡，李太后早就得到消息，過了好幾日，才悄悄告訴楊寶娘。
「寶兒，妳阿爹回來了。」
楊寶娘驚喜。「真回來了？阿娘，我能不能回去看看阿爹？」
李太后搖頭。「回去做什麼，妳打了莫氏，這會兒回去，要不要給她賠禮？索性就住在我這裡。妳阿爹把大家騙得團團轉，咱們就當不知道他回來了。」

楊寶娘轉轉眼珠子。「阿娘，咱們讓阿爹過來好不好？」

李太后看她一下。「小孩子家的，不要管那麼多。」

楊寶娘哦了聲，雖然想去看楊太傅，也不想違逆李太后。

另一邊，打發走楊玉昆後，楊太傅閒在家裡，左等右等，明盛園那邊一絲消息都沒有，景仁帝好像也把他忘了。

楊太傅坐不住，出門去了俞家。

俞大人的傷早已痊癒，為求表現，這些日子真是戰戰兢兢。楊太傅回來後，景仁帝罰了他三年俸祿，命他回家思過。

俞大人正在家裡跟小妾閒話，聽說楊太傅來了，把手裡的東西一扔，立刻跑出來。

楊太傅被人迎到內書房，俞大人一進屋，先盯著他半天，又拉過他的手仔細瞧，只差沒去捏他的臉了。

俞大人看完，把楊太傅的手一甩。「好個運籌帷幄的太傅大人，下官被你騙得好慘。」

楊太傅笑。「俞大人莫惱，本官也是不得已而為之。當時本官命懸一線，只剩一口氣，都昏死了，哪裡曉得自己被弄走。等本官醒來，俞大人已經跑出上百里路遠了。」

俞大人哼了聲，坐到一邊。「您別想糊弄我，如今我在聖上面前，裡子面子全沒了。」

楊太傅摸摸鬍鬚。「俞大人此行立了功勞，難道聖上沒賞賜？」

俞大人蹺起二郎腿。「聖上說我嘴上無毛，辦事不牢，叫我好生反省呢。」

楊太傅模稜兩可地道：「俞大人還年輕，急什麼？不過是早晚的事。」

俞大人聽見這話，坐直了身子，能從楊太傅嘴裡得到一、兩句真話可不容易，他這樣說，看來是有譜了，立刻笑起來。

「我沒見識，看聖上生氣，就嚇得不敢出門。我和楊大人也算共過生死，才跟您說幾句實話。楊大人的傷都好了？」

楊太傅自己端了杯茶喝。「都好了，多謝俞大人關心。當日要不是你踢了那匪徒一腳，若那刀正對著老夫心臟刺下，怕是早就見閻王了，還要感謝俞大人的救命之恩呢。」

俞大人嘿嘿笑了。「我不過是聽命而為，楊大人平安就好。」

楊太傅用茶盞蓋子刮了刮杯緣。「聽命而為就好，但俞大人想往上走，也不能光聽，自己也要悟。主子不能說出來的，俞大人要想在前頭才行。」

俞大人聽得雲裡霧裡，這老狐狸又在打什麼啞謎？

楊太傅放下茶盞。「今日老夫來看看俞大人，既然俞大人無事，老夫先回去了。」

俞大人還沒想明白呢，見楊太傅起身，立刻去拉他。「難得大人到我府裡來，怎麼就要走了？咱們一起喝兩盅，我還想向您請教為官之道呢。」

俞大人是年輕力壯的大內侍衛，楊太傅文弱，又有傷，這一拉，頓時感覺胸口有些疼，咳嗽起來。

「咳咳咳，俞大人，老夫一把老骨頭，哪裡禁得住你們年輕人拉扯？」
俞大人馬上鬆開他。「對不起，都是下官莽撞。」
楊太傅揮揮手。「無事，老夫先回去了。」
俞大人留不住人，只得親自把楊太傅送到大門口。

第二天，俞大人回宮當差。
他也不是傻子，當天晚上便想明白。嘖嘖，某人命都要沒了，死也要風流死。
到了御書房，他先向景仁帝磕頭。「臣見過聖上。」
景仁帝嗯了聲。「都想明白了？」
俞大人趴在地上回答。「臣不知變通，一味死板，是臣的錯，以後定會改正。」
景仁帝什麼都沒說，只道：「去吧。」
俞大人沒起身。
景仁帝納悶。「怎麼，思過這麼久，反倒不知規矩了？」
俞大人道：「昨天太傅大人來看望臣，臣見太傅大人虛弱得很，總是咳嗽。」
景仁帝放下筆。「朕曉得了，你去吧。」
俞大人這才告退。話帶到，後面就不關他的事了。

第五十三章 爭口舌揭露真相

景仁帝又冷了楊太傅好幾天，才召他進宮。

當時，楊太傅剛午休起來，得到傳召後，穿著常服就過去。

他先依著規矩行禮，景仁帝賜座。「先生把朕騙得好苦。」

楊太傅又起身鞠躬。「臣有罪。」

景仁帝擺手讓他坐下。「先生的身子好不好？」

楊太傅微笑。「臣無礙，多謝聖上掛念。」

景仁帝扶著椅子把手，問道：「此次先生立了大功勞，想要什麼賞賜？」

楊太傅垂下眼簾。「都是臣的本分，不敢要賞賜。」

景仁帝唔了聲。「既然先生回來，明天朕讓二妹妹回去孝順先生。」

楊太傅抬起眼，不確定景仁帝是不是知道真相。「多謝聖上。」

說完家事，景仁帝和楊太傅談起朝堂之事。「先生不在，朕就把魏愛卿提上來了。」

楊太傅連忙道：「臣精力不濟，魏大人年富力強，合該他多操心。」

君臣倆說了許久的話，景仁帝問起許多外頭的事，楊太傅把自己見到的、聽到的和思索出來的，一一告訴他，還提出解決之道。

兩人說到興起，景仁帝又留他吃了晚飯。

吃過飯後，天都黑了，楊太傅行禮告退。

馬車直接駛到了明盛園門口。

俞大人笑咪咪地掀開車簾，什麼都沒說。

楊太傅下馬，俞大人還扶他一把，親自把他送到李太后住的院子。

院子寬敞得很，李太后正帶著楊寶娘在暖閣裡閒坐。李太后用彩線打瓔珞，楊寶娘幫楊太傅縫冬日穿的外衫。

李太后叮囑她。「天黑了，寶兒不要總是在燈下做針線，仔細熬壞眼睛。」

楊寶娘嗯了聲。「我曉得，做完這件，就不做了。」

娘兒倆經過頭幾日的親密，之後便是非常平淡的相處，楊寶娘也喜歡這種日子。李太后不是個話多的人，大多數時候都是安靜地坐著，或者聽楊寶娘說話，或者一起做事，雖然相對無言，也還算融洽。

忽然，瓊枝姑姑進來了，在李太后耳邊低語兩句。

李太后沈默片刻，對楊寶娘說：「寶兒，外頭有客，是來找妳的。」

楊寶娘抬頭，納悶地問：「是誰？」

李太后沒有直接回答。「妳去看看吧。」

楊寶娘想著，李太后自然不能隨意招呼客人，放下針線，跟著瓊枝姑姑出去。

門外，院子裡一個人都沒有，靜悄悄地，等到了二門口，她忽然落淚，飛奔過去——

「阿爹！阿爹！」

楊寶娘撲進楊太傅懷中，痛哭一場。

楊太傅幫她擦眼淚。「寶兒莫哭，阿爹回來了。」

楊寶娘抽泣。「阿爹果然沒騙我。」

楊太傅摸摸她的頭，這是他疼愛了十幾年的女兒，如今又做了他兒媳婦，老天爺真是會安排。

「阿爹在家裡等了好多天，妳沒回去，阿爹就來接妳了。」

楊寶娘悄悄說道：「阿娘不讓我回去。」

楊太傅見她改了口，什麼都沒說。「寶兒在這裡過得好不好？」

楊寶娘點頭。「好，阿娘對我很好。這裡有吃有喝，什麼都不缺，園子裡風景又好，真像世外桃源一樣。要不是阿爹回來，我真想在這裡住一輩子。」

楊太傅笑。「胡說，哪裡能住一輩子，妳還要嫁人呢。」

楊寶娘紅了臉。「阿爹！」

楊太傅又摸摸她的頭。「帶我去見妳阿娘。」

楊寶娘目光閃爍，臉上的表情很古怪。

楊太傅老神在在，先邁步。「走吧。」

楊寶娘急忙拉他。「阿爹，阿娘讓我下來招呼您。」意思就是李太后沒有說要見他，畢竟她是太后，沒得到傳召，誰也不能硬闖。

楊太傅沒回頭。「妳小孩子家的，不要管那麼多。阿爹剛從宮裡出來的。」

楊寶娘轉轉眼珠子，從宮裡出來，那就是景仁帝答應了。天地君親師，這世間皇帝最大，那她不用攔著了。

她立刻高興地跑到前頭帶路，父女倆一起進了暖閣。

李太后還在打絡子，聽見動靜，頭也沒抬。

楊寶娘看看這個，又看看那個，尷尬極了，心裡忽然有些後悔，以後再也不讓喜鵲陪著她和趙傳煒了。

楊太傅回身看著楊寶娘。「寶兒乖，去歇著吧。」

楊寶娘又看看李太后，見她什麼反應都沒有，悄悄退下。

楊太傅走到李太后身邊，坐在楊寶娘剛才的椅子上。「姊姊，我回來了。」

李太后嗯了聲。「太傅大人不是已經死了，怎麼來托夢給我？我又不是楊家媳。」

楊太傅聲音涼涼的。「姊姊希望我死嗎？」

李太后的聲音也很輕。「我一個寡婦，太傅大人的死活，和我有什麼關係呢？」
楊太傅瞇起眼睛，忽然伸手，扯掉她手裡的東西扔到一邊，再一使勁，把她拉過來。
李太后一個不防，直接撲到他腿上，只見他寒著臉，二話不說，抬起手，在她屁股上噼哩啪啦打了七、八下。
李太后杏眼圓睜。「楊鎮，你這老匹夫！哀家要凌遲你！」
楊太傅繼續打。「誰叫妳騙我！妳憑什麼把我兒子送給旁人！」
李太后聽了，頓時偃旗息鼓。
楊太傅又打了幾下，因為激動，忍不住咳嗽起來。
李太后顧不得屁股上火辣辣的疼，立刻問：「你怎麼了？」
楊太傅咳嗽半天才停下來，李太后感覺自己這樣趴著實在不好看，站起身，幫他倒了杯溫水。
楊太傅就著她的手，喝了兩口。
喝了水，楊太傅的心情這才平復下來，拉過李太后，讓她坐在腿上。李太后不肯，他一使勁，李太后再次跌進他懷裡。
李太后眼睛又瞪了起來。「楊鎮，你莫要太過分！兒子是我生的，我就不想給你，你有本事打死我啊！」
孰料，楊太傅摸了摸剛才打的地方。「疼不疼？」

李太后雙頰透紅，拍開他的手。「不要你管。」

楊太傅伸出雙臂摟住她。「旁人都以為我死了，只有姊姊認出來那不是我。」

李太后氣道：「你死就死了，還裝神弄鬼。」

楊太傅把她按進自己懷裡。「姊姊，為什麼不說妳生了兒子，還拿寶兒來糊弄我？」

李太后沈默片刻。「我就不想告訴你，你生氣就打我吧。」

楊太傅又摸摸她挨打的地方。「我打重了，等會兒幫妳上點藥。」

李太后呸他一聲。

楊太傅把下巴擱在她頭頂。「簡兄弟告訴我的時候，我又生氣、又傷心，想回來痛打妳一頓，可是看到妳，又捨不得了。」

李太后的頭靠在他胸口，聽著他有力的心跳聲。「煒哥兒給我三妹妹養，比交給你我都要好。我養不了他，你養不好他。」

楊太傅想到自己被愚弄，又有些氣。「那妳好歹告訴我一聲，這樣騙我十幾年。」

李太后撫了撫手帕。「我憑什麼告訴你？你妻妾成群，兒女成堆，又不差我們娘兒倆。你過你的，我過我的，兒子是我拚了命生的，跟你沒關係。」

楊太傅氣得胸口疼。「妳一個人生得出兒子？」

李太后把眼一橫。「我感夢而懷，怎麼了？」

楊太傅瞇起眼睛看她。「哦，姊姊還能感夢而懷？」

李太后感覺到他下身的變化，頓時渾身僵硬，再不敢動了。

這樣僵持片刻，楊太傅忽然抱起李太后，扔到旁邊的小床上，那是她日常小憩的地方。

「姊姊何必捨近求遠？神靈不常有，我願意效勞，比那勞什子感夢而懷有用多了。說不定姊姊還能老蚌懷珠，再生一個。」

李太后瞪圓了眼睛，抬腳踢他。「你走開，哀家是個寡婦，你卻來欺凌哀家。你這老不要臉的，當心先帝晚上站你床頭！」

楊太傅扯開她的裙子。「讓他來，我替他兒子賣命這麼多年，我不欠他了，現在是算咱們之間的帳。妳騙了我這麼多年，要怎麼償還我？」

李太后啐他一口。「不要臉的老貨，你兒媳婦在外面呢！」

楊太傅輕笑。「寶兒最懂事了，姊姊別操心。」

李太后又推他。「我還沒洗漱呢。」

楊太傅拉開她的衣襟。「等會兒我幫姊姊洗。」

兩人袒裎相見，李太后見到那條猙獰的傷疤，忍不住落淚。「鎮哥兒，你疼不疼？」

楊太傅輕輕動了兩下，柔聲安慰她。「當時很疼的，但過去了。我撿回這條命，只想回來和姊姊好好團聚。」

李太后聽見這話，什麼都沒說，主動迎合起來。她當妃子時，雖不主動爭寵，但也從宮中的嬤嬤那裡學了許多本事。

剛才還罵個不休的李太后，忽然嬌媚鮮活起來，楊太傅頓時感覺暢快無比，一聲一聲的低喃。

「姊姊，姊姊……」

楊太傅感覺自己的魂兒都要沒了，在九天翱翔許久，飛一陣歇一陣，捨不得落地。

李太后曉得他的意思，縱容著他，又怕他身子受不住，只得把他硬拉下來。

雲雨初歇，楊太傅把李太后摟在懷裡，感受著細膩的軟玉溫香。「姊姊好狠的心。」

李太后轉身，背對著他。「你快回去，哀家年紀大了，禁不住你折騰。」

楊太傅輕笑，又貼上去。「姊姊放心，今兒我沒喝補湯，姊姊想要也沒了。」

李太后在被窩裡踹他一腳。

楊太傅強行把她轉過來，又問：「聖上知道此事嗎？」

李太后點頭。「皇兒早就知道了。」

楊太傅瞇起眼睛。「姊姊準備告訴孩子們嗎？」

李太后嘆口氣。「我不知要如何說起。」

楊太傅想了想，道：「明日把煒哥兒叫過來，咱們一起跟他們說吧。」

李太后有些擔憂。「寶兒才剛跟我親密些，忽然說了，我怕她受不住。」

楊太傅沈默片刻。「若她找不到親人，我倒不想說。但她父母只有她一個女兒，她應該去看一看。就算說開了，以後她還是我女兒。至於煒哥兒，趙兄弟和姝娘那麼疼他，他是個心胸開闊的好孩子，縱然一時難以接受，慢慢也能想通。這些事，咱們自己曉得就行，不用說出去。」

李太后沒有回答他的話，心裡有些煩亂。

兩人沈默許久，楊太傅摸摸她的頭髮。「姊姊別煩，我來說吧。」

李太后搖頭。「我做下的事，還是我說吧。」

這時，瓊枝姑姑帶人送熱水進來，楊太傅抱起李太后。「剛才我打了姊姊，這便服侍姊姊洗漱。」

李太后有些不好意思。「我有錯，我不該騙你。」

兩人洗漱完畢，一起去了正屋，相擁而眠。

李太后小聲問他。「天晚了，你不回去嗎？」

楊太傅用下巴摩挲她的頭頂。「我如今又不上朝，是個閒人，以後就住在姊姊這裡。」

李太后瞪大眼睛。「胡說，哀家是寡婦，豈能在屋裡養漢子！」

楊太傅把她緊緊摟在懷裡。「我就不走，妳去告訴聖上，讓他來砍我的頭。」想到下午景仁帝還說什麼二妹妹，心裡又冒火了。「你們娘兒倆合夥騙我。」

李太后往他懷裡湊了湊。「鎮哥兒，我對不起你。」

楊太傅嘆氣，輕輕撫摸她的背。「以後姊姊不要什麼都放在心裡，告訴我，我來替姊姊扛著。」

李太后摸摸他的傷疤。「鎮哥兒，你好生休養吧，皇兒沒叫你，就別去了。朝堂上文武百官那麼多，皇兒都三十歲了，我們不能總是幫著他。」

楊太傅嗯了一聲。

第二天早上，楊寶娘去找李太后，意外地發現楊太傅沒走。

她有些尷尬，安靜地行了禮。

楊太傅對她招招手。「過來吃飯。」

屋子裡的圓桌上已經擺滿早飯，楊寶娘坐在他們中間，笑了笑，埋頭吃飯。

楊太傅幫楊寶娘夾了一筷子她喜歡的菜。「寶兒多吃些。」

楊寶娘顧著低頭吃，楊太傅和李太后輪番幫她夾菜。

楊寶娘只得抬頭。「阿爹，阿娘，你們也吃，我自己吃。」

李太后微笑。「妳不是幫妳阿爹做了衣裳？今天加把勁縫完最後幾針，就能上身了。」

楊寶娘低頭看著自己的碗。「我曉得了，吃完飯就去做。」

一家子安安靜靜吃了早飯，楊寶娘放下碗回自己的屋子，繼續做昨天的活計。

李太后派人去請趙傳煒。

趙傳煒來時，天已經黑了。明盛園在郊外，他是騎馬過來的。

冬日的寒風吹在身上涼颼颼的，但他心裡甜滋滋，因為又可以看到心愛的小娘子了。

等過完年，趙傳慶回來，他去求求楊太傅，讓他帶著楊寶娘去找東籬先生玩。京城裡無趣得很，楊寶娘定然喜歡出門走走。要是楊太傅不答應，他就去求李太后。

趙傳煒一頭衝進明盛園，意外地發現楊太傅也在這裡。

他假裝沒事人一般行禮。「見過姨母，見過岳父。」

楊寶娘本來坐在李太后和楊太傅之間，也起身行了個禮。

李太后對趙傳煒招手，讓他也坐在自己身邊。

趙傳煒看向楊寶娘，楊寶娘對他眨眨眼，趙傳煒也眨眨眼。

李太后不去管兩個孩子的眉目傳情，問道：「煒哥兒吃飯了沒？外頭冷不冷？」

趙傳煒忙正色回答。「回姨母的話，我在官學裡吃過了。外頭不算冷，我穿得厚。」

李太后嗯了聲，拉著他問了許多閒話，楊太傅和楊寶娘在一邊安靜地聽著。

說了許久，李太后話鋒一轉。「煒哥兒，你那把金鑰匙還在嗎？」

趙傳煒立刻掏出來，遞給李太后。「在呢。」

李太后又看向楊寶娘，楊寶娘會意，也取下自己的金鑰匙。

李太后將兩把鑰匙放在一起，一模一樣。

她起身，從旁邊的抽屜裡拿出一只小匣子，打開一看，裡頭是一把銅鑰匙。走回來坐下後，將三把鑰匙並排放好。

三把鑰匙一模一樣，楊太傅一眼認出了那把銅鑰匙，這是當年他第一次來明盛園時，送給李太后的。

李楊兩家退親後，楊太傅將李太后送他的東西全藏在一口大木箱裡，那把銅鑰匙是開鎖用的。後來李太后與先帝的寵皇后、平貴妃相爭，楊太傅怕連累她，親手燒了箱子，只留下鑰匙。

當年，李太后送走兒子，萬般不捨，打了把金鑰匙掛在兒子脖子上。後來把楊寶娘送給楊太傅時，也打了一樣的鑰匙，楊太傅這才深信不疑，以為楊寶娘是他女兒。

趙傳煒納悶。「姨母，為什麼這三把鑰匙一模一樣？」

李太后抬起頭，忽然淚雨紛飛。「因為，你是我親生的兒子啊。」

趙傳煒愣住，楊寶娘也呆了。

趙傳煒激動起來。「姨母，您說什麼？我是晉國公的兒子！」

李太后定定地看著他。「你是我懷了快九個月生下來的，我怎麼會認錯呢？」

趙傳煒傻了。「姨母，您在說什麼，我怎麼會是您的兒子？我阿爹一輩子對阿娘好，家裡一個妾都沒有。」

楊太傅知道他誤會了。「煒哥兒，我是你的生父。」

趙傳煒僵硬地扭過脖子。「岳父？」

楊太傅挪了挪凳子，一手拉住趙傳煒的手，一手拉住楊寶娘。「你們別怪你阿娘，都是阿爹的錯。不管你們是誰生的，都是我的孩子。」

楊寶娘聽傻了。「阿爹，難道我和三郎是雙生子？」

楊太傅目光複雜。「寶兒，阿爹這些年疼不疼妳？」

楊寶娘點頭。「阿爹對我好，我知道。」

楊太傅把他們的手放在一起。「你們不是雙生子，妳是文家老姑太太的後人。」

楊寶娘立刻反駁。「那我怎麼會跟阿娘長得這麼像？」

李太后輕聲回答。「寶兒，我是文家人，滿天下人盡皆知。我的生父是個吃喝嫖賭的浪蕩子，我的祖父也是一樣。外頭都說我生父是獨子，其實不然。我祖父還有個女兒，因生母是娼家，沒能認祖歸宗。我姑媽長得好看，被人買回家做妾，生了我表妹，就是妳阿娘。

「表妹自小容貌不俗，和妳父親是一起長大的青梅竹馬，兩人成婚後，夫妻恩愛。孰料老天無眼，妳父親剛中舉人，一病而歿。妳阿娘痛斷肝腸，強撐著生下妳，沒過多久，也跟著去了。」

楊寶娘抓住她話中的漏洞。「阿娘是高高在上的太后，深居宮中，怎麼會去關心外頭這些小老百姓？」

李太后擦了擦淚。「這世間的事，誰能說得清呢？也不是我發現的，是瓊枝出去，無意中瞧見妳阿娘和我長得極為相似，怕她被人利用，便暗中關心。

「妳父親去世後，妳阿娘在婆家被婆母辱罵，說她是喪門星，我姑母只是個妾，也無法替她做主，我便讓妳李家舅舅施壓，她的日子才好過些。

「生下妳後，沒多久，她也病了。臨終時，我去看她一眼，聽說我的身分後，她跪在地上，託我好生照看妳，我既然答應了她，自然要為妳籌謀。」

楊寶娘感覺心裡亂糟糟的，拚命消化這些消息。「那您為什麼要把我送給阿爹呢？」

李太后垂下眼簾。「我已經不是文家人，我姑母也沒有認祖歸宗，不好大張旗鼓地收養妳。妳無父無母，可生母卻不願將妳留在家裡，可見是怕妳受欺凌。我把妳送到楊家當嫡女，一來安撫妳阿爹，二來，妳也能有個好出身。這是我的私心，一半為我自己，一半確實是為妳的將來打算。

「我原想著，等妳平安長大，說個好婆家，也算完成表妹的託付。孰料人算不如天算，妳越長越像我，才牽扯出後面的事。這世間的緣分，真是算不明白，誰能知道，煒哥兒一進京城，就遇到了妳。可見咱們娘兒倆，注定是要做一家人的。」

趙傳煒聽著，忽然開了口。「姨母為什麼要把我送出去？」

李太后又掉淚了。「我對不起你，你是我偷偷生的，我不能養你。正好婧娘出生，就把你送給你阿娘，和婧娘算作雙生。」

趙傳煒看楊太傅一眼。「你們為什麼要生我呢？既然退親，各自安好不是很好？」

楊太傅問他。「煒哥兒，逼你和寶兒分開，要她嫁給別人，你願意嗎？」

趙傳煒目光犀利地回視他。「我不願意，我拚了這條命，也會把她搶回來。」

楊太傅嘆口氣。「我不如你，所以你阿娘做的是對的，把你送到趙家，沒有送給我。你看，你阿爹把你教導得很好，跟著我，內宅混亂，你小時候身子又弱，怕是日子艱難。去了趙家，你能得到更好的教養和照顧。」

趙傳煒又問：「既然送走了，如今告訴我幹什麼？索性將錯就錯一輩子。」

楊太傅搖頭。「這事瞞不了一輩子，不如我們主動告訴你們。寶兒是她父母的獨女，如今長大了，該去看看親生爹娘。」

趙傳煒呼啦起身，拉起楊寶娘的手。「咱們走。光你們說，我不信。」

楊寶娘被他拉得跌跌撞撞。「三郎！」

趙傳煒放慢腳步，帶著她離開了明盛園。

第五十四章　夢裡訣別回楊家

兩人到了大門口，有人備好馬車，趙傳煒沒有騎馬，帶著楊寶娘鑽進車裡。

他緊緊摟著楊寶娘，腦袋裡想著剛才的事情。「寶兒別怕，就算妳不是楊家女，妳還有我呢。」

楊寶娘點頭。「你別難過，阿爹阿娘都很疼我，比許多無情的親生父母強多了。」

趙傳煒不說話，帶著楊寶娘，直接回了趙家。

趙老太爺聽說孫子把孫媳婦帶回來，連忙讓他們過去。「這是怎麼了？還沒成親呢。」

趙傳煒不知道要怎麼說，只得道：「爺爺，我帶寶兒來咱們家和燕娘玩。」

趙老太爺笑咪咪地看著楊寶娘，楊寶娘屈膝向他行禮。「見過老太爺。」

趙老太爺從旁邊的抽屜裡掏出一塊上好的玉，塞給楊寶娘。「既然來了，這個給妳拿去玩，想住多久都行。」

王氏聞訊，趕了過來，讓人帶楊寶娘去趙燕娘的院子，發現小叔子神情不對勁，問道：「三弟，發生了何事？」

趙傳煒搖頭。「無事，驚擾大嫂了，是我的不是。」

王氏見他不想說，也不勉強，便回去了。

趙傳煒向趙老太爺行過禮，也回了自己的院子。

第二天，趙傳煒左思右想，想給晉國公寫信，又怕得到不想要的結果。

楊寶娘在趙家住下來，趙家姊妹整日陪著她。楊寶娘不知道自己能去哪裡，楊家暫時回不去了；明盛園那裡，趙傳煒不讓她去。

趙傳煒仍舊上學，晚上回來後，到姪女的院子裡看看她。

還沒等趙傳煒想明白要怎麼辦，晉國公來信了。

那信和往常不一樣，信封上有四個大字：吾兒親啟。

趙傳煒感覺那封信有千斤重，派人請楊寶娘過來。

楊寶娘見他猶豫，幫他撕開信封，裡面只有一張紙。上面有兩句話，字跡不一樣，看來是兩個人寫的，上一行娟秀，下一行字遒勁有力。

吾兒傳煒，阿爹阿娘永遠疼愛你。

兩句簡單的話，讓趙傳煒立時掉下眼淚，接著哭得喘不過氣，把頭埋在楊寶娘懷裡。

楊寶娘不停地安慰他。「三郎，你別傷心，你阿爹阿娘都疼你。人與人之間的緣分，哪裡是只看血緣的，我阿爹阿娘也疼你，就當多了兩個親近的長輩，豈不更好。」

等趙傳煒哭完，抱著楊寶娘道：「寶兒別怕，妳還有我呢，我會一輩子對妳好的。」

楊寶娘嗯了一聲。「我知道。」

兩人靜靜擁在一起，許久後，趙傳煒鬆開她，帶著她去王氏那裡吃飯。

當天晚上，楊寶娘在床上徹夜難眠，翻來覆去許久，終於迷迷糊糊睡著了。

忽然間，她聽見有人叫她，聲音縹緲空洞。

「姊姊，月兒姊姊。」

楊寶娘睜開迷茫的雙眼，是誰在叫她？

床邊站了個小娘子，她仔細瞧了瞧，跟她長得一模一樣。不，是和原身長得一模一樣。

小娘子又喊她。「月兒姊姊，妳認得我嗎？」

她感覺腦袋有些混沌。「妳是寶娘妹妹？」

小娘子點頭。「是我。」

楊寶娘急忙問：「妳在哪裡？妳是不是還活著？我時常叫妳，妳能聽見嗎？對不起，我不是故意要占了妳的身子。」

小娘子嘆口氣。「姊姊叫我，有時候能聽見的。」

楊寶娘又問她。「那回在衛家校場，還有前幾日在楊家靈堂上出現的，是不是妹妹？」

小娘子點頭。「是我。姊姊急難之時，我能感應到。但我太弱了，大部分時間都在沈睡，雖能聽見姊姊的呼喚，卻無法回應。」

楊寶娘有些發懵。「妹妹，妳要回來了嗎？我們怎麼交換？可我占著妳的身子，和三郎訂了親，我……我捨不得他。」

小娘子又嘆口氣。「姊姊，我回不來了，我該走了。」

楊寶娘大驚。「妳要去哪裡？」

小娘子輕聲回答她。「姊姊的事情，我都知道，趙三郎是個好郎君，希望姊姊能和他白頭到老。這身子，以後就是姊姊的了。如今我只剩下一魄，根本無法驅使這身體。其餘靈魂走了好久，在呼喚我呢，我沈睡多時，不能再等了。」

楊寶娘伸手想去摸她，感覺她離得好遠。「妹妹，妳還有什麼心願？」

小娘子想了想，道：「阿爹疼愛我十幾年，雖然我不是他親生的，還請姊姊以後代我孝順他。莫氏的仇，那日我強撐著抽了她兩巴掌，也算報了。唯一遺憾的，是未見過親生父母。姊姊能不能去爹娘墳前，替我燒炷香？」

楊寶娘點頭。「好，我一定去。那妳要去哪裡呢？」

小娘子忽然笑了。「我去姊姊來的地方啊。」

楊寶娘瞪大眼睛。「妳去那裡幹什麼？怎麼過去啊？妳去了之後，有沒有容身之所？」

小娘子目光清澈。「姊姊，我們之間大概有些淵源，當日我魂魄離體，其他靈魂都走了，只剩下我。以後，姊姊就是我，我去當姊姊。我也不知道怎麼過去，但想來冥冥之中自有定數，就像姊姊也不知道自己怎麼來的一樣。」

楊寶娘忽然明白了，想起床，又感覺渾身有千斤重，起不來，只能繼續躺著說話。

「妹妹，妳別去，我父母不像阿爹疼妳那樣疼愛我。」

楊寶娘笑了。「怎麼會？姊姊走了之後，那具身子一直昏迷不醒，他們悉心照顧。後來雖然醒了，卻魂魄不全，他們怕姊姊一輩子癡呆，還替姊姊置了產業。」

楊寶娘呆住。「他們總是說我除了吃飯，什麼都做不好，不如張家孩子，不如李家孩子，讀書不好，工作不好，二十好幾不嫁人，丟盡了他們的臉。可弟弟讀書比我差，賺的錢比我少，他們卻沒怎麼說過他。妹妹怎麼知道這些呢？他們好不好？」

小娘子嘆口氣。「姊姊莫要難過，就算他們真的疼姊姊比弟弟少一些，但姊姊好歹可以自由自在地生活。這世上，誰也不能樣樣都好。如今姊姊的父母改了許多，說不定以後更好。姊姊放心，我會替姊姊好好度日。我性子急躁，在這裡活得憋屈，去了也好，就是要辛苦姊姊，以後得守著重重規矩，活得束手束腳。」

楊寶娘感覺腦袋越來越混沌。「妹妹，我不怕守規矩，我本來就不喜歡跟外頭有太多交集，妹妹要是能去，定要快快活活的。以後異世相隔，我什麼時候可以再見到妳？」

她話落，耳邊傳來一陣輕笑。

「姊姊，我去了，請姊姊代我孝順阿爹，照看父母墳塋。以後若有緣，我們再見。」

「妹妹！妹妹！」

世界越來越安靜，過了許久，楊寶娘忽然睜開了眼。

她坐起來，看看四周，什麼都沒有。一場夢境，恍如隔世。

妹妹，妳還在嗎？

過了許久，什麼回音都沒有，耳邊似乎還有原身的輕笑聲。那個爽朗的小娘子，把楊太傅託付給她，奔向自由自在的地方，一去不回頭。

楊寶娘靠在床沿上，淚水忽然流了下來。

從此，她就要在這裡徹底扎根了。

妹妹，希望妳能快快樂樂的，和父母兄弟一起，過自由自在的生活。

迷迷糊糊間，楊寶娘又睡著了。

第二天早上，楊寶娘睡到日上三竿才起床。喜鵲來叫過一回，沒叫醒，又見她似乎哭過了，便沒再喊她。

等楊寶娘醒來後，都快到吃午飯的時辰了。

她很不好意思。「怎麼不叫我？在別人家睡懶覺，太不像話了。」

喜鵲笑。「二娘子，剛才燕娘子來過，聽說二娘子還在睡覺，讓我別叫您。冬日閒著無事，睡一睡又怎麼了？如今還沒成親，二娘子莫要太勤快，不然以後更辛苦。」

楊寶娘斜睨她一眼。「妳倒是懂這個。」

喜鵲悄悄回道：「是我阿娘和我姊姊教的，小娘子懶散點，婆家人就不會要求太多。」

楊寶娘笑。「別貧嘴，打水讓我洗臉。」

楊寶娘剛洗漱好，趙燕娘來了。

楊寶娘很不好意思。「昨晚我睡得遲，今兒失禮了。」

趙燕娘道：「無妨，我和妹妹有時候也睡懶覺的。咱們去我阿娘那裡吃午飯吧。」

趙傳煒把楊寶娘託付給王氏照看，王氏也沒問到底發生了什麼事。明盛園那邊，李太后把喜鵲送來，又讓瓊枝姑姑傳了一句話，要王氏好生照看兩個孩子。

王氏得了懿旨，更加小心謹慎，每天親自察看楊寶娘的衣食，趙燕娘有的，楊寶娘肯定也有。

夜裡，趙傳煒回來後，楊寶娘去找他，書君連忙把她帶進去。

趙傳煒正在讀書。自從晉國公來信後，他讀書習武越發用功，阿爹是蓋世英雄，他不能給他丟臉。

那簡單的兩句話，凝聚了千言萬語。趙傳煒知道，李太后說的大概是真的，雖然一時無法接受，但父母的話，給了他無窮的力量。

是啊，誰生的又怎樣？他是趙家的兒子，誰都改變不了。

楊寶娘進了他的書房，趙傳煒抬起頭。「寶兒來了。這幾日忙碌，沒能帶妳去玩。」

楊寶娘笑。「有大嫂子和燕娘呢，我好得很。」

趙傳煒起身，讓她坐在自己身邊。「天氣冷，妳白日多穿一些。等過了年，大哥回來，我帶妳去找三舅。這些日子，我讀書讀得有些停滯不前，總是這樣閉門造車，寫出來的文章華而不實。去年三舅答應帶我出去遊歷一個月，妳想不想去？」

楊寶娘雙眼發亮。「東籬先生會不會嫌棄我是個累贅？」

趙傳煒道：「怎麼會，他要是嫌棄妳，我就把他的藏身之處告訴外婆，讓外婆抓他回來成親。」

楊寶娘點點他的額頭。「連長輩也戲弄。」

趙傳煒摸她的頭髮。「咱們跟著三舅去雲遊天下。」

楊寶娘應下。「好。不過走之前，我想去看看阿爹和阿娘。」

趙傳煒的手頓了下。「我陪妳一起去。」

楊寶娘見他案前全是書籍，道：「那我先回去了，你不要熬太晚。」

趙傳煒起身，把她送到趙燕娘院子的門口。

過了幾日，官學休沐，趙傳煒帶著楊寶娘去明盛園。

前幾天，楊太傅回楊家了。快要過年，家裡許多事情離不開他。

李太后見他們一起過來，壓下淚水，招呼道：「你們來了。」

趙傳煒行禮。「姨母安好。」

李太后並不在意他仍舊喊姨母。「好，都坐。」

楊寶娘坐下了。「快要過年，阿娘不回宮嗎？」

李太后笑著回答道：「過幾日就回去，我幫你們備了些過年用的東西。寶兒準備在哪裡過年呢？」

楊寶娘想了想。「我想回楊家。」

李太后點頭。「好，妳畢竟是楊家的女兒，以後還要從楊家出嫁呢。我為妳備了許多嫁妝，妳兩個姊姊也給了添妝。」

楊寶娘有些不好意思。「阿娘，還早呢。」

李太后拉著她的手。「不早了，日子快得很。我先一樣一樣備起來，到時候才不抓瞎。若事到臨頭才準備，能有什麼好東西？」

楊寶娘點頭。「多謝阿娘。」

李太后眼底有些淚意。「妳能叫我一聲阿娘，我很高興。」

楊寶娘晃晃李太后的手。「阿娘，我能不能去看看親生父母，給他們磕個頭也好。」

李太后微笑。「自然可以，妳父母都疼妳，妳阿娘臨終前十分不放心，如今說了好人家，去告訴她一聲是應該的。以後妳想什麼時候去，只管去，不用來問我。」

趙傳煒在一邊靜靜地看著，心裡思緒萬千。以前，李氏也時常這樣拉著他的手，溫柔地和他說話，教導他許多道理。

李太后和楊寶娘說了一會閒話後，叫來瓊枝姑姑。「妳讓人送寶兒過去。」

趙傳煒起身。「姨母，我一起去吧。」
李太后點頭。「好，你也給他們磕個頭。」

一會兒後，一輛不起眼的馬車從明盛園另一道小門駛出，送趙傳煒和楊寶娘到山上。這座山比較僻靜，明盛園的人直接帶他們進墓園，在其中兩座並排的墳前停下。

楊寶娘一看，左邊那座墓碑寫著霍仲宣之墓，右邊的寫著霍王氏之墓。

原來，我姓霍啊。

楊寶娘跪下，趙傳煒也跟著跪。

明盛園的人準備了香燭紙錢，有個年紀大的內侍低聲解釋道：「二娘子，老奴年年去過娘娘生母劉太夫人的墳前後，就會來這裡，替霍二爺和霍二奶奶燒些紙錢。」

楊寶娘一邊燒紙、一邊道：「多謝您，以後我自己來就可以了。」

內侍退下，楊寶娘燒了許多紙錢，又上了香，恭恭敬敬磕了三個頭，心裡默唸：妹妹，我來看阿爹阿娘了。

雖然沒有任何回覆，楊寶娘仍舊認認真真做完了剩下的事。

趙傳煒默默跟著燒紙燒香，也認真磕了三個頭。說起來，這才是他正經的岳父岳母。

磕完頭，楊寶娘在墳前跪了許久，等到最後一張紙錢燒盡，兩人才離去。

兩人回到明盛園，李太后已經準備好午飯。

瓊枝姑姑讓他們先洗手，李太后招呼他們坐下，親自盛飯夾菜。

趙傳煒見李太后還是如往常般和藹可親，並沒有因母子相認而逼迫他改口，鬆了口氣。在他心裡，從小帶著他和妹妹到處玩耍，教會他許多道理的晉國公夫人，才是他的阿娘。李氏長得沒有李太后好看，也沒有李太后溫柔，但她的灑脫和意氣風發，是他最喜歡的。

趙傳煒低頭吃飯，李太后如往常一般，道：「今年煒哥兒幫著照看家裡，懂事許多。等你大哥回來，你也能歇一歇了。」

趙傳煒嗯了聲，並未接話。

李太后溫柔地笑。「吃過了飯，你就把寶兒送回楊家吧。」

趙傳煒又嗯一聲，大口吃飯。

吃完後，李太后便打發兩個孩子回去了，把準備好的東西全塞到車上。

趙傳煒陪著楊寶娘坐在車裡，快過年了，一路上人來人往，隔著車廂都能聽到大街上的人聲鼎沸。

楊寶娘悄悄掀開簾子看。「三郎，外面好熱鬧。」

趙傳煒湊過來，兩人一起望向外面，男女老幼，絡繹不絕。正是因為有無數的普通人，這世上才有了煙火氣息，才有了悲歡離合。

馬車晃晃悠悠，把兩人帶到了楊府。

門房一見到他們，立刻衝進去稟報，楊寶娘直接往裡面走，趙傳煒跟著，後面的下人把東西搬下來。

兩人一起進了楊太傅的書房。

楊太傅正在寫字，見他們來了，放下筆，神情溫和。「回來了？」

楊寶娘點頭。「阿爹，快要過年，我回來了。」

趙傳煒和楊太傅互相凝視，楊太傅眨眨眼睛，面帶微笑看著他。

過了許久，趙傳煒拱手。「岳父。」

楊太傅嗯了聲。「都坐。」

三人坐下，楊太傅如往常一樣，問趙傳煒的功課，這些日子讀什麼書？有哪裡不懂的？

說了一陣子後，趙傳煒道：「岳父，我總是這樣閉門造車，秋闈的表現怕是會落入平常。聖人都說，讀萬卷書不如行萬里路，年後我想出去走走，看一看外頭的風土人情，知道一些道理，比關在屋子裡苦思冥想要好。」

楊太傅點頭。「也好，學問學問，不光要學，還要問。光問先生是不夠的，還要問世間無數的平凡人。大道理都在鍋碗瓢盆裡，不在書本上。」

趙傳煒笑了。「岳父說得有道理。」

楊太傅摸摸鬍鬚。「你年紀還小，不急著考秋闈，多學幾年，人情歷練夠了，功課扎實，再去考也不遲。」

趙傳煒看著楊寶娘。「岳父，我想帶寶兒一起去。」

楊太傅猶豫片刻。「外頭餐風露宿，她一個小娘子，怕是不便。」

楊寶娘拉拉楊太傅的袖子。「阿爹，我想出去看看。我長這麼大，還沒出過京城呢。」

楊太傅看看他們，見兩個孩子盯著他，只得鬆了口。「妳要去也可以，玩一陣子就回來，不要在外久留。」

楊寶娘瞇著眼笑。「多謝阿爹。」

楊太傅笑著說：「妳先回去整理東西，看看兩個妹妹。」

楊寶娘應下，起身行禮，便告退了。

等楊寶娘一走，屋子裡忽然安靜下來。

父子倆相互凝視，卻沒有開口。

趙傳煒先挪開了眼，楊太傅拍拍他的肩膀。「莫要想太多，還如以前一樣，你是趙家的兒子，誰也改變不了。」

趙傳煒道：「岳父，以後我們就當翁婿吧。」

楊太傅眼底有些濕意。「好。」

這輩子，也只能當翁婿了。

第五十五章　年夜飯兄弟談心

楊寶娘回到棲月閣，院子裡的丫頭們如同看到救星，全圍上來，拉著她的手就哭了。

楊寶娘離家大半年，這群丫頭整日擔憂，有幾個已經找了門路離開棲月閣。如今她回來，剩下的丫頭覺得終於有依靠了。

楊寶娘挨個摸摸小丫頭們的頭。「別哭，我不過是去親戚家罷了。」

她進了正房，讓喜鵲和黃鶯把李太后送的東西安置好，稍微洗漱後，去了陳氏的院子。

外頭下人報二娘子來了，陳氏連忙讓人請進去。

「這幾個月，寶娘過得怎麼樣？家裡少了妳，妳兩個妹妹整日跟小孤雁似的。趁著過年，妳多帶她們玩一玩。」

楊寶娘微笑點頭。「我很好，多謝奶奶惦記。奶奶好不好？」

陳氏真說不上好，心情大起大落，人衰老許多，氣色也不好。辦過那場假喪事後，她的精氣神差了不少。

「我老婆子過一天賺一天，只要你們都好好的，奶奶再沒有什麼不好的。」

楊寶娘客氣道：「家裡事情多，辛苦奶奶了。」

陳氏擺擺手。「都是妳三妹妹在操心，平日裡她看著靦覥，沒想到是個能幹的。這樣也好，以後嫁人，我不用擔心了。」

楊寶娘微笑不語。

陳氏又說幾句，就讓她回去了。

今日楊寶娘趕了好遠的路，感覺有些累，進屋躺下後就睡著了。

前院裡，趙傳煒和楊太傅下了兩盤棋，忽然也打了個哈欠。

楊太傅笑。「你到我床上睡一會兒，半個時辰後我叫你。」

趙傳煒覺得自己有些失禮。「岳父，我不睏。」

楊太傅道：「去吧，我老了，睡得少。你們小孩子家的，不睡好了，讀書時腦袋裡都是漿糊。」

他說完，起身帶趙傳煒進裡間，親手鋪開被子，便出去了。

「我去看一會兒書，你先休息。」

趙傳煒看看床鋪，又看看楊太傅的背影，脫下鞋子和外衣，鑽進被子裡。

他也累了一天，很快就睡著了。

過了一會兒，楊太傅悄悄進來，在床前站了許久。見趙傳煒踢被，忙拿被子替他蓋上，然後又悄悄出去。

半個時辰後，楊太傅進來，坐在床前，輕輕拍拍趙傳煒的手。「煒哥兒，起來了。」

趙傳煒睜開雙眼，坐起身。「岳父。」

楊太傅叫人進來服侍他洗漱，等收拾好之後，把這些日子寫的東西交給他。

「這是我以前讀書時寫的東西，你有空時看看，多少有用。」

趙傳煒接過兩冊厚厚的本子。「多謝岳父。」

楊太傅打量外面的天色。「時辰不早了，你回去吧，過年再來。」

趙傳煒望向內院。這些日子他能天天看到楊寶娘，忽然要分開，有些捨不得。

楊太傅沈吟片刻，道：「來日方長，好生讀書。你有本事，寶兒臉上也有光彩。」

趙傳煒點頭。「岳父保重，我過幾日再來。」

另一邊，楊寶娘也起來了。還沒等她打發人去前院問問情況，兩個妹妹便一起進門。

楊淑娘拉著她的手，左看右看。「二姊姊，妳總算回來了。」

楊寶娘摸摸她的頭。「四妹妹長高了。」

楊默娘看起來比以前多了一分幹練。「二姊姊近來好不好？」

楊寶娘點頭。「我很好。三妹妹辛苦了，操持一大家子的事情。」

楊寶娘招呼她們坐下，楊默娘端起茶。「二姊姊回來，以後我能躲懶了。」

楊寶娘想到自己年後可能要離京，打趣道：「三妹妹管熟了，我繼續等著吃喝就好。」

楊默娘也笑起來。「那二姊姊再歇息幾日。」姊妹幾個都不提那日靈堂上發生的爭執。

陳姨娘被楊淑娘發狠關了許久，老實許多，她去找陳氏哭訴，陳氏卻罵了她一頓。「淑娘是主子，妳一個姨娘，她難道管不得妳了？再讓我知道妳四處胡說八道，就用馬糞填妳的嘴！」

陳姨娘頓時偃旗息鼓，再不敢在楊淑娘面前擺生母的架子。

楊太傅回來後，陳姨娘還沒打消爭寵的念頭，後來見楊太傅在明盛園住了個把月，便死了心。

消了那口爭強好勝的氣，陳姨娘開始只顧吃喝，飛快肥了起來。

兩個妹妹在她這裡坐到天黑，先後告辭。

吃晚飯時，楊太傅來了棲月閣。

楊寶娘連忙上前迎接。「阿爹來了。」

楊太傅如以前一樣，拉著楊寶娘的手，坐在餐桌旁的椅子上，丫頭們正在擺飯。

楊太傅仔細打量楊寶娘。「我兒這大半年好不好？」從他離開京城後，就沒跟楊寶娘好生在一起說說話了。

楊寶娘抬頭看楊太傅。「阿爹，我很好。」

楊太傅摸摸她的頭，等下人們走了，才溫聲道：「我兒莫要擔憂，阿爹永遠是阿爹。」

楊寶娘的鼻子有些發酸，然後笑了。「阿爹，我幫您做了套衣裳，過年的時候好穿。」

楊太傅捧起楊寶娘的手，像以前一樣細瞧，怕她做針線活傷著了。「好，我兒孝順，阿爹很高興。」

楊寶娘笑。「阿爹，吃飯吧。」

如今家裡的飯菜簡單，楊寶娘只有兩菜一湯，楊太傅是四菜一湯，父女倆的湊在一起，也有不少了。

楊太傅幫她夾菜。「等妳明年從外頭回來，咱們帶著妳兩個妹妹，去莊子住一陣子。」

楊寶娘想起夏天時的歡樂，止不住點頭。「好，莊子最好玩了。」

父女倆吃完晚飯，楊太傅才回前院。

楊寶娘一回來，楊太傅就去棲月閣陪她吃飯。楊寶娘走了這麼久，又和大少爺跟大娘子吵過架，卻還是楊太傅最喜歡的孩子。

於是，棲月閣的丫頭們出去，又和以前一樣，挺直了腰板。

大年三十，趙家熱熱鬧鬧地準備過年。

趙老太爺正準備招呼子孫們上座，外頭忽然傳來一聲一聲的稟報——

「老太爺，大喜，世子爺回來了！」

王氏呼啦一聲站起來，給長輩們行個禮後，立刻出門，孩子們也跟著去。

趙傳慶頂著一頭風雪進了院子，王氏站在正房門口，眼眶有些發紅，等趙傳慶走到跟前，便屈膝行禮。

「官人回來了。」

趙傳慶拉著她的手，輕輕拍了拍。「娘子辛苦了。」

兩人進屋，要向趙老太爺行大禮，還沒跪下，趙老太爺立刻喊住他們。

「慶哥兒別跪，大老遠回來，路上辛苦了。慶哥兒媳婦，打熱水伺候他洗把臉，什麼都別說，一起吃年夜飯。」

趙傳慶也不矯情，對長輩們抱拳行禮，略微洗漱後，坐到趙老太爺身邊。

趙老太爺笑咪咪地看著他。「出去大半年，黑了，瘦了。」

趙傳慶替趙老太爺倒酒。「孫兒不在，爺爺身子骨可好？」

趙老太爺點頭。「我好得很。你阿爹阿娘和弟弟妹妹好不好？」

趙傳慶回道：「孫兒離開福建時，是半年前的事情了，當時阿爹阿娘都好，平哥兒有出息，以後也是咱們家的頂梁柱。爺爺儘管放心，爺爺好了，阿爹在外頭才能放心呢。」

一家子舉杯喝酒，趙傳慶開始講這大半年的經歷。軍務上的事，他自然不會多說，說的主要是自己的見聞，像西海那邊的風大得能把人吹跑，南邊那些蠻族說的話，他一個字都聽不懂。還有土族的女大王，見到穿著得體的漢人，就要搶回去充斥後宮，幸虧他逃得快。

出去大半年，趙傳慶的性子比過去更開朗，居然當著孩子們的面開起了玩笑。

一屋子人聽得直樂，笑得東倒西歪。

大老爺打趣他。「還好你跑得快，不然被捉去了，聖上得派使臣去救你。」
趙傳煒忽然問：「大哥回來，聖上知道嗎？」
趙傳慶用眼神安撫他。「我還沒見到聖上，聖上先打發我回來了。」
一家子說著，和樂融融地吃了年夜飯。
花開兩朵，各表一枝，楊家那邊也正在吃年夜飯。
楊太傅和陳氏坐了上席，楊寶娘坐在楊太傅身邊，今年少了楊玉昆，莫氏連年夜飯都不來了。
愛來不來，陳氏甩出這句話，就沒搭理她了。楊默娘派人送了些好菜給莫氏，其餘人都在陳氏的院子裡吃飯。
兩個姨娘單獨坐在旁邊的小桌，豐姨娘始終如一，溫柔安靜，陳姨娘被楊淑娘鬪了許久，這會兒也老實得很。她不過是陳氏的遠房姪女，陳氏並不會為了她，為難兒子跟孫女。反倒是楊淑娘，得了厲害的名聲。
沒有莫氏在，幾個孩子反倒更放得開，一家人一邊吃飯、一邊閒聊。
陳氏問楊太傅。「過完年，你是不是就要上朝了？」
楊太傅正在剝蝦，面前堆了滿滿一小碟蝦肉，用帕子擦了擦手，先夾四隻給陳氏，然後四個孩子各兩隻。

自從楊寶娘回來後，楊太傅仍舊每天去棲月閣吃飯，但再不像以前那樣，將其他三個孩子交給他們的生母教養。

像陳姨娘那樣的性子，楊太傅怕她把女兒教歪了。

見楊太傅開始重視弟弟妹妹，楊寶娘心裡也高興。獨寵並不是好事，弟弟妹妹們還小，楊寶娘也希望他們能得到父愛，以後不至於像楊黛娘那樣偏執。

楊太傅分完蝦子，回答陳氏的話。「如今兒子身上沒有實職，就算上朝，也只是點個卯。若聖上無事垂問，兒子天天都能回來吃晚飯。」

陳氏點頭。「那倒好，你忙了二十多年，現在身子骨不好，多歇歇也使得。」

楊寶娘和兩個妹妹說閒話，楊玉闌在一邊安靜地聽著，有時候還幫姊妹們倒果酒。

正月，趙傳煒把手裡的事情轉交給趙傳慶，說是要外出遊歷。

趙傳慶並不反對弟弟出門，但還要帶上媳婦，他就不能做主了，便寫信去福建。

晉國公回了一個字：可。

趙傳煒非常高興，跑去楊家向楊太傅辭行。

孰料楊太傅不在家，他便一頭衝進棲月閣，莫大管事攔都攔不住。

楊寶娘正跟兩個妹妹閒話呢，見他沒頭沒腦地闖進門，嗔怪他。「怎麼不打個招呼就進來了？」

兩個妹妹起身見過姊夫，趙傳煒對她們還禮後，毫不客氣地坐到一邊。

「寶兒，我來告訴妳一個好消息。」

楊寶娘笑。「什麼好消息？你中狀元了？」

趙傳煒也笑。「中狀元還早呢，我阿爹和我大哥答應讓我出去遊學了。」

楊寶娘雙眼發亮。「真的嗎？什麼時候出發？」

趙傳煒也不管兩個姨妹在身邊，道：「我東西少，去親戚家辭行後就能走了。妳不要帶太多東西，帶兩個侍衛跟一個丫頭就好，也不要帶太多錢。這一路上可能會比較苦，之前我興匆匆地想讓妳去，現在又擔心妳受不住。」

楊寶娘急忙點頭。「你放心，從明兒開始，我就不穿這些綾羅綢緞。做飯洗衣我都會，不會扯你後腿。」

楊淑娘瞪大了眼睛。「二姊姊，妳要出遠門了？」

楊寶娘笑。「是啊，準備出去走走。」

楊淑娘一把拉住她。「二姊姊，妳帶上我吧，我也想去。」

楊寶娘摸摸她的頭。「妳還小呢，外面吃不好、喝不好。等妳大了，要是有機會，我再帶妳去。」

趙傳煒嚇唬她。「四妹妹，外頭有拐子，專門騙妳這樣大的小孩子去賣，有的給人做丫頭，有的給人做童養媳。那日子真苦，天天吃不飽飯，挨打挨罵。」

楊淑娘一甩袖子。「二姊夫別矇我了，就算有拐子，二姊姊長得好看，肯定也是先騙二姊姊。」

趙傳煒笑。「可要是遇到危險，我肯定是先救妳二姊姊啊。」

楊淑娘氣呼呼。「這也是做姊夫該說的話？」

楊默娘忍不住笑起來。「四妹妹，妳跟我留在家裡吧。」

趙傳煒一提，楊寶娘要遠行的消息很快在楊府傳開了，楊太傅什麼都沒說，親自送來了一疊銀票。

楊寶娘拿著錢，有些發愣。「阿爹，三郎說了，要我別帶太多錢。」

楊太傅仍舊像以前一樣，摸摸她的頭髮。「這些銀票是兌好的，出門路上用最方便。妳看著有一疊，其實加起來不多。你們出去玩，阿爹不反對，不要去人煙稀少的地方，玩一陣子就回來。」

楊寶娘把銀票收起來，看著楊太傅。「阿爹，這陣子女兒幫您做了好多衣裳鞋襪，您自己要保重身體，我去去就回。」

楊太傅點頭。「好，妳不用擔心阿爹。」

臨行之前，李太后也分別給了兩個孩子一些錢，還有路上用得上的東西，叮囑他們小心謹慎。

出發前，趙傳煒和趙傳慶長談一番。晉國公夫婦並沒有將趙傳煒的身世告訴任何人，趙傳煒卻向趙傳慶坦白了。

趙傳慶聽著，瞪大了眼睛。「三弟，休要胡說。你出生時，阿爹不在京城，我在阿娘門外守了一個晚上，你比婧娘早了小半個時辰，天還沒亮的時候出生的。」

趙傳煒帶著酒來，聞言先喝了一盅酒。「大哥，我聽到消息時，也很難過。前些日子，岳父和姨母跟我說了實情，阿爹阿娘也給我回信，我才知道是真的。」

他說完，直接抱起酒壺，灌了兩口。「大哥，我和岳父說好了，我只給他當女婿，不當兒子。我是趙家的兒子，我哪裡都不去。」

趙傳慶雖然年紀不大，但混跡朝堂久矣，立刻明白中間所有的關鍵，見趙傳煒一口接一口地喝酒，搶下了酒壺。

「此事與你無關，你是我三弟，說破天也變不了。阿爹阿娘為了你，花費多少心思，何必在意那個名頭。」

趙傳煒忽然哭了。「大哥，我都知道。爺爺年紀大了，大嫂要操持家務，寶兒是個小娘子，我還要安慰她。可我心裡也難過，只能找大哥說了。」

趙傳慶拍拍他的肩膀。「阿爹阿娘不告訴我，就是真正把你當親生子，你願意告訴我，可見也把我當大哥。這件事今日說今日了，出了這個門，這輩子休要再提。你是趙家子，天下人都知道。莫要難過，父母跟兄弟姊妹都對你好，過幾年你成了親，又會有一堆兒女。

「這世上，還有許多事情等著你去做呢。你要出去遊歷也好，帶著你媳婦去看看外面的世界，到時候你可能就會覺得，這些事情並不算什麼。」

趙傳煒喝得有些醉。「大哥，就算阿爹不說，以後你也是家主，我先告訴你。大哥放心，家裡的東西，是你和二哥的，我不要。」

趙傳慶罵他。「胡說，這是阿爹的東西，你有什麼權力來分配？哦，你不要阿爹的家產，是不是就能了了這十幾年的恩情，以後一拍兩散？」

趙傳煒抬起眼睛。「大哥，我不是這個意思。」

趙傳慶搶過酒壺喝了一口。「那你是什麼意思？讓外人說我這個大哥吃獨食？」

趙傳煒的頭有些暈。「大哥，阿爹阿娘花了那麼大的心血養我、栽培我，我怎麼還能跟你和二哥搶東西？」

趙傳慶笑。「蠢材，這些東西算個屁，重要的是咱們兄弟三個要擰成一股繩。我這輩子只能在皇城裡打轉，雲陽以後也是一樣。你二哥棄文從武，以後至少能接下阿爹一半的權柄，你和你二哥相反，走科舉。咱們家文武兩途都有人，才能立於不敗之地。咱們家好了，楊家自然也不會倒。你莫要胡思亂想，壞了阿爹的籌謀。」

趙傳煒吶吶道：「大哥說的我懂，我會好生讀書的。」

趙傳慶點頭。「這才對，金銀財寶都是虛的，若是家裡沒人，只會成為別人搶奪的對象。怪不得你這小子書讀得這麼好，原來是像楊大爺。這樣也好，你考個狀元回來，咱們家就真正是書香門第了。」

趙傳煒扭開臉。「我書讀得好，也是像阿爹。阿爹是大景朝第一個文武雙進士，比什麼狀元強多了。」

趙傳慶哈哈大笑。「把你該做的和能做的事情做好，就是孝順阿爹阿娘了。以後你中了進士，外出做官，造福一方，也是男子漢該做的事情。」

他說完，放下酒壺，表情嚴肅。「此事以後休要再提，阿爹不告訴我和你二哥，我就當不知道。但你告訴了我，也不能單獨瞞著你二哥，他那裡，以後我來慢慢說。出了這個門，家裡不會再有旁人知道，連雲陽都不會曉得。姨母和太傅大人也不容易，你莫要記恨他們。如今都是一家子骨肉，別管什麼親的假的，權當岳父岳母疼愛你。」

趙傳煒酒量本來就小，這會兒已經暈乎乎了。「好，我聽大哥的話。有大哥在，家裡多了根定海神針。大哥出去這麼久，我每日睡覺都要睜一隻眼睛，生怕出了差錯。」

趙傳慶表情緩和下來。「你是家裡的一分子，出力也是應該的。好了，過幾日就帶著你媳婦出去玩吧。」

趙傳慶說完，也從懷裡掏出一張銀票給他。「窮家富路，把這錢帶上。」

趙傳煒推辭。「大哥，我有錢。姨母送了好多，我自己也有好些銀子。」

趙傳慶塞進他手裡。「姨母給的是姨母的，這是我給的。你自己吃糠嚥菜便罷了，不能委屈人家小娘子，你媳婦可是楊大爺捧在手心裡養大的。」

趙傳煒接過銀票，又哭了一場。

喝了一場酒，哭了好幾回，趙傳煒終於把心裡的鬱氣全發洩出來，幾日後帶著心愛的小娘子，高高興興地出發了。

第五十六章　別諸親南下歸家

馬車剛出京城沒多久，喜鵲高興地掀開車簾。

「二娘子您看，這官道兩邊，一戶人家都沒有。」

楊寶娘笑。「妳要跟著來，後面可別哭。這還算離京城近的，再走一走，荒無人煙，晚上咱們得在車上睡覺呢。」

喜鵲興奮得很。「二娘子去哪裡，我就去哪裡，這輩子都跟著二娘子。別說是出去玩了，就算去打仗，我也要跟著。」

楊寶娘哈哈笑。「不得了，喜鵲居然會打仗。妳是會鬥嘴吧？喜鵲可不都是嘴巴巧。」

喜鵲毫不在意。「二娘子您看，路邊越來越荒涼。」

楊寶娘伸頭看，忍不住高興。「咱們終於離開京城了。」

喜鵲歡喜道：「二娘子，我雖然是個丫頭，可以後說出去，我也是遊學過的人了。」

外頭傳來一陣竊笑，喜鵲一看，發現是書君在偷笑，氣得呼啦一聲放下簾子。

趙傳煒對著書君的馬屁股踢了一腳。「這些日子，你怎麼不給豆蔻姊姊買東西了？」

書君耷拉著臉。「公子快別說了，豆蔻姊姊嫁人了。」

趙傳煒呆愣片刻，忍不住哈哈大笑。「我就說你別上趕著去，豆蔻姊姊是阿娘跟前長得最好看的，又能幹，且年紀到了，能等你這個毛都沒長齊的小子？」

書君哼一聲。「我跟她說好了，不當我媳婦也罷，要當我姊姊。您看，我身上這衣裳就是豆蔻姊姊做的。這趟回了福建，我們要認乾姊弟，還要擺酒席呢。」

趙傳煒繼續笑。「好好，擺酒席，到時候我也去喝杯喜酒。」

書君立刻哼著小調走了，繞到後面去查看。

一會兒後，趙傳煒覺得騎馬無聊，鑽進車裡，和楊寶娘主僕說話。

楊寶娘問他。「三郎，還有馬嗎？我也想騎馬。」

趙傳煒笑道：「有，但我們家的馬都是西北來的品種，又高又大，妳一個人騎，我不放心，咱們共乘一匹吧。」

楊寶娘扭捏。「我才不要和你共乘。」

趙傳煒拉著她的手。「出門在外，哪有那麼多講究。這匹馬我騎了好幾年，聽話得很。忽然給妳一匹新的馬，雖然妳馬術不錯，萬一馬認生，又是荒郊野嶺，牠撒腿跑起來，如何是好？」

喜鵲眨眨眼。「二娘子，您就去吧。我不會騎馬，不然我也要去。」

楊寶娘甩開他的手。「咱們中午在哪裡歇息呢？」

趙傳煒從懷裡掏出一張地圖，打開給楊寶娘看。「離這裡五十里路外有個大鎮，咱們晚上在那裡找家客棧歇息，中午就在路上埋鍋造飯。我這些護衛，什麼都會幹的。」

楊寶娘興奮起來，雙眼發亮。埋鍋造飯啊，聽起來像打仗一樣，好有趣。

「三郎，中午我做飯給你吃吧。」

趙傳煒瞇著眼睛笑。「好，那些護衛做的東西，又粗糙又難吃。」

楊寶娘道：「我帶了好多醬料跟廚房裡用的東西。今日是頭一天出門，我還帶了些新鮮蔬菜。」

趙傳煒摸摸她的頭髮。「以後我們每到一個新地方就去採買，路上不會缺吃的。」

兩個人在車裡絮絮叨叨許久，趙傳煒怕楊寶娘坐久了難受，讓馬車停下歇息。

楊寶娘拉著喜鵲去旁邊的小樹林裡，小娘子總要方便的嘛。

趙傳煒不遠不近地跟著，中途還喊了兩聲。

楊寶娘出來後，紅著臉罵他。「喊什麼？」

趙傳煒也有些不好意思。「我怕妳們丟了。」

一般人家的太太和小娘子們出行，車上都會放馬桶，裡頭加了許多東西，不會有異味。但楊寶娘實在無法忍受車裡有個馬桶，不到關鍵時刻不打算用。

接著，喜鵲去幫楊寶娘弄些點心吃，趙傳煒拉著楊寶娘的手，在附近的官道旁玩耍。

此行不趕時間，他們就這樣走走玩玩，愜意得很。

楊寶娘穿著一身棉布衣裙，頭上只有一根珠釵，耳朵上是普通耳墜，看起來像是個小家碧玉。

趙傳煒愛憐地摸摸她的臉，遠處的侍衛們都盯著，不好有太多動作。

那些侍衛多半成了親，看得直咧嘴。但不看又不行，他們的職責就是保護趙傳煒和楊寶娘的安全。

呂侍衛小聲喝斥。「笑什麼？公子正是怕羞的年紀，讓他惱了，你們都得滾回去。」

眾人立刻抿緊了嘴。

又走了一程，趙傳煒下令停下，準備埋鍋造飯。這些手藝，趙傳煒都會，是晉國公手把手教他的。

楊寶娘看著趙傳煒在地上搭了個簡單的灶，覺得很新奇。

侍衛們撿來許多乾柴，以及一些引火用的松針，怕不夠用，又多搭了兩口灶。

楊寶娘想著，既然人不多，乾脆混在一起吃，便上車掏出帶來的醬料跟食材，打算用一口灶燜飯，兩口灶做菜。

她將香腸切成小片，直接放在飯鍋裡，燜出來的飯香得很。又把幾個侍衛使喚得團團轉，洗了好些菜。另外兩口灶上各加了大的燉鍋及炒菜用的鍋，由趙傳煒和呂侍衛看火。

臨行前，楊寶娘教過喜鵲煮飯，如今也有些樣子了。喜鵲看著燉鍋，裡頭有一隻雞，加了許多山菌。楊寶娘則親自炒菜，忙得不可開交。

主僕倆忙活許久，做出七、八道菜，分量十足，味道也不差。

趙傳煒在旁邊支了張小桌子，帶著楊寶娘一起吃，其餘人讓他們各自吃去，連喜鵲也被他打發走，派書君幫忙照應。

趙傳煒幫楊寶娘盛飯夾菜。「這麼多人，以後讓他們自己做飯吧，天天這樣，要把妳累壞了。」

楊寶娘端起碗。「頭一天嘛，我也覺得新鮮，反正早晚都是在客棧裡吃，就準備中午這一頓。以後我做簡單些，不弄這麼多菜。」

吃完飯，趙傳煒要喜鵲去坐後面那輛車，自己抱著楊寶娘坐在前面車裡。「歇一會兒，等會兒我叫妳。」

這馬車並不大，趙傳煒讓楊寶娘躺在自己腿上，楊寶娘有些不好意思。

趙傳煒抱起她。「路程還遠得很，妳不能一下子累壞，得慢慢適應才行。」

他說完，低下頭對楊寶娘輕薄一陣。「好了，妳早就是我的人了，別怕羞，快睡。」

楊寶娘在他腰間擰了一把，靠在他懷裡，漸漸睡著了。

等楊寶娘睡著之後，趙傳煒拿起旁邊的小毯子，蓋在她身上，自己靠在車廂壁上，默默背誦文章。

馬車晃晃悠悠，不知過了多久，楊寶娘醒了。

她睜開眼一看，發現趙傳煒也睡著了，兩人一起擠在馬車的小榻上。因為榻太窄，她根本是趴在趙傳煒身上睡的。

楊寶娘立時紅了臉，悄悄去拉他的手臂，孰料他抱得死緊，她一動，他就醒了。

趙傳煒睜開雙眼，目光深邃，死死盯著楊寶娘。

楊寶娘又去拉他的手。「三郎，你讓我起來，別壓壞了你。」

趙傳煒忽然把她的頭壓在自己胸口上。「寶兒，別亂動。」

楊寶娘立刻停止掙扎。她沒吃過豬肉，但也知道豬是怎麼跑的，這樣的少年郎，最容易衝動。

方才，趙傳煒抱著心愛的小娘子打了個盹。夢裡，他一會兒背書、一會兒感覺美人香氣竄入腦海，令他熱血澎湃。

醒來之後，楊寶娘又在掙扎，他感覺要拚盡全身的力氣，才能克制住自己。

楊寶娘乖乖地一動不動，等過了許久，輕聲問：「三郎，讓我起來好嗎？」

趙傳煒嗯了聲，馬車輪子卻不知道輾壓過什麼，重重顛簸一下。楊寶娘的身子歪出去，趙傳煒立刻把她拉回來，她又趴到他身上。

趙傳煒覺得自己再也忍不住了，翻身把楊寶娘放在窄窄的榻上，不管不顧壓了上去。

他不懂什麼技巧，只是憑著本能索取。以前只是淺嘗輒止，這次，他藉著馬車的顛簸，一隻手禁錮著她、一隻手開始不老實地四處游移。

等到了他心心念念的地方，便隔著棉襖，輕輕揉捏兩下。

楊寶娘吃痛，叫喚一聲。

趙傳煒鬆開她，用額頭抵著她的額頭。「寶兒，妳還疼嗎？」

楊寶娘羞紅了臉，聲音嬌軟。「你別摸那裡，我疼。」

趙傳煒也滿臉通紅。「好，我不摸了。」看看那微微的隆起，感覺頭又開始發昏。

他把楊寶娘緊緊摟在懷裡。「寶兒，妳快點長大，做我的新娘。」

楊寶娘嗔怪他。「你才多大，不好生讀書，卻惦記這個。」

趙傳煒用下巴蹭蹭她的頭頂。「有兩個跟我同年的同窗，都成親了。」

楊寶娘瞠目結舌。「這麼小就成親了？」

趙傳煒嗯了聲。「放心，我會等妳長大。我聽阿娘說過，小娘子太小成親，生孩子容易難產。」

楊寶娘呸他一口。「誰要生孩子？你快起來，我腿麻了。」

趙傳煒坐起來，楊寶娘也起身，整理好兩人的衣衫。

楊寶娘怕他總是動手動腳，就和他閒話。說了一會兒話之後，兩人出了馬車，趙傳煒帶著她一起騎馬。

楊寶娘坐在前面，他在後面擁著她，馬兒慢吞吞地走，微風吹來，楊寶娘的髮香和體香竄進他的肺腑之間，讓他忍不住又心猿意馬起來。

天黑時，眾人到了鎮上。

呂侍衛找了鎮上最好的客棧，訂了幾間房。楊寶娘和喜鵲一間，趙傳煒和書君一間，其餘侍衛兩人一間。

從此，一行人每日走走看看，越往南走越暖和，趙傳煒天天帶著楊寶娘跑馬、摘野花、吃野果、打兔子、逮山雞，一路上好不快活。

有時候兩人一起坐在車裡背書，背著背著，趙傳煒便把她按在榻上輕薄。他的手法越來越嫻熟，好奇心越來越強，不滿足於簡單的親熱，侵占的領土越來越大。

這樣走走停停，四月中，兩人終於到了泉州。

李氏聽說趙傳煒要回來，早把他的院子收拾好。想到小倆口一起過來，路上肯定是一邊走、一邊玩，遂也不催他們。

趙傳煒離泉州越近，心裡越雀躍。

到了城門口時，趙傳煒忽然有了些近鄉情更怯的感覺。他離開整整兩年了，這兩年間，他經歷許多事情，考科舉、訂親、闖宮門、知悉自己的身世。

兩年前，他跟著東籬先生一起離開；現在，他帶著未婚妻回來。

趙傳煒深深吸了一口氣，一夾馬腹，帶著後面的馬車，慢慢前往元帥府。

到了大門口，門口的侍衛一眼認出他，高興地大喊：「三公子回來了！」

裡頭的人聽見，紛紛進去稟報。

趙傳煒下馬，牽楊寶娘下車。

兩人剛進大門，李氏帶著女兒出來了。

她笑吟吟地看著趙傳煒，又看看楊寶娘，然後衝他擠擠眼。「猴兒，回來這麼早做什麼？春日正好，怎麼不多玩一陣子？」

趙傳煒定定地看著她。「阿娘，兒子想家了。」

這句話讓李氏紅了眼眶，走過來，不顧趙傳煒比她還高了，伸手摸摸他的頭。

「家一直在這裡，你什麼時候想回來都行。」

她說完，把兒子抱進懷裡，拍拍他的後背。「你走了兩年，我和你阿爹總是擔心。回來就好，多住一陣子。」

趙婧娘打趣他。「三哥，你又不是櫻娘，別撒嬌了，三嫂還在旁邊呢。」

李氏立刻放開兒子，拉過楊寶娘的手，上下打量。「真是個漂亮孩子。」

楊寶娘屈膝向她行禮，李氏笑咪咪地拍拍她的手。「別怕，到我這裡來，就跟家裡一樣。我這裡沒有太多規矩，不用拘謹。妳妹妹跟妳一般大，也能玩到一起。」

李氏說完，拉著楊寶娘的手往內院走。趙傳煒摸了摸鼻子，跟在後頭。

一行人到了李氏的正院，趙傳煒正經跪下向李氏磕頭。這是時下的規矩，遠行的兒子回家，見到父母，得行大禮。

李氏拉起他。「你的院子已經整理好了，我幫你媳婦單獨準備了個小院子，你們先歇歇。你三舅聽說你要來，寫信給我，讓你們去找他玩。」

李氏又絮絮叨叨說了許多話，把兒子打發走後。親自帶著楊寶娘去了小院。

「我猜妳帶的人也不多，就只準備了小院，反正你們也住不久。趁著年輕腿腳好，多出去跑跑也不錯。」

楊寶娘跟在李氏身後，不時打量她，想看出她與當地人有什麼區別。這樣看下去，什麼區別都沒有，就是個普通的官家太太，要說區別，就是比京城裡那些太太們說話直率些。正常人家，客人剛上門，肯定不會說出反正也住不久的話。

楊寶娘按捺下心裡的激動。罷了，前輩不張揚，她何苦點破，高高興興謝過李氏。

李氏見她荊釵布裙，拿了許多趙婧娘的新衣服跟新首飾過來。「妳們生辰差不多，身量也像，婧娘衣裳多，妳先穿幾天。明兒我找了裁縫，幫妳做幾身新衣裳。」

楊寶娘連忙客氣推辭，李氏笑道：「妳那些衣裳都是春天的，又是京城款式。現在天氣熱了，我幫妳做些本地夏裳，省得人家一眼看出妳是外地人。」

李氏說完，命人打水伺候楊寶娘洗漱，還讓貼身嬤嬤幫她梳了時興髮髻，戴兩樣首飾。

楊寶娘再次去正院，趙傳煒已經收拾好了，坐在屋裡，瞧見楊寶娘，忙迎過去，看看她的裝束，立時笑了。

「我還以為是妹妹來了。」他又看向李氏。「多謝阿娘。」

李氏斜睨他。「我要你謝我？」

趙傳煒紅了臉。「阿爹和二哥什麼時候回來？」

李氏讓他們坐下。「夏天快到了，須巡視邊防，防止賊人趁著夏天漲水時上岸作亂，大概要晚上才能回來呢。你爺爺他們怎麼樣了？」

趙傳煒坐在李氏身邊，把家中長輩們的近況一一說給她聽，還轉達長輩們的問候。

說了幾句話之後，李氏的貼身嬤嬤拿來一只匣子。

李氏接過匣子，對楊寶娘招招手。

楊寶娘走過去，李氏從匣子裡取出一只鐲子，戴在楊寶娘手上。

「妳頭一回來，我沒有什麼好東西給妳，這鐲子妳拿去戴著玩。」

楊寶娘連忙屈膝道謝，趙傳煒拉過她的手細瞧。「這鐲子真好看。」

楊寶娘趕緊甩開他的手，坐到一邊去。

甄氏也帶著女兒來了，楊寶娘起身，趙傳煒輕聲介紹。「這是我二嫂跟姪女櫻娘。」

三人見過後，李氏讓大夥兒坐下，派人傳信給晉國公父子。

趙傳煒想著楊寶娘第一次來，忽然見到這麼多人，擔心她害怕，不時溫聲和她說兩句話，讓氣氛更是融洽。

下午，晉國公父子回來了。

趙傳煒在院子裡向父親行大禮。「兒子見過阿爹。」

晉國公拉起他。「兩年不見，我兒長高許多，還中了案首，為父很高興。」

趙傳煒鼻頭有些發酸。「兒子不在家，阿爹好不好？」

晉國公拍拍他的肩膀。「我們都好得很。走，進屋說話。」

他走在前頭，兄弟兩人跟著，趙傳平的長子比趙傳煒小不了幾歲，看著幼弟，忍不住打趣。「三弟走的時候，還天天趴在阿娘懷裡撒嬌，這一回來，都能娶媳婦了。」

趙傳煒習慣了跟他鬥嘴。「二哥，過幾年你就能抱孫子了，整日還沒個正經。」

晉國公進屋，一家子相互見禮。晉國公並未因為楊寶娘是個小娘子就忽視她，還特意和她說了幾句話。

「妳阿爹的傷怎麼樣了？來這裡莫要拘謹，和家裡一樣。想吃什麼、玩什麼，只管跟妳嬸子說。婧娘精通閩南語，想出去玩，就和她一起。」

楊寶娘連忙起身道謝。「之前阿爹偶爾會咳嗽，太醫說等天暖和些就好了。多謝叔叔關心，嬸子和妹妹都很照顧我。」

晉國公點頭，和兒子們說話，楊寶娘安靜地坐在一邊。

趙傳煒回來後，晉國公夫婦一字不提身世的事，如以前一樣，該怎麼樣便怎麼樣。他們寫給趙傳煒的那兩句話，也沒明說什麼。

趙傳煒本來還有些忐忑，見家人態度始終如一，漸漸就放開了。

第五十七章　遊學記婆媳慘案

楊寶娘在趙家住下，對這裡的語言一竅不通，跟聽天書似的。趙傳煒兄妹卻十分精通，說出來的話和本地人無異。

有時候趙傳煒在家裡讀書，有時候帶她出去玩。楊寶娘和小姑子趙婧娘越來越熟悉，時常丟下趙傳煒，跟她出去玩。

住了一陣子後，東籬先生來信，催他們趕緊過去。

趙傳煒再次辭別父母，帶著楊寶娘一起出發。

這回，趙傳煒和楊寶娘帶的人更少，走了十幾天，就到了東籬先生那裡。

東籬先生見到小倆口，先哈哈笑，然後衝外甥擠擠眼。「貴客遠道而來，掃榻相迎。」

趙傳煒帶著楊寶娘向東籬先生行禮，東籬先生擺擺手。「莫要客氣，坐。」

趙傳煒毫不客氣地坐下。「三舅騙得我好苦，我苦等快兩年，一個字也沒回我。」

東籬先生親自幫外甥倒了杯茶。「你阿爹說，讓我只管好生教書，不要多管閒事，不然就把我捆起來送回京城。你阿爹多凶，我能不怕他？還是死道友，不死貧道吧，你那又不是什麼要緊的事。看看，我早說了，這是你家裡給你訂的媳婦，你還不信。」

趙傳煒拉著楊寶娘坐到自己身邊，把茶端給她喝，又看看旁邊空著的茶盤，表情嫌棄。

「三舅，怎麼連點心都沒有？」

這個沒良心的外甥！東籬先生氣得心肝發疼。「你不說買點心來孝敬舅舅，還問我要吃的？誰不知道我是個窮教書的，今年收了幾十個窮學生，吃的喝的、筆墨紙硯全是我包，我窮得快把褲子當了！」

趙傳煒哈哈大笑。「看在三舅整日做好事的分上，我就不計較了。三舅寫信催我們來，要帶我們去哪裡玩？」

東籬先生捋捋鬍鬚。「我去拜訪幾個老友，你們小夫妻跟著我一起去。他們都是有學問的人，你想考舉人，好生跟著人家學一學。」

楊寶娘讓喜鵲把自己帶來的點心裝在盤子裡，端給東籬先生。「先生請用點心。」

東籬先生笑咪咪地說：「真乖，比這小子強多了。別叫什麼先生，妳也叫三舅。」

楊寶娘看趙傳煒一眼，趙傳煒微笑著點頭。「妳跟著這樣叫，也是沒錯的。」

楊寶娘正經行禮。「三舅好。」

東籬先生吃了點心，摳摳搜搜從屋子裡拿出一本書。「乖，這是我收藏的孤本，給妳拿去看。」

楊寶娘急忙擺手。「三舅，孤本多金貴，我不要。」

趙傳煒一伸頭，頓時笑了。「三舅又吹牛，這是什麼孤本？是你自己寫的吧！」

東籬先生拿起書，對著他的頭拍了下。「等我死了，就是孤本，花錢都買不到。」

楊寶娘覺得好笑，連忙收下。「多謝三舅，我定會好生保管。」

東籬先生這才高興了。

東籬先生住的小院子極為簡單，正房是他的臥室、客廳和書房，東廂房是廚房和小庫房，西廂房是兩間客房，順寶住在東耳房，西耳房是淨房。院子連院牆都沒有，只有一圈籬笆。籬笆下散養了幾隻雞，再等一等就能殺了打牙祭。

東籬先生看著楊寶娘，道：「聽說外甥女燒得一手好菜，正好，順寶做的豬食，我早吃夠了，外甥女中午多做兩道好菜，咱們爺兒幾個好生聚一聚。你們先在西廂房住幾天，我再帶你們出去玩。」

楊寶娘應下，帶著喜鵲和書君去布置屋子，東籬先生和趙傳煒便繼續在正房說話。

西廂房裡，趙傳煒住在南屋，楊寶娘住在北屋，喜鵲和書君跟著他們住。至於幾個護衛，旁邊有個空院子，便打發去那邊住了。

楊寶娘收拾好屋子，換身簡單衣裙，帶喜鵲去廚房。

廚房裡亂糟糟的，也沒什麼食物，楊寶娘拿了許多自己帶來的食材，勉強做了幾道菜。其餘的護衛們，順寶帶著他們去書院吃了。

東籬書院收的都是窮學子，吃得一般、住得一般，但很上進。若是家裡太窮，讀書有天分，東籬先生會免費供養幾年，期限一到，還想繼續讀的話，就得付銀子了。如果不想讀了，肚子裡好歹有些墨水，出去也能找份事情做。

起初，許多刁鑽的人聽說這裡有飯吃，便把孩子們送來，東籬先生吃了不少虧。後來他想了個辦法，教一段話，一個時辰背不下來的人，一概不要。有人說他不公平，東籬先生便把袖子一甩，他就不公平，有本事砍了他。

刁民欺軟怕硬，後來聽說東籬先生是李太后的親弟弟，一個個跑得比兔子還快。

雖然書院條件差，名氣卻不小，漸漸有許多富貴人家的子弟來讀書。對於這些人，東籬先生並沒有收很高的束脩，但不允許帶小廝，吃喝拉撒自己處理。

這麼多年過去，這裡的規矩漸漸被大家接受，加上東籬先生又是東南土皇帝晉國公的小舅子，也無人來找他的麻煩。

有官場上的老油條送錢、送女人給東籬先生。送的錢，他一概留下，還大張旗鼓地送上牌匾，把數目寫得一清二楚，如何使用也交代得很詳細；至於女人，統統打回去。

吃午飯時，楊寶娘安靜地坐在趙傳煒身邊，趙傳煒不停地幫她夾菜，老童子雞東籬先生看得眼睛疼。

哼，也不知道替他夾菜！

趙傳煒到書院後，立刻忙碌起來。書院裡學生多，聽說他一連中了幾個案首，時常有人請他來討論學問。最後，他乾脆也去讀書，每日和窮學子們混在一起，知道了許多窮苦人家的事情，和老百姓的日常。

趙傳煒恢復每日讀書習武的習慣，楊寶娘把他打理得體體面面出門，然後挎著籃子，帶著喜鵲、書君和兩個護衛，在附近轉悠。

東籬書院附近有山、有村莊、有河流，還有許多農田，說白了，就是個鄉下學堂，無非是因這裡的先生好、名氣大，才吸引許多城裡的學子。

這會兒季節正好，楊寶娘整天在附近採野菜，去村民們家中買蔬果。自從她來了，東籬先生跟順寶的伙食好了不少。

書院裡的學子們聽說山長家裡多了個貌美的小娘子，有人偷偷跑來看。趙傳煒聽說後，把來最多次的小子打一頓，然後牽著楊寶娘的手在附近繞一圈，一路上親親熱熱，那些學子們便不來了。

小娘子美則美矣，可惜出身豪門，他們配不上，而且人家已經說了親事，就是新來的那個霸道傢伙。

趙傳煒到了東籬書院後，中午會回來吃飯。楊寶娘每天做飯洗衣裳，打理甥舅倆的生活，有時候去找附近的農女玩耍，教她們京城裡紡線的技術，教她們識字，教她們認些常用的藥草和婦科之道，剪了許多花樣子送給她們，附近的小娘子和小媳婦都喜歡她。即便她出身豪門，村民們也無人敢打她的歪主意。

雖然語言不通，楊寶娘漸漸也能聽懂一些當地話，還跟那些小娘子們學著挖地種菜，把一群侍衛使喚得團團轉。

她非常喜歡這裡的生活，雖然蚊蟲多了些，條件差了些，還是歡歡喜喜的。

瞧見東籬先生為了書院裡的用度發愁，她偷偷拉著趙傳煒商議。

「三郎，我想把鑰匙裡的銀票送給三舅。」

趙傳煒吃驚地看著她。「那是妳生母和姨母給妳的。」

霍王氏臨死前，偷著變賣自己的嫁妝和亡夫的東西，把錢全交給李太后，一文不留。李太后想著，楊寶娘幫她安撫楊太傅，又添了更多，因此那張銀票可是值幾萬兩的。

萬兩銀子，在京城可以發嫁好幾個官家小娘子了。

楊寶娘整天帶著這張銀票，總怕它丟了。而且，這錢是原身父母給她的，如今原身走了，她拿著這錢，總覺心裡有愧，不如捐出去，做些好事，但願霍家夫婦來生能長命百歲。

但這個理由她不能說，只得道：「三郎，我父母早早去世，這是他們留給我的財產，我想拿去做好事，積德行善，希望他們下輩子能和和美美，平安到老。」

趙傳煒抱著楊寶娘，半天沒說話，然後點頭答應了。

東籬先生不知道事情始末，趙傳煒只說這是一位故人留下的，希望能替他積些陰德，來生平安喜樂。

東籬先生不是扭捏的人，接下銀票，問了原主是誰，在東籬書院的功德簿上，記下霍仲宣夫婦的姓名。

捐出銀票後，楊寶娘感覺神清氣爽。東籬書院有這筆銀子，今年不用發愁了。

如此過了兩個多月，東籬先生把書院託給其他先生，帶著小倆口出發，去拜訪老友。

出了伏，白天仍舊很熱，但楊寶娘只能坐在車裡。好在這是鄉下，路邊樹木多，行人少，沒人的時候，她就把車簾撩起來，能涼快些。

一行人走走停停，東籬先生交友遍布天下，不管在哪裡歇腳，都有人聞訊而來，趙傳煒和楊寶娘便跟著他混吃混喝。

每次見到老友，東籬先生就把外甥打發給人家，讓人家好生鞭笞。

「這是我外甥，我做舅父的不好太傷孩子的心，你們替我收拾收拾他，別讓他總覺得自己是天下第一聰明人。」

有了他這句話，那些人逮著趙傳煒就輪番蹂躪。

趙傳煒本來覺得自己是少年英才，這些日子以來，漸漸感覺自己快變成蠢材了。

楊寶娘私底下安慰他。「你不就是覺得自己在京城閉門造車，沒有進益嗎，如今知道自己有不足，總比夜郎自大好。」

這日，走到半路上，呂侍衛忽然悄悄向趙傳煒稟報。「三公子，有人跟蹤。」

趙傳煒立刻警覺起來。「你們幾個輪番守在馬車附近，夜裡警醒些。」

為了安全起見，趙傳煒讓東籬先生也上了車。

東籬先生早年遇過強盜，幾次虎口脫險，雖然文弱，於防守上仍有些心得。有了提防之心，眾人不再露宿荒郊野嶺，東籬先生也怕給友人帶來麻煩，開始帶他們住客棧。

還沒等賊人上門呢，楊寶娘忽然接到消息——陳氏死了！

楊寶娘把信翻來覆去地看，問趙傳煒。「這消息是真是假？」

趙傳煒點頭。「假不了，我大哥傳來的，還是我們家的密信。算起來，應該已經過去了七、八天。」

楊寶娘放下信。「看來我得回京了。」

趙傳煒想了想。「妳趕回去，至少也得花個把月，老太太早安葬了。不要急，該怎麼走就怎麼走，我猜想，昆哥兒還不知道這件事呢。有岳父在家裡，還有闌哥兒，總能把老太太發送出去。」

楊寶娘嘆口氣。「沒想到奶奶去得這麼快。」

趙傳煒悄悄看她一眼。「寶兒，老太太是被人殺死的。」

楊寶娘以為自己聽錯了，皺起眉頭。「奶奶整日不出門，賊人總不敢大張旗鼓去太傅府殺人吧。」

趙傳煒又拿出另一封信。「妳那封信是岳父寫的，這是我大哥給我的。」

楊寶娘搶過信，一目十行看完，眼珠子都要驚掉了。

是莫氏殺了陳氏！

楊太傅沒在信中跟楊寶娘說這起人倫慘案，但趙傳慶知道了，另外寫了緣由，和楊太傅的信一同寄給趙傳煒。

趙傳煒對陳氏沒什麼感情，從血緣上來說，那是他親祖母，但他不在楊家長大，且中間還連著上一輩那些亂七八糟的事，對陳氏就更沒好感了。但乍然聽聞她被兒媳婦弄死，還是有些吃驚，遂告訴楊寶娘實情。

楊寶娘放下信，感覺自己的心突突直跳，半天才緩過勁來。

趙傳煒安慰她。「這些日子有人跟蹤咱們，不能輕舉妄動。我已經跟阿爹聯繫上，二哥很快會多派些人來，咱們一起回京。」

楊寶娘點頭。「那我回封信給阿爹吧。」

趙傳煒點頭，兩人寫信給楊太傅，派人火速寄往京城。

京城裡，楊太傅正跪在陳氏的棺木前，替母親守靈，楊玉闌跪在旁邊。

楊玉昆不在，楊玉闌是唯一的孫子，自然要出力。但楊太傅有傷，楊玉闌還小，這回都是楊玉橋兄弟幾個在幫忙。

陳氏的死因，現在還瞞得死緊，對外就說年紀大了，沒熬過這個夏天。

莫氏被關在祠堂裡，除了簡單的一日兩餐，再沒有別的。她大哭大鬧，砸了牌位，也沒人理她。

自從去年楊太傅詐死後，陳氏便把所有怒火發洩到莫氏頭上。以前，陳氏要面子，最怕人家說她娶了個沒用的聾子兒媳，在外頭還會幫莫氏圓場。最近，陳氏歇了爭強好勝的心思，開始擺婆婆架子，吃飯睡覺穿衣，都叫莫氏來服侍。婆母叫兒媳婦服侍自己，原是常理，且陳氏也老了，莫氏是親兒媳，像她這年紀的官太太，哪個不是家事纏身，孝順公婆、照顧兒孫，幫丈夫打理人際往來的關係。但莫氏是個只會吃喝的廢物，什麼都不會幹。

她小時候是庶女，又是個聾子，莫家人對她的期待就是順利嫁出去。那些伺候公婆、友愛手足的道理，她只是了解一下，根本沒用心學。

等她嫁到楊家，陳氏把持著家事，她就是個甩手掌櫃，只管要吃要喝。

陳氏見新婚的兒子不太搭理兒媳婦，想讓他們感情好些，更不讓莫氏分心，只要她用心服侍兒子。

起初楊太傅為傳承子嗣，強迫自己和莫氏睡了一陣子，結果她生了個女兒，死了心，不願再靠近她，開始清心寡慾當和尚。後來怕李太后有孕，又開始去正院，莫氏才僥倖生下楊玉昆。

三十多年來，莫氏唯一的貢獻就是生了一兒一女，除此之外，毫無貢獻。跟別家太太們比起來，她雖不得丈夫寵愛，但沒有妾室和她爭風吃醋，沒有庶長子，沒有掐尖要強的庶女，也沒有其他誥命跟她打機鋒，連婆母都像個老媽子似的伺候她，真是享了一輩子的福。

陳氏想想就生氣，旁人家的婆母，不說讓媳婦服侍，至少家事能脫手。她一大把年紀了，整日操心個沒完。

陳氏把莫氏叫到跟前端茶倒水，莫氏有些牴觸。可這是婆母，她不敢不從。但陳氏存了挑剔的心，莫氏越服侍陳氏，心裡越不痛快。

這個時代，媳婦們在婆母面前都是矮了一截，莫氏是享受慣了的人，忽然讓她做小媳婦，她又做不好，便整日焦躁。

遇到這些事，正常人自會排解。但莫氏不一樣，她從小是個聾子，兄弟姊妹們都讓著她，習慣了唯我獨尊。

陳氏每日命她服侍，莫氏從勉勉強強，到敷衍了事。陳氏如何看不出兒媳婦根本不想服侍她，時常氣得破口大罵。

陳氏年輕時是市井婦人，罵起人來刻薄得很。莫氏被她罵哭，服侍婆母更加不經心，陳氏被開水燙過、被涼水驚過、被莫氏扯掉過頭髮……

這次，莫氏把湯撒在陳氏手上，陳氏劈手抽了她一巴掌。

莫氏被激怒了，這種唯我獨尊的人，一旦犯起渾來，定是不管不顧，劈手把湯碗扣在陳氏臉上，指著陳氏，哇啦哇啦不知道在說什麼，但用腳趾頭想也知道，肯定是在罵人。

陳氏被熱湯燙得嗷一聲叫出來，用袖子擦了把臉，舉起枴杖，對著莫氏就是一頓打。

下人們見狀，趕緊來攔，陳氏管了幾十年的家，一聲喝斥，所有人都退下。婆婆教訓兒媳婦，誰也管不了。

莫氏罵完後，清醒過來，有些後怕，但陳氏的一頓打罵又讓她生氣了，左右躲閃。陳氏不依不饒，她被兒媳婦打了，說出去，臉要丟盡了。陳氏下手重，莫氏吃痛，不敢還手，卻狠狠推了她一把。

就是那麼不巧，陳氏沒站穩，後腦勺結結實實撞在旁邊的門框上。

陳氏立時感覺腦殼劇痛，除此之外，還噁心想吐，喘不過氣，而且，眼睛也看不見了。她在地上滾了幾圈，下人們立刻趕過來，一起把她抬到床上。

陳氏在床沿嘔吐半天，呼吸越來越困難。

偏偏這天楊太傅上朝去了，莫大管事立刻命人去請太醫，太醫還沒進家門，陳氏就因為呼吸不暢，活活憋死了。

這可不得了了！

莫大管事一邊派人去叫楊太傅、一邊讓人替陳氏換衣裳梳洗。按理來說，這種事應該由兒媳婦做，但莫氏瑟瑟發抖，躲在一邊，只知道哇啦哇啦地滿嘴胡話。

莫大管事把陳氏屋裡的人全關在院中，禁止走動。

等楊太傅一回來，聽說事情原由後，立刻使出監察百官的凌厲手段，壓制住所有不好的消息，把莫氏關起來。

陳氏的喪事辦得很體面，她是一品誥命，禮部官員寫了祭文，無非是陳氏青年守寡，養育出優秀的兒子，可為婦人表率。文武百官都來弔喪，擠擠挨挨，把楊府堵得水泄不通。

因為天氣還沒涼快下來，陳氏的棺木裡雖然放了冰塊，屍體還是不能保存太久。在家停靈七日後，送到楊家祖墳，和亡夫楊運達合葬。

第五十八章　斬亂麻太傅休妻

辦完陳氏的喪事，楊太傅親自去了祠堂。

莫氏被關了許久，沒有好生洗漱，蓬頭垢面的。平日裡她穿得乾淨，因為不操心，吃得好、喝得好，人也不顯老。但她年紀不小了，這樣關幾日，便跟鄉下老嫗沒什麼區別了。

楊太傅看看被莫氏砸得亂七八糟的楊家祖宗牌位，眼神冰冷地盯著她。

祠堂門剛開時，莫氏伸出雙手蓋住雙眼，這會兒適應了強光，拿開雙手，見是楊太傅，立刻衝過來，對著他一頓拳打腳踢，嘴裡哇啦哇啦說個沒完。

這些日子，莫氏每天只喝兩碗清粥，手腳發軟，根本沒有力氣。楊太傅站在那裡不動，等她打完一輪，一揮手，把她甩到一邊。

莫氏見他這樣無情，捂著臉哭了起來。

楊太傅俯身，把祖宗們的牌位一一撿起，用帕子擦乾淨，按照順序擺好，鞠躬行禮。

「楊鎮不孝，驚擾列祖列宗，請祖宗們懲罰。」

他說完，又跪下磕了兩個頭。

做完這一切，他蹲在莫氏面前，道：「妳想好了以後要怎麼過嗎？」

莫氏從指縫裡看懂了他說的話，放下手，怨恨地瞪著他。

楊太傅面無表情。「毆殺婆母，十惡不赦，我留妳一條命，以後好生懺悔。」
莫氏又指著他一頓亂叫，楊太傅用腳趾想也能猜到，莫氏的意思無非說她是無辜的，是陳氏欺辱她在先。
楊太傅不想跟她多說。「我送妳去慈恩寺，妳在那裡懺悔吧。」
莫氏驚呆了，慈恩寺裡有個地方，專門關押犯了罪的誥命。誥命們生兒育女，不好直接弄死，各大家族又嫌她們丟人，不能明著處置，乾脆送過去贖罪。
慈恩寺裡的犯婦，生活很是清苦，吃喝拉撒都要自己動手，沒有任何人幫忙，這對平日養尊處優的誥命們來說，無異於掉入火坑。最苦的是，那個地方只許進，不許出，很多人受不了，會自我了斷。但自我了斷也沒人追究，家裡人知道，拉回去埋了就是。
雖然莫氏足不出戶，也知道慈恩寺是個什麼地方，呆呆地看著楊鎮，流下淚水。
還沒等莫氏有所反應，外面忽然傳來一陣哭聲，來人正是楊黛娘。
「阿爹，求您開恩！」
楊黛娘是出嫁的女兒，不能進楊家祠堂，便跪在門口哭求。「求您放過阿娘，阿娘不是故意的。」
楊太傅起身，走到門外，看著這個大女兒。「誰讓妳回來的？」
楊黛娘抬頭。「阿爹，阿娘是殘疾，求阿爹饒恕她的罪過，讓她在家裡吃齋唸佛，給奶奶賠罪。」

楊太傅笑了。「妳回去把周太太弄死，我不替妳出頭，看看妳婆家人會怎麼處置妳。」

楊黛娘愣住，吶吶道：「阿娘一輩子命苦，求阿爹饒恕她。」

楊太傅不再看她，聲音冷冰冰的。「冤有頭，債有主，她命苦，不是我造成的。」

楊黛娘聽了，聲音大起來。「難道阿爹就沒有一點責任嗎？但凡阿爹多給阿娘一些關心，阿娘能變成今天這樣？」

楊太傅轉頭，目光犀利地看著她。「我不給她關心，她就可以毆殺婆母？老子看見她就噁心，不想吃屎，也有錯嗎？她整日好吃好喝，什麼事都不幹，京城裡有幾個貴婦比她日子好過？」

他說完，走向前，微微俯身看著楊黛娘，劈手打了她一巴掌。

「我沒有給過妳關愛，妳不用來孝敬我，咱們兩不相欠。但老子也用不著妳來罵，老子這輩子唯獨不欠莫家人。妳要覺得自己是莫家人，給我滾得遠遠地，從此不要上門，老子就算斷子絕孫，也不要莫家人當後人。老子都能攆走昆哥兒了，更別說妳！」

楊黛娘哭了起來。「婚姻大事，父母之命，媒妁之言，阿娘有什麼錯啊？」

老秦姨娘姊妹自然不會說莫氏一句不好，楊黛娘更不知道莫氏當年也參與了奪婿之事。

楊太傅面無表情地看著她，又劈手打她。「滾回周家去，好生照看孩子，伺候妳男人。再敢到處惹事，老子就當沒有妳這個女兒！」

楊黛娘繼續哭，莫氏從祠堂裡出來了。
楊黛娘起身衝過去。「阿娘，您怎麼樣了？快跟阿爹求情吧！」
楊黛娘知道，此次莫氏怕是不能輕易脫罪。她總覺得，莫氏跟楊太傅是幾十年的夫妻，莫氏服軟求求情，總能留條性命。
但莫氏是個臭脾氣，哪裡會向楊太傅求情，甩開女兒的手，自己回了正院。
楊太傅也甩袖子走了。
第二天，楊太傅派莫大管事送莫氏去慈恩寺，自己去了明盛園。
李太后擺好茶水迎接他。如今楊太傅和李太后之間雖未過明路，但在京中已經不是秘密。明盛園他說來就來，景仁帝睜隻眼、閉隻眼，旁人也懶得說什麼。
楊太傅一身素服，有些頹廢地坐在椅子上。
李太后安慰他。「鎮哥兒，楊大娘年紀不小了，年輕時是受些罪，但後來你有出息，她也享了福，想來沒什麼遺憾了。」
楊太傅把頭靠在椅靠上。「姊姊，我心裡難過。」
李太后起身，走到他身後，幫他按摩頭頸。「你難過是應該的，那是你的生母，雖然有些事做得不如你的意，總歸是疼愛你的。」
楊太傅嗯了聲，閉上眼睛，睫毛有些顫抖。

李太后輕輕捏著。「鎮哥兒，現在你家裡怎麼樣了？」
楊太傅輕聲回答她。「默娘很能幹，家中尚能操持。」
李太后根本不去問莫氏的事，繼續服侍他。兩人沈默不語，過了許久，楊太傅拉過她的手，讓她坐在自己腿上。
他伸手環抱住她，聲音有些嘶啞。「姊姊，我快五十歲，這輩子也不長了。」
李太后低聲喝斥。「胡說，我比你還大幾個月呢，難道我就要死了不成？」
楊太傅長長嘆口氣。「我要替阿娘守三年孝。」
李太后點頭。「那是應該的。」
楊太傅回去後，寫了奏摺呈上，說要為陳氏守孝，景仁帝批了。楊太傅本就沒有實職，景仁帝若有事，直接叫他過去，和守孝也不衝突。
自此，楊太傅閉門謝客，開始守孝。每隔十日，他會去明盛園一趟，和李太后說說話、吃頓飯，然後就回來，並不留宿。
李太后年紀大了，也喜歡這樣的相處。
楊家的雜事都是楊默娘在打理，楊太傅只管帶著楊玉闌讀書。
陳氏下葬個把月後，楊玉昆才得到消息，立刻趕回來。
他剛出發，楊寶娘已經到了京城。

趙傳煒陪著她回來，兩人趕車去楊府，直接進了楊太傅的書房。

楊太傅正帶著楊玉闌寫字，楊玉闌起身見過姊姊跟姊夫，楊寶娘和趙傳煒向楊太傅行了大禮。

楊太傅打量兒子跟媳婦，見他們氣色尚可，放下心。「無妨，有闌哥兒呢，你奶奶的喪事，辦得體面。」

楊寶娘看著楊太傅。「阿爹，女兒不孝，回來遲了。」

楊寶娘拉著楊玉闌的手誇讚。「平日二弟看著軟和，沒想到關鍵時刻能堪大用。」

楊玉闌有些不好意思。「都是我該做的。」

楊太傅問問他們的行程，說了幾句話後，讓楊寶娘回去洗漱，趙傳煒則先回趙家。

楊寶娘剛進院子，楊默娘那頭就得到了消息，立刻帶孝布過來。

楊寶娘略微洗漱一番，換上月白色衣裙，鞋頭上蒙了一塊白布，袖子上也縫了白布條。她只是孫女，戴孝只能戴到這個份上了。

姊妹倆坐在一起，楊寶娘見楊默娘流利地吩咐家事，道：「三妹妹辛苦了。」

楊默娘微笑。「姊姊不在家，我只能趕鴨子上架。家裡的事情都有成例，我不過是蕭規曹隨而已。」

楊寶娘打發走下人，輕聲問她。「太太那頭怎麼樣了？」

楊默娘小聲回答。「我聽說，太太剛到慈恩寺時，不吃不喝，什麼都不幹。這樣過了幾天，沒人理她，她耐不住餓，就自己爬起來了。但那裡日子苦得很，飯菜少油無鹽，太太何曾受過那種苦。大姊姊去打點，被阿爹知道了，直接叫周家把她送到大姊夫那裡去。」

上回稅收案中，周晉中受到牽連，後來雖是勉強平調，卻從富庶州府到偏僻之地，也算是懲罰。

即便楊太傅在家守孝，但他發了話，周老爺不敢不從，立刻把楊黛娘送到兒子身邊。

沒了楊黛娘，莫氏的日子更苦了，但還撐著一口氣，她在等她兒子回來。

楊寶娘什麼都沒說，陳氏和莫氏這對婆媳，互相怨恨一輩子，如今兩敗俱傷。

楊太傅夾在中間，對老母失望，對婚姻失望，一輩子鬱鬱寡歡。雖然現在和心上人在一起，但也老了。

趙傳煒回到趙家後，仔細告訴趙傳慶有人跟蹤他們的事。

趙傳慶疑惑。「如今誰有這麼大的膽子，敢跟蹤咱們家的人？」

趙傳煒看看四周，抬起手指，指了指天。

趙傳慶搖頭。「不會的，不到圖窮匕見，誰也不會輕易撕破臉。再說了，這麼多年，他做什麼事情，阿爹不支持？去年我查軍務時，阿爹便把老底全抖給他看了。」

趙傳煒思索。「我並未得罪過什麼人，難道是三舅的仇家？」

趙傳慶仍舊搖頭。「三舅只是個教書先生，名氣是大，可無權無錢，不至於得罪人。」

兄弟倆細想無果，將此事暫時放到一邊。趙傳慶打發趙傳煒去見趙老太爺，隔天仍舊要他去官學讀書了。

楊寶娘回家後，在家守孝，除了隨著楊太傅去探望過李太后一次，再沒出門。

李太后聽說楊寶娘把銀票給了東籬先生，誇讚楊寶娘做得好，要她放心，就算沒有那筆錢，以後也定然會幫她準備一份妥當嫁妝。

之前楊太傅不清楚銀票的事，現在聽見楊寶娘拿去捐給窮學子們，亦對她大加讚賞。楊寶娘不貪戀錢財，憐貧惜弱，雖不是他親生的，卻是他一手捧著養大，能有此品行，令他很高興。

過了個把月，楊玉昆風塵僕僕地回來了。

楊玉昆回來之前，楊太傅又幹了一件事。

陳氏剛去世時，楊太傅為了家醜不外揚，壓下莫氏的罪行，但並不代表他任由她逍遙法外。莫氏是失手，但畢竟殺死了婆母。

京城裡天天都有新鮮事，陳氏的事早被蓋過去。楊太傅以不事姑舅、惡疾等幾條理由出妻，並奏請褫奪莫氏的一品誥命。

休妻不是小事，特別是大家之族，寧可一碗藥毒死人，也不會輕易休妻，所以楊家族老和莫家人聽到消息，都來了。

莫大老爺得知妹妹弄死了婆母，一句求情的話都沒有。這種罪行，不管有心還是無心，都無法饒恕。

他與楊太傅商議。「妹夫，看在兩個孩子的分上，能不能給妹妹留個體面，讓她去服侍老太太也行。」

楊太傅矢口拒絕。「大舅兄，我雖不孝，也不能再讓她服侍老母。我與她緣分已盡，看在孩子們面上，我留她一命，以後在慈恩寺好生懺悔。大舅兄放心，此事只是家事，時日久了，無人會在意。」

莫大老爺有些難堪，莫氏若是被休，以後莫家的女兒們必定受影響。而且，莫家已經敗落，楊太傅是唯一一棵可以供他們乘涼的大樹，雖然兩家關係不好，但外人又不知道，關鍵時刻，還能狐假虎威。

楊家族老們都是看楊太傅臉色行事的，之前族裡人想過拿捏他，讓他為族裡謀利。楊太傅便直接把兩個在外招搖撞騙的楊家子弟送進大牢，這些人從此就老實了。等楊太傅官越來越大，楊家族人更是斷了非分之想。如果老老實實，子弟有天分，楊太傅不介意拉扯一把；如果想騎到他頭上，楊太傅啃了一輩子硬骨頭，最不怕硬碰硬。

莫家無話可說，楊太傅也不想相逼太過，這個大舅子為人還是不錯的。

於是，楊太傅寫了休書，莫大老爺按過手印，結束了這場長達三十多年的荒唐婚姻。

景仁帝接到奏摺後，心裡頗不是滋味。想到莫氏當年欺辱母后，想立刻寫個准字。但想到楊太傅一旦休妻，以後就能堂而皇之地往李太后身邊湊，又覺得有些對不起先帝。

但莫氏毆殺婆母，楊太傅要休妻，誰也攔不住，景仁帝感嘆一番後，還是准了。

辦完這件事，楊太傅感覺自己好似又活過來一樣。他不想要莫氏的命，但他知道，一旦他死在前頭，搞不好楊玉昆會將他和莫氏合葬。唯有這樣，才能斷了楊玉昆的念想。

他活著不想和莫氏在一起，死了更不想。

楊太傅休妻休得悄無聲息，主要是因為莫氏從來不出門，楊家少了她，滿京城沒幾個人知道。

莫氏被休了，連她自己都不曉得，還在等著兒子回來。

等楊玉昆到京城時，一切已經塵埃落定。

他先在陳氏牌位前結結實實磕了幾個頭，換上全套孝服，然後去見楊太傅。

楊太傅看到風塵僕僕的楊玉昆，讓他坐下，問了他在外求學的經歷和感受。

楊玉昆恭敬地回答。「阿爹說得不錯，以前兒子一葉障目，妄自尊大。沒有了太傅之子這重身分，兒子才知道了更多人情世故。」

楊太傅跟他談了一會兒，話題又繞到陳氏身上。「你奶奶已經安葬，若有孝心，明兒去你奶奶墳前給她燒些紙錢，她最疼你了。」

楊玉昆紅了眼眶。「兒子不孝，沒能送奶奶最後一程。」

楊太傅定定地看著他，半晌後說了一句話。「我也不孝，沒送你奶奶最後一程。你一路回來辛苦了，去歇著吧。守完一年孝，還是回去讀書。」

楊玉昆應是告退，回了自己的院子。

過了一會兒，楊玉昆的貼身小廝，莫大管事的小兒子滿臉為難地過來了。

楊玉昆納悶。「有什麼事情？」小廝陪著他一路南行，主僕倆也有了些情誼。

小廝心一橫，低下頭，把家裡的事說了個一清二楚。

楊玉昆震怒。「你胡說八道！」

小廝跪下。「小的說的全是實情。」

楊玉昆一把推開他，直接奔向正院。

院子裡空蕩蕩的，只有幾個婆子在。荔枝已經嫁人，莫氏一走，她就回婆家去了。

楊玉昆在院子裡抓了個婆子，厲聲問她。「太太呢？」

婆子嚇得瑟瑟發抖。「大少爺，太太去了慈恩寺。」

楊玉昆一聽，拔腿又往前院奔去。

楊太傅正坐在書桌前寫字，見楊玉昆一頭衝進來，指了指旁邊的凳子。「坐。」

楊玉昆平復心情，坐下後，低聲問：「阿爹，阿娘去哪裡了？」

楊太傅運筆不停。「以後，你只有父親，沒有母親。」

楊玉昆瞪大了眼睛。「阿爹，難道他們說的是真的？」

楊太傅嗯了聲。

楊玉昆的心如同墜入冰窟。「阿爹，阿娘定然不是有意的。」

楊太傅又嗯了聲。「所以我留她一條命。若是有意的，你就要戴兩重孝了。」

楊玉昆閉上眼睛。「以後阿娘要一直待在那裡嗎？」

楊太傅抬頭看他。「你想讓她去哪裡？回正院，繼續當一品誥命？」

楊玉昆跪下了。「阿爹，兒子求您，讓阿娘出來好不好？那裡日子清苦，阿娘如何能熬得住？讓她以後跟著兒子，不做楊夫人，就當兒子認了個乾娘，兒子奉養她住在外面，絕不回府。」

楊太傅目不轉睛地盯著他。「你心疼你阿娘，難道我阿娘就該死？」

楊玉昆頓時語塞，他是嫡長孫，陳氏真心疼愛他。

陳氏被莫氏誤殺，不管他站在哪一邊，都是不孝。

楊玉昆感覺自己要被撕成兩半了。

楊太傅見兒子十分為難，忽然想起自己當年被退親的時候，有些不忍，起身走過來，拉起他。

「昆哥兒，為父不想讓你為難，才在你回來之前，把事情都辦了。你放心，慈恩寺那裡，我已經付了十年的銀子，夠她吃喝用度。你們去看她，我不攔著，但想讓她出來，等我死了再說吧。你好生為你奶奶守孝，也算替你母親贖罪。」

楊玉昆低下頭。「阿爹，兒子不孝。」

楊太傅背對他。「這和你無關，莫要學你大姊，總想干涉長輩的事。我與你母親，今生無緣，來生更不想在一起。她厭惡我，我厭惡她，何苦呢？你若是看不開這個，以後做了官，怎麼放開胸襟，為天下黎民百姓做事？」

楊玉昆沈默許久，擦了擦眼淚。「兒子知道了，多謝阿爹教誨。」

楊寶娘聽說楊玉昆回來後，只默默讓人送了些點心過去，什麼都沒說。她和楊玉昆，大概這輩子只能這樣了。

楊玉昆寫給她的信中，為自己的不作為道歉，但楊寶娘知道，這本就無對錯。世人眼中，她是李太后的女兒，李太后和莫氏之間的恩怨，他們身為兒女，定會受波及。

以前她以為自己是楊氏女，現在知道自己不過是個媳婦，更沒有資格去替李太后母子同莫氏和解。

第五十九章　再祭拜遭遇劫匪

過了幾日，楊玉昆去慈恩寺看望莫氏。

莫氏荊釵布裙，頭上多了許多白髮，從十指不沾陽春水的官夫人，變成操心自己吃喝拉撒的粗使婆子，瞬間老了幾十歲。

莫氏拉著兒子的手，痛哭了一場。

楊玉昆安慰莫氏。「阿娘，您好生在這裡為奶奶祈福，以後兒子時常來看您。」

莫氏聞言，立時呆住，定定地看著兒子，悲從中來，她連最後的指望都沒了。

楊玉昆也忍不住紅了眼眶，把身上所有的錢掏出來，交給莫氏。「阿娘，以後兒子定然好生讀書，也替阿娘請封誥命。」

這是騙莫氏的話，莫氏已經不是楊家婦，楊玉昆官做得再大，也沒辦法幫她請封了。

但莫氏不知道自己被休，聽兒子這樣說，心裡總算有了些安慰。

從此，楊玉昆在家守孝，省下每個月的月錢，去看莫氏的時候塞給她。

莫氏見兒子這樣孝順，咬牙忍住。她就不信，楊太傅能活得比她久。等他死後，她便能回去。

年底，李太后派人請楊寶娘過去一趟。
楊寶娘去了身上的孝，換了身素淨衣裳去明盛園。
等她到的時候，發現趙傳煒正坐在李太后身邊，面帶微笑看著她。
李太后拉著楊寶娘的手上下打量。「一眨眼，妳就長成大姑娘了。」這話不假，翻年再過個生日，楊寶娘就及笄了。
快十五歲的楊寶娘，長開許多，容顏更加出眾，即便穿著素服，仍難掩傾城之姿。趙傳煒每次去楊家，都瞧得挪不開眼。這會兒，又目不轉睛地盯著她。
趙傳煒目光灼灼，楊寶娘有些不自在，不去看他。「阿娘叫我來，有什麼吩咐？」
李太后輕輕拍拍她的手。「過幾日是妳生母的祭日，妳上山看看他們。」
楊寶娘正色應下。「多謝阿娘提醒。」
李太后微笑。「山裡荒無人煙，讓煒哥兒陪著妳去。」
楊寶娘點頭。「好，我聽阿娘的。」
李太后笑看兒子一眼。「好了，你們去暖閣裡玩吧，我要和瓊枝商議些事情。」
楊寶娘行禮退下，趙傳煒跟在後面，去了暖閣。
暖閣裡，楊寶娘剛坐下，趙傳煒就蹭了過來。
「寶兒，妳這些日子好不好？」

楊寶娘點頭。「我好得很。你讀書累不累？」
趙傳煒拉起她的手。「守孝很苦，妳是個小娘子，不用一味死守著規矩。我聽外婆說，以前楊家太爺去世時，岳父和楊姑太太經常去外婆家裡打牙祭。妳還在長身子呢，一直清湯寡水，要熬壞了。」
趙傳煒說完，上下打量楊寶娘，檢查她有沒有餓瘦了。
楊寶娘輕輕搖頭。「我們還好，如今過了百天，阿爹會讓廚房每日給我們做一樣葷菜，就是阿爹恪守禮節，本來身上就有傷，我怕他身子受不住。」
趙傳煒聞言，仔細想了想，安慰楊寶娘。「妳莫擔心，這件事我來解決。」
楊寶娘看著他。「你有什麼好辦法？」
趙傳煒歪頭看她。「我沒有辦法，姨母肯定有辦法。」
楊寶娘笑了，點點他的額頭。「連長輩也戲弄。」
趙傳煒見她笑得嬌俏可愛，忍不住把她摟進懷裡，搓揉一番。「寶兒快些長大，給我當新娘。」
楊寶娘啐他一口。「你比我還小兩個月呢，倒嫌棄我小了。」楊寶娘原是二月出生的，比趙傳煒大兩個月。
趙傳煒笑咪咪。「冬日天冷，妳要注意保暖。」
楊寶娘摸摸趙傳煒手上的繭。「我還好，家裡有炭盆。官學裡冷，你要注意身子。」

趙傳煒把楊寶娘抱起來，放到自己腿上。「日子過得真快，我感覺才認識妳沒多久，一眨眼，妳就要及笄了。」

小夫妻在暖閣裡嘰嘰咕咕地說話，李太后準備好午飯，才讓人請他們過去。

幾日後，楊寶娘和趙傳煒去看望霍家夫婦。因此事不好張揚，只帶了三、四個護衛。

到了霍仲宣夫婦墳前，楊寶娘把墳墓上的雜草除掉，磕頭燒紙敬香，趙傳煒也跟著磕頭。霍家沒有兒子，他既然是女婿，就要擔起責任。

楊寶娘磕頭時，在心裡默念，告訴霍家夫婦，她把銀子捐了出去，希望他們能得些福報，下輩子長命百歲。

做完這些事，兩人攜手而歸。

霍家不是大族，這墓園偏僻得很。他們還沒離開山頭呢，趙傳煒忽然聽見一聲尖銳的破空聲，二話不說，立刻把楊寶娘撲倒地上。

旁邊的呂侍衛大叫。「保護公子！」

趙家護衛把兩個主子團團圍起來，十幾個黑衣人從不遠處衝上前，雙方對峙。

趙傳煒立刻從懷裡摸出煙花彈，一拉引線，拋向空中。煙花彈衝了幾丈高，發出巨響。

這些日子，趙傳煒非常警覺，今日出門時，在別處留了人，沒想到還真遇上強盜。

對方見趙傳煒求救，知道趙家侍衛不是白給的，也不想傷人，兜頭灑出許多石灰粉，呂侍衛等人頓時猛烈咳嗽起來。
趙傳煒大喝。「散開，捂住口鼻！」
他說完，摟著楊寶娘滾到一邊。那些人立刻圍上來，纏住幾個侍衛，又有人來拉扯趙傳煒和楊寶娘。
趙傳煒身上有匕首，刺了來人一刀，旁邊有人一腳踢飛了他的匕首。
楊寶娘大怒，抽出鞭子，對著來人臉上就是一鞭。
趙傳煒把楊寶娘護在身後。「不知閣下是何來歷，敢到我趙家頭上撒野。」
領頭人笑。「趙公子不必以勢壓人，我等被逼得沒了活路，只得鋌而走險。我們只要你身後的小娘子，趙公子若是把人交給我們，咱們井水不犯河水。」
趙傳煒冷笑。「閣下好大的口氣，在下的未婚妻，說給你就給你？我這臉不是臉？」
領頭人的目光冷下來。「我們不想跟趙家為敵，只是個女人，趙公子何必以命相搏？」
趙傳煒沒有退縮。「你們想要什麼？」
領頭人又笑。「趙公子黃口小兒，不必同你多說。」又喊身後的同夥。
剩下的人一擁而上，趙傳煒沒了兵器，楊寶娘只有鞭子，很快落了下風，雙雙被擒。
領頭人看看趙傳煒，忽然改變主意。「把兩人都帶走。」
另一邊，呂侍衛幾個還在突圍。
趙傳煒大喝。「你們快回去！」

呂侍衛見他被擒，心裡著急，聽見趙傳煒吩咐，看看形勢，立刻轉身撤退，準備去搬救兵了。

那些賊人帶著楊寶娘和趙傳煒從另一個方向下山，蒙上他們的眼睛，捆起手，塞進一輛馬車，拍馬狂奔。

楊寶娘和趙傳煒緊緊依偎在一起，走到半路，賊人們把趙傳煒丟下馬，帶楊寶娘跑了。

楊寶娘感覺到趙傳煒下了車，還沒喊出聲，就被人捂住嘴。

有人劈手抽了她一巴掌。「最好老實些，不然把妳賣進青樓裡。」

形勢比人強，楊寶娘忍著痛沒出聲，乖乖地坐在一旁。

另一邊，趙傳煒雙手被捆住，眼睛也看不見，用膝蓋艱難地蹭掉臉上的布條，又找了塊石頭割斷手上的繩子。想著絕塵而去的馬車，心往下墜。

他趴在地上仔細聽了聽，有馬蹄聲傳來，趕緊從懷裡掏出哨子，對著聲音傳來的方向大力吹響。

趙家的侍衛們正滿山轉，聽見哨聲後，立刻奔過來。

呂侍衛身後帶了幾十個人。「公子，您怎麼樣了？」

趙傳煒沒有心思回答他。「快，沿著車輪印往前追。」

眾人騎上馬就追，追著追著，到了岔路口，車輪印在路口亂成一團，然後散開成好幾個方向，沿著不同的路出發。

呂侍衛對趙傳煒說：「公子，這是賊人的障眼法，咱們分開追，有發現即刻聯絡。」

趙傳煒吩咐呂侍衛。「你快派人去莊子上找幾條獵犬。若是我們分散開來，就中了賊人的奸計。」

呂侍衛打發兩個人去，趙家的莊子離這裡有些遠，但快馬加鞭，很快就能回來。

趙傳煒等著，時間一點一滴過去，心裡如同壓了一座山。冬日寒風吹來，他絲毫沒感覺到冷。

這些人來自何方？有何目的？趙家不牽扯任何黨爭，在朝中並無明顯政敵。晉國公手握幾十萬大軍，趙傳慶在京中也是呼風喚雨的人物，誰敢公然搶他的人？

看來，這些人是衝著楊家來的。楊太傅做了一輩子孤臣，抄家砍人頭跟家常便飯一樣，樹敵無數。

趙傳煒想完，又派兩人送信給趙傳慶和明盛園。

沒過多久，趙家侍衛牽著幾條狗來了。晉國公愛養獵犬，這些獵犬於搜尋上很有本事。

前幾日在明盛園的暖閣裡，趙傳煒摟著楊寶娘時，聞到了她身上的茉莉花香，問她這個季節怎麼還有茉莉？楊寶娘說，那是她做的香水，還是趙婧娘告訴她的法子。

今日在山上，趙傳煒又聞到茉莉花香。剛才他抱著楊寶娘在山上滾動，身上必然也沾染了她的氣味。

趙傳煒脫下外罩，幾條獵犬一聞衣裳，果然同時往一個方向跑。

趙傳煒目露喜色，翻身上馬追過去。

獵犬一邊聞、一邊走，動作慢了下來。

一行人離京城越來越遠，還沒找到地方呢，趙傳慶和李太后都得到了消息。

李太后命人告訴景仁帝，同時叫來楊太傅。趙傳慶動作更快，出動趙家的精銳，和景仁帝派的侍衛趕去救人。

天黑了，眾人追到一處村莊，獵犬停下來，因為味道消失得無影無蹤。

趙傳煒的心又往下沈。

呂侍衛悄悄說道：「公子，車輪印到這裡又亂起來，朝好幾個方向去了。屬下猜測，這是賊人故意引開咱們。京畿重地，不可能有大批賊人進出，若是他們人不多，很有可能躲在附近。」

趙傳煒嗯了一聲。「你們悄悄往四周打探，看看這附近哪裡來了陌生人。」

呂侍衛把人全派出去，自己留在趙傳煒身邊。

沒過多久，趙傳慶的人到了。景仁帝也讓俞大人派幾個人來，這些人立刻想去找當地屬官問話。

趙傳煒攔住他。「大人，若找了屬官，難免打草驚蛇。」

來人的領頭是個六品武將。「趙公子，光憑我們幾個慢慢打聽，要等到什麼時候？」

趙傳煒無奈，只得隨他一起去了。

再說楊寶娘，她被馬車載著，不知跑了多久，在一處偏僻的村莊停下來。

她被人強行換了身衣裳，又塞進馬車，載到另外一個地方。

當天夜裡，她被丟進一間柴房裡，米水未進。

冬日冷得很，好在柴房裡有柴草，楊寶娘身上那件棉襖雖然破，尚能保暖，還拿稻草蓋在身上禦寒。

這柴房是一間土屋，屋裡黑得很，楊寶娘悄悄打量，門窗都被鎖上，外頭有人走動，看樣子逃跑是行不通了。

楊寶娘想到自己的容貌，立刻從地上抓了把灰，抹在臉上。又把頭髮揉亂，隨意綁起來，看起來亂糟糟的。

這樣睡了一夜之後，第二天早上，有人端水給她，楊寶娘咕嘟咕嘟喝完了，但沒給飯吃，只能忍耐。

她又被人塞上車，到處亂轉。

賊人換了好幾個地方，但御前侍衛和趙家侍衛也不是吃白飯的，還是追了上來。

好幾天後，在離京城上百里開外的一處小村莊裡，這群賊人被堵住了。

楊寶娘挨餓好多天，起初兩天只有水喝，到了後面，每天一碗稀粥，勉強能保命。有人想占她便宜，她拚著一口氣，咬掉對方的一隻耳朵。雖然因此又挨打，但無人敢輕易再冒犯她。

見追兵們圍上來，這群賊人卻一點都不害怕。

武將喊話。「前方是何路英雄，何故掠奪楊家小娘子？」

賊人首領出來了，眾人一看，居然是個年輕的小郎君。

少年冷笑一聲。「我父親被你們殺了，我只是抓走皇帝老母生的野種罷了，還沒去抓皇帝呢。」

武將大怒。「混帳！」

趙傳煒立刻接話。「這位郎君，有話好生說，有什麼想要的只管提。」

少年側開身子。「你們回去告訴姓楊的，他害死我父親，讓他準備三十萬兩銀子給我，不然我就讓他女兒服侍我身後這一群莽漢。」

趙傳煒問道：「不知令尊是何人？」

少年瞇著眼看趙傳煒。「江南有四大王，你知道嗎？」

趙傳煒點頭。「我知道。」

少年輕笑。「四大王各行其道，我父親是水路兩道的大東家，楊老匹夫去趟江南，毀了我父親一生的心血，害我父親丟了命，這仇我總得報。」

趙傳煒盯著他。「你是黑水鬼的兒子？」

他說的黑水鬼，是江南幾省黑白通吃的大蛀蟲。此人沒做官，但在官場上混得開，手下有許多打手和死士。他從水運起家，便號稱水龍王，四大王不過是戲稱罷了。

楊太傅查帳，黑水鬼屁股底下最髒，也是最大的走私販子。景仁帝連總督都砍了，豈能放過這個混混頭子。

黑水鬼一輩子女人無數，卻只留下這個兒子，死前囑咐兒子隱姓埋名，從此做個普通人。孰料少年不服氣，揪結舊部，非要來找楊太傅報仇。

之前在東籬書院時，少年混入那幫窮學子，得知趙傳煒和楊寶娘的行蹤。但趙傳煒當時聯絡上晉國公，他不敢輕舉妄動，直到楊寶娘去祭奠霍家夫婦時，才逮到機會。

少年聽見趙傳煒喊他父親綽號，頓時大怒。

趙傳煒拱手。「閣下息怒，小子口誤。令尊也是條好漢，閣下怎麼做這種掠奪小娘子的事情？在下是晉國公三子，楊二娘子是我未婚妻，還請閣下將人還給我。閣下想要錢，找我就是了，男人之間的事，何必把女人牽扯進來。」

少年輕笑。「我管她是誰的女人，我知道她是楊老匹夫的掌上明珠，這就夠了。」

趙傳煒目光冷下來。「閣下到底有何目的？」

少年翻起白眼。「你耳朵聾了不成？我要三十萬兩銀子。」他盤算得好，得了銀子，去海外逍遙。

趙傳煒想了想，道：「我跟閣下打個商議，你把楊二娘子放了，我跟你走。」

呂侍衛忙阻止。「公子不可。」

少年看著他。「為了個女人，何必呢？我也不想和趙家為敵。」

趙傳煒忽然抬起腳，慢慢走向少年。

少年身邊的人抽出刀，趙傳煒仍舊不緊不慢地走到他跟前，輕聲開口。

「你想找楊太傅報仇是不是？那你找錯人了，你逮住的小娘子，是楊太傅的養女，我才是楊太傅的親生子。」

少年瞪大了眼睛，哈哈大笑。「趙公子真會說笑話。」

趙傳煒面無表情地看著他。「我是李太后和楊太傅所生，送與晉國公當養子快十五年。楊二娘子原是城郊霍家之女，生母將她託付給太后娘娘，太后娘娘不想把我送回楊家，便把她送給楊太傅。前幾日你們為什麼在霍家祖墳碰到我們？因為我們去祭拜岳父岳母。」

少年見他說得一本正經，暗暗吃驚。「我雖然不住在京城，趙公子也別騙我。」

趙傳煒點頭。「閣下放心，此事牽扯甚大，沒有幾個人知道。你若真想報仇，抓住了我，想要什麼都有。去年楊太傅剛認回我，這會兒我就是要天上的星星，他也恨不得摘給我，只想哄著我叫一聲阿爹呢。」

少年轉轉眼珠子。「若你說的是真的，那我還真不能放你走了。」

呂侍衛急得大喊。「公子，回來！」

趙傳煒對少年道：「你放了她，我跟你走。」

少年笑。「留下你們兩個，我的勝算豈不是更大？」

趙傳煒瞇起眼睛看他。「胃口太大，會噎死的。」

少年哼了一聲，立刻揮手，想讓手下人抓住趙傳煒，孰料趙傳煒不慌不忙地從懷裡掏出一樣黑乎乎的東西。

「那也無妨。你認得這個嗎？」

少年看了看。「都說趙家有秘密武器，難道就是這個？」

趙傳煒把東西擱在手裡轉了轉。「你不放人也沒關係，這東西炸平這院子都夠了。你侮辱我妻，大不了咱們魚死網破。」

少年感覺有些棘手，後面的武將更是著急，以他的想法，囉嗦什麼，直接衝進去把人帶出來就是。

第六十章　脫險境趙家下聘

楊寶娘待在院子某處角落裡。

這些日子，她變得非常警覺，發現外頭的腳步聲忽然變少了，有些興奮。

發生了什麼事？是不是有人來救我了？

若是外頭來了人，這幫土匪肯定會拿我當要脅。

楊寶娘頓時著急，在屋子裡團團轉，聽見有人來開鎖，二話不說，一咬牙，直接躺在地上裝昏。

少年在外頭見到趙傳煒的武器後，立刻來了兩個人轉移楊寶娘。其中一人想到楊寶娘的凶悍，在她臉上捏了一把。

「不是厲害得很？餓妳三天就老實了。」

那人以為楊寶娘餓昏了，撈起她就走。

與此同時，趙傳煒還在和少年對峙，另外有幾個身手好的侍衛，從村莊後方悄悄潛伏過來，拿著望遠鏡朝這邊看。望遠鏡十分金貴，京城晉國公府只有一副。

為避免正面交戰，侍衛們一直在暗中觀察，聽候前面的命令。見到賊人把楊寶娘從屋裡拖出來，便按捺不住了。

帶隊的是趙傳慶的人，權衡再三，不能再等了。

領頭者搭弓射箭，破空聲響起，賊人被射倒。

楊寶娘摔到地上，感覺渾身一陣疼痛，但仍舊死死咬住嘴唇，沒發出一丁點聲音。好在這地面是泥土，要是換成磚頭，非撞壞頭不可。

院子裡立刻混亂起來，賊人們迅速聚集，武將大喝一聲，帶人衝進去，院子後面那幾個侍衛也跑進來。

少年二話不說，撿起地上的楊寶娘放在身前，看著奔進來的趙傳煒。「還要不要你的女人了？」

趙傳煒見楊寶娘雙眼緊閉，頭髮亂糟糟的，身上穿著破棉襖，臉上滿是髒污，雙手垂下，指甲縫裡全是泥，頓時心疼不已。

其實他自己又何嘗好呢，這幾日沒日沒夜跟著侍衛們奔走，吃飯隨便扒兩口，睡覺都是和衣而眠，身上的錦袍灰撲撲，哪裡像個貴公子，不知道的人，還以為他是個要飯的。

他望向少年。「你張嘴就要三十萬兩銀子，總得商量商量。滿天下誰不知道，我岳父是個窮官，別說三十萬了，五萬他都拿不出來。」

少年的眼神也冷下來。「實話告訴你，此次小爺上京城，就想撈筆大的，要麼賺滿了就走，要麼魚死網破。小爺是逃犯，還怕什麼？你們不一樣，個個高官厚祿，為了個小娘子丟了命，值不值得？」

趙傳煒怕激怒他，道：「你也知道她是個小娘子，還讓我岳父拿三十萬兩銀子來贖人，我岳父難道傻？」

少年冷笑。「楊老匹夫傻不傻，我不知道，衝你們來這麼多人，就知道定然沒抓錯。」

楊寶娘被人拎著，腰有些難受，但她又不能動。她的頭是垂下的，稍微睜開眼，就能看見少年正全神貫注盯著趙傳煒。

趙傳煒一邊和少年周旋、一邊盯著楊寶娘，忽然見她手指輕輕動了動，心懸了起來。

少年見他越逼越緊，知道今日不宜再糾纏，立刻把刀架在楊寶娘脖子上。「你們都退後，備好馬車和盤纏，放我離開。」

楊寶娘感覺到脖子上一陣涼意，仍舊不動，眼睫毛微微掀了掀。

趙傳煒盯著楊寶娘，輕輕往後挪一步。「好，我讓你走。你要錢可以，請善待她。若是等我籌到錢，你卻虐待她，即便逃到海外，我也能追殺你。不要忘了，你阿爹那個海龍王是假的，我阿爹才是真正的東南海龍王。」

少年咧咧嘴。「真是條漢子，可惜沒出息。」

趙傳煒奉承他。「誰能像龍太子你呢，見慣了風浪，我不過是個靠著父母吃白飯的書呆子而已。」

少年仰頭哈哈大笑，那副睥睨天下的樣子，彷彿他真的就是龍太子了。就在他抬頭的瞬間，楊寶娘忽然暴起，握著他的手反向旋轉半圈，迅速往前一送，那把削鐵如泥的匕首直接切在他的脖子上。

鮮血立時全噴向楊寶娘，少年的雙手軟下來，楊寶娘又被摔到地上。

楊寶娘動手時，趙傳煒衝上前，一把撈過她，但還是遲了一步，楊寶娘的腿被少年的人砍了一刀，痛得昏厥過去……

等楊寶娘再次醒來時，她躺在明盛園的西屋裡，渾身都是白色的布條。她的腿受了重傷，太醫來看過，直言沒有個一年半載，是恢復不了的。

李太后親自帶人幫楊寶娘清洗身體，見她被打得遍體鱗傷，哭了半天，逮著楊太傅，便是一頓痛罵。

「你這老賊，捅了人家的老窩，為什麼不把屁股擦乾淨？讓孩子受這麼大的罪！」

楊太傅低著頭，一言不發。

楊寶娘失血過多，臉色蒼白，加上這些日子整天餓肚子，雙頰消瘦不少。

趙傳煒一直守在她床頭，見她醒了，忙湊過來。「寶兒，妳醒了？」

楊寶娘頭昏昏的，低聲問：「這是哪裡？」

趙傳煒摸摸她的臉。「妳放心，這是姨母的屋子，賊人都沒了。」

楊寶娘勉強笑了笑。「沒了就好。你有沒有受傷？」

趙傳煒把臉貼在她臉上。「都是我無用，讓妳受苦了。」

楊寶娘低聲回答。「三郎，只有千日做賊，哪有千日防賊的？阿爹得罪了那麼多人，總會有人想報復。我得阿爹疼愛十幾年，如今為他擋些災難，也是應該的。不說那些了，我肚子好餓啊！」

趙傳煒立刻起身，端了碗粥來。「太醫說妳傷了腸胃，要慢慢調養，先喝兩口粥。」

趙傳煒一勺一勺地餵她，楊寶娘感覺自己的胃終於舒服了些。

外頭，楊太傅聽說楊寶娘醒了，正要進來，李太后卻攔住他。「你一個老公公，進去做什麼？」

楊太傅被罵得有些呆滯。「我養了她十幾年，和親爹有什麼區別？」

李太后看他一眼。「你先回去，把家裡看好，別讓外頭傳出風言風語。寶兒被賊人捉了，總不是什麼好事，對外就說，我留她住在我這裡。」

楊太傅嗯了聲。「妳告訴孩子，這仇我定替她報了。」

李太后點點頭。

楊太傅回去後，直接去找景仁帝。

這回黑水鬼的兒子鬧事，必然有人在後頭攛掇。

楊太傅沒有朋黨，如今卸了吏部尚書的職位在家守孝，除了趙家，再沒有靠山，這是他最弱的時候。若是毀了楊寶娘，趙楊兩家的親事作罷，那些人就可以合夥來攻擊楊太傅。

如果楊太傅被擊倒，那他帶回來的帳冊是真是假，就值得懷疑，許多犯官的家眷和倖存的後代，便可以洗清罪名了。

那些倒臺的犯官，哪個上頭不連著豪門貴族？上次景仁帝砍了一批人，但還有很多人，他暫時壓下沒有動，誰不怕他將來秋後算帳呢？

孰料，黑水鬼的兒子是個呆子，雖然毆打楊寶娘，還經常不給她飯吃，卻不屑玷污仇人之女。

楊寶娘奮起，救了自己一命，那幫賊人全被當場解決。景仁帝又砍了幾個腦袋，才暫時平息楊太傅的怒火。

另一邊，趙傳煒把家裡的侍衛打發回去，他自己留在明盛園不走了。

除了貼身洗漱他沒辦法照顧楊寶娘之外，其餘事情都親力親為，像餵飯、餵藥、洗臉、擦手，抱她出去曬太陽，幫她按摩，還每日說笑話給她聽。

眼見著要過年了，李太后要回宮，不好把楊寶娘帶回宮裡，便吩咐人小心地把她抬回楊家，並留了兩個人伺候。

趙傳煒也不能留在楊家，快快地回趙家去。

楊寶娘回到楊家後，安靜養傷。李太后留下的人很仔細，太醫院的人也時常來看診。楊太傅囑咐楊默娘，讓廚房每日多做些養身子的好飯菜送到棲月閣。

這回楊寶娘被捉了，不好大張旗鼓地補償。景仁帝藉著李太后和兩位長公主的手，給了她許多賞賜，又命江南新任總督徹查各處遺留匪徒。

冬去春來，等楊寶娘滿十五歲時，她腿上的布條終於能拆了。

楊寶娘還未出閣，腿上卻受了重傷。當日匪徒那一刀，除了傷及皮肉，還砍到筋脈，刀的重量敲傷骨頭。李太后命太醫們一起診斷，用最好的藥，務必不能讓她變成瘸子。

楊寶娘的及笄日尚在陳氏的孝期內，不能大辦。李太后忍到過完年，才把楊寶娘接走。除了楊寶娘，她也把楊默娘和楊淑娘一併帶走，又為她們準備了許多春季的衣裳。

楊寶娘過生辰，卻不好張揚，李太后打算請一些小娘子來玩耍，有李家、趙家、衛家、兩位長公主家以及京中其他豪門貴族家的小娘子，還有宗室裡的女眷。

楊寶娘不能走路，坐在輪椅裡。李太后對外說是楊寶娘摔了一跤，傷到了腿。

楊默娘和楊淑娘初見李太后，腳都沒地方站了，規矩得恨不得把頭低到地上去。

楊默娘在心裡告訴自己，這才是真正的太太，庶女見了嫡母，要恭敬；楊淑娘想著陳姨娘去年在楊太傅假葬禮上的瘋言瘋語，決定回去再把陳姨娘養胖些。

李太后讓楊家兩個庶女陪著楊寶娘住，準備在明盛園辦春日宴。

生辰當天，楊寶娘頭上插了根碧玉簪子，是李太后給的，材料上等，真正的內斂奢華。

二月底的京城漸漸回暖，明盛園裡的樹木開始有了綠意，楊默娘和楊淑娘推著楊寶娘在園子裡走，和各家的小娘子打招呼。

沒過多久，來了許多小郎君，這場春日宴，楊寶娘和兩個妹妹都是看客。

今日趙傳煒穿得異常體面，楊寶娘看了後，瞇著眼睛笑。這麼好看的少年郎，以後就是她碗裡的人了。

趙傳煒和兩個姨妹打招呼，接過輪椅，推著楊寶娘在花園裡的小徑上慢慢走。

他看看楊寶娘頭上的簪子，道：「寶兒今日及笄了。」

楊寶娘輕笑。「喊姊姊。」

趙傳煒登時紅了臉，憋了半天，吐出一句。「夫為妻綱。」

楊寶娘斜睨他一眼。「你是要跟我講規矩嗎？」

趙傳煒立刻陪笑。「沒有的事，妳就是規矩。」

楊寶娘不再逼著他喊姊姊，問了官學裡的事，說完了，一起欣賞景色。

楊默娘和楊淑娘不遠不近地跟著，既不會打擾到他們，也不會讓人家覺得趙傳煒和楊寶娘單獨相處。

辦完楊寶娘的及笄禮後，日子過得飛快。

天氣剛剛開始熱的時候，楊寶娘能自己走動了，但還有些一瘸一拐。好在她不是住家裡，而是待在明盛園，不用怕人笑話。

李太后長住明盛園，除了重大節日，否則不回宮，一來避開那群凶猛的兒媳婦們，二來在外更自由。楊太傅仍舊每隔十天去明盛園一趟，李太后會在他飯食裡摻些葷食，他默不作聲吃了。

景仁帝睜隻眼、閉隻眼，李太后的一應奉養都是上等。

日月窗間過馬，一眨眼入了秋，楊寶娘終於不再一瘸一拐，身上的傷都好了。

重陽節前兩日，趙家來楊家下聘。

晉國公夫人李氏去年過年時送回許多東西和錢財，給大兒媳王氏下聘用。

王氏忙忙碌碌數個月，終於置辦出一份像樣的聘禮。

那天，趙家吹吹打打，抬著幾十抬聘禮，沿著內城繞一圈，才到了楊府。

這回方家夫婦和李承業夫婦都來了，晉國公夫婦不在，趙傳慶是長兄，全權代為操辦。

趙傳煒被王氏打扮得像隻花孔雀一樣，只管跟在後頭讓人瞧。

陳氏一年的孝期已經過了，楊寶娘是孫女，勉強算是出了孝，楊玉昆被楊太傅打發回南邊讀書。府裡清清靜靜，楊太傅仍舊住在外院當和尚，兩個姨娘各自帶著兒女住，陳氏的院子和莫氏的院子都封了起來。

今日趙家來下聘，楊太傅把楊玉橋夫婦叫過來幫忙。楊氏族裡來了許多人，楊太傅又請了魏大人和過去的同僚、下屬們來，場面熱熱鬧鬧。反倒是楊寶娘自己，被楊玉橋家的妻子關在棲月閣，不許她出去。

趙家的聘禮真豐厚啊，吃的穿的用的、金的銀的玉的，寶石翡翠、瑪瑙珍珠，折算起來，少說值個幾萬銀子，看得賓客們咋舌。

楊太傅想到趙傳煒是親兒子，趙家的聘禮這樣厚，只能從嫁妝上補貼兩個孩子。

可是，他不像趙家那樣有錢。

楊太傅想到自己和楊寶娘身上的傷，目光瞟向皇城。

他沒錢，但景仁帝有錢啊！

這兩年，賦稅漲了那麼多，他受那麼重的傷回來，景仁帝連個屁都沒賞。

下聘的儀式，各家都一樣，到了吃午飯的時候，趙傳煒偷偷溜了過來。

他剛進棲月閣，丫頭們瞧見，便笑嘻嘻地妳推我、我推妳。

喜鵲笑著把趙傳煒領進楊寶娘的正屋，然後自己找張小板凳坐在門口。

楊寶娘正吃飯呢，見他進來，對他招手。「你吃過了沒？」

趙傳煒拿起旁邊的一只小湯碗。「隨便吃了兩口。我酒量小，不敢久留，大哥掩護我，讓我溜了。」

楊寶娘遞給他一雙乾淨筷子。「我這裡飯菜簡單些，你再吃些。」

趙傳煒端起碗就吃，一邊吃、一邊看著她。「寶兒今天真好看。」

楊寶娘紅了紅臉。「喊姊姊。」

趙傳煒看看門口，喜鵲背對他們，看著院子裡的丫頭。

他把頭湊過來，輕輕喊了聲。「姊姊。」

前些日子在明盛園，趙傳煒不小心聽見素來一本正經的楊太傅輕聲喊李太后姊姊，那聲音真是纏綿悱惻，讓他的眼珠子差點掉下來，只好默默退出去。今天被楊寶娘這樣說，他試著喊了一聲，頓時感覺這聲姊姊，也充滿不一般的滋味。

趙傳煒的聲音也纏綿得很，楊寶娘聽了又忍不住臉紅。「快些吃飯。」

他笑咪咪地繼續吃飯，一直盯著楊寶娘看。

楊寶娘納悶。「你老看我做什麼？」

趙傳煒笑。「我大哥說，再等兩年，就替咱們辦喜事。」

楊寶娘也笑。「你小孩子家的，不要過問這個。」

兩個人一邊說笑話、一邊吃完了午飯。

第六十一章　賜嫁銀兒女喜事

趙傳煒吃了飯也不走，還賴在這裡，躺在楊寶娘的躺椅上，要楊寶娘端茶給他喝。

楊寶娘餵他喝了兩口茶水，道：「還是貴公子呢，這副憊懶樣。」

趙傳煒見丫頭們都在，不好說什麼，等丫頭們收拾好出去，屋裡只剩下喜鵲，才不管不顧地把楊寶娘拉過來。

楊寶娘沒站穩，直接撲到他身上。喜鵲像沒看到似的，又坐到門口去了。

楊寶娘要起來，趙傳煒摟住她的腰，湊在她耳邊輕聲問：「寶兒，妳的腿還疼不疼？」

楊寶娘將頭靠在他胸口。「不使勁不會疼，就是留下了一條疤，好難看。」

趙傳煒親親她的額頭。「不怕，我不嫌棄。以後不管去哪裡，都要多帶些人。還是早些把妳娶回家，生兩個孩子，再也沒人敢打妳的主意。」

楊寶娘捶他一拳。「我才不要生孩子。」

趙傳煒捏住她的拳頭，展開她的手掌，仔細摩挲。「好，不生。不過妳這些日子還是不要走太多路，怕骨頭沒長好呢。」

他說完，輕輕按了按楊寶娘受傷的部位，楊寶娘沒感覺到疼，任由他檢查。

檢查完楊寶娘的腿，趙傳煒又摟住她。「寶兒，我今天真高興。」

楊寶娘在他身上蹭蹭。「我也高興。」

趙傳煒摸摸她頭上的首飾。「接下來我要準備秋闈，往後來得少一些，妳在家裡和妹妹們一起玩。要是想出門了，傳信給我，我帶妳出去。」

楊寶娘抬起頭看著他。「你讀書累，要注意身體。我聽阿娘說，你小時候身子弱，雖然現在好了，也不能仗著年輕，不愛惜身體。」

趙傳煒見她這樣仰著頭，睜著大眼睛看他，眼若秋波，面若嬌花，又正好趴在自己身上，便按下她的頭，像隻小蜜蜂一樣開始採蜜。

過了許久，楊寶娘掙扎開來。「你快些回去吧，總留在我這裡，不合規矩。」

趙傳煒坐起身，抱著她。「姊姊好狠心，我多久沒來了，今日下聘，還攆我走。」

楊寶娘雙臉俏紅。「你等一等。」

她起身去臥房，拿出一只新做的荷包塞給他。「這個給你拿著玩，別戴出去了。」上面繡了一對鴛鴦，趙傳煒收下荷包，高興地塞進懷裡，起身又摟住她，兩人緊緊貼在一起。

楊寶娘虛歲十六了，身段越來越窈窕，趙傳煒感受著她玲瓏的曲線，感覺自己又要控制不住，遂把臉埋在她的頭髮裡。

「寶兒，我好希望時間過得快些。」

楊寶娘感覺脖子裡癢癢的，忍不住笑了。「我才不要呢，我想再慢些，在娘家做小娘子多好。」

趙傳煒撫摸她的一頭烏髮。「等妳去了我家，我保證妳比做小娘子還快活。」

楊寶娘又推他。「你快去吧。」

趙傳煒戀戀不捨地放開她，又飛快在她臉上嘬一口。「那我先走了。」

楊寶娘站在正房門口，看著他往外走去。少年郎錦袍金冠，身姿如同挺拔的小樹苗一般，連離去的背影，她都覺得賞心悅目。

趙傳煒走到垂花門屏門，忽然轉身，對著楊寶娘燦然一笑，楊寶娘也微微一笑。

旁邊的丫頭們都捂嘴笑，趙傳煒摸摸鼻子，邁著大步出去了。

喜鵲見狀，便趕那些丫頭。「該幹什麼，幹什麼去吧。」

丫頭們走了，楊寶娘還站在門口。

喜鵲連忙勸她。「二娘子，您今兒動得多了些，趕緊進去歇一會兒吧。」

楊寶娘回屋裡，拿出要幫楊太傅做的外衫，繼續飛針走線。

喜鵲怕她累著，搬了張小板凳，坐在旁邊幫她揉腿。「二娘子，過一陣子，孔家也要來下聘了。」

楊寶娘點頭。「我曉得，等我再好些，就把家務接過來。三妹妹辛苦這麼久，我整日偷懶，也該幫她分擔一些。」

喜鵲笑。「剛才我去看了一回，姑爺家的聘禮真厚，這下連二娘子的嫁妝都有了。」

楊寶娘看她一眼。「我也不能全部帶走，留一些給弟弟妹妹們。那些吃的穿的，交給三妹妹處置。其餘的，讓阿爹做主。」

主僕兩人在屋裡說著悄悄話，外頭的筵席散了，賓客們先後離開。楊玉橋的妻子把楊寶娘做的女紅當著賓客們的面送給王氏，有給姑爺的、有給公婆的，還有給趙家其他人的。前陣子楊寶娘的腿不能走路，整日除了養傷，就是看書和做針線。給趙家的東西，她原本想私底下給，楊玉橋的妻子卻說要當著賓客的面送出去，才顯得小娘子賢慧能幹，當得起這份聘禮。

趙家下過聘禮後，楊寶娘的嫁妝也該置辦起來了。但楊家沒有正經太太，李太后便把事情攬過去。

楊太傅翻翻趙家的聘禮單子，去了宮裡。

景仁帝稀奇。「先生有什麼急事，居然主動過來了。」

這話不假，自從楊太傅受傷後，上朝是三天打魚，兩天曬網，景仁帝不叫他，他就不過來。如今守孝，他更少出門，好在現在朝中還算太平，景仁帝等閒也不勞動他。

楊太傅向景仁帝行過禮，見御書房裡有不少人，客氣地跟大家打招呼，靜靜地坐在一邊等候。

眾人正在議事，景仁帝哪裡會讓楊太傅白等，立刻拉他出謀劃策。

等大臣們都走了，景仁帝才問楊太傅。「先生可是遇到了什麼難處？」

楊太傅摸摸袖子。「臣來向聖上借錢。」

景仁帝差點把手裡的御筆扔了。「先生要借錢?!」

楊太傅點頭。「沒錯，昨日趙家來臣家裡下聘，那聘禮實在太厚了。臣家裡雖然不缺吃喝，卻沒能力置辦同等的嫁妝。就算一時湊齊了，臣還有幾個孩子呢。」

景仁帝見他一本正經借錢的樣子，覺得好笑。「慶哥兒真是的，送聘禮也不估摸先生的能力。」

楊太傅滿臉羞愧。「臣無用，但這麼多錢，實在沒地方借，只能厚著臉皮來求聖上。」

景仁帝放下筆。「是朕的錯，先生一生為官清廉，卻連女兒的嫁妝都置辦不齊。朕愧對先生。」

楊太傅連忙起身，鞠躬行禮。「臣做的都是本分，當不得聖上誇讚。」

景仁帝走下來，扶起楊太傅。「先生中午別走了，留在宮裡陪朕吃午膳。妹妹的嫁妝，先生就不用操心了。」

楊太傅連忙再次躬身。「多謝聖上體恤。」

景仁帝又去扶他。「先生不用這樣多禮，都是一家人。」

一家人三個字，讓楊太傅有些啞然，論起來是親戚，但再細究，他和景仁帝的關係更近。雖說君臣有別，但天家也不是總論國法，還有家法呢。

景仁帝留楊太傅用午膳，還把幾個皇子叫來，又吩咐張內侍幾句。

皇子們見了楊太傅，異常乖巧，這是父皇的先生，也是皇祖母的……咳咳，吃飯吃飯。

吃過飯，景仁帝把皇子們打發走了，張內侍拿出一只盒子交給景仁帝。

景仁帝接過盒子，擺擺手，等所有人都下去，才把盒子遞給楊太傅。「朕的一點心意，先生莫要推辭。」

楊太傅接過盒子，打開一看，裡面是一張十萬兩的銀票。別說楊寶娘，連其他幾個孩子的婚嫁都解決了。

楊太傅合上蓋子。「臣寫張借條給聖上。」

景仁帝笑。「先生莫要臊朕了，先生一生為官清廉，是我大景朝的福氣。為了江山社稷，先生和妹妹都受了傷。朕雖是皇帝，心也不是石頭，這是朕該做的。」

楊太傅再次鞠躬。「多謝聖上，臣卻之不恭了。」

景仁帝坐下。「那朕不留先生了，先生回去好生替妹妹置辦嫁妝，等出閣的時候，朕派皇子們去送送妹妹。煒哥兒那裡，有慶哥兒呢，朕不用擔心。」

楊太傅從未和景仁帝提過兩個孩子的身世，景仁帝仍舊一口一個妹妹，君臣倆心知肚明，一起裝糊塗，楊太傅也不戳破。

客氣幾句之後，楊太傅帶著十萬兩銀票回去。

過了幾日，楊太傅讓莫大管事去錢莊把銀票兌開，帶著四萬兩的銀票去找李太后。

李太后接過銀票。「你哪裡來的錢？」

楊太傅捋捋鬍鬚。「向聖上借的。」

李太后笑了，把銀票放在桌上。「這是他該做的。只是，這些全給寶兒置辦嫁妝嗎？」

楊太傅想了想，開口道：「我還有件事想請託姊姊。」

李太后溫柔地看著他。「你說。我能辦的，都幫你辦。」

楊太傅微笑。「姊姊知道，我如今是個老光棍，家裡沒有婦人。寶兒的事情，有姊姊操心，但其他幾個孩子，既然投胎到我這裡，也不能不管他們。默娘只比寶兒小一個月，過不了多久，孔家也要來下聘。我想請姊姊從中拿出一萬兩，替默娘置辦嫁妝。」

李太后點頭。「好，默娘那孩子乖巧懂事，我也喜歡她。你放心吧，兩個孩子的嫁妝，我都會置辦得好好的。」

楊太傅隔著小桌子，拉過李太后的手。「姊姊對我真好。」

李太后輕輕拍他的手。「多大的人了，莫要撒嬌。只是，姊妹倆的嫁妝差了這麼多，會不會不好？」

楊太傅撫摸李太后的指甲。「孔家清貧，聘禮不會太多，默娘的嫁妝若是太厚，孔家臉面上不好看，而且嫡庶有別。再說，我沒養過咱們的兒子，如今他娶媳婦，我多給孩子置辦些東西，等我老了，也能更安心些。」
李太后仔細打量他的氣色。「如今老太太滿了周年，你也不要一味地死守規矩。你身子不好，別熬壞了。多少人家，父母滿了周年之後，除了婚嫁，該做什麼就做什麼，御史臺也不會單盯著你。」
楊太傅抬眼看她。「姊姊說的是，那我今兒不走了。」
李太后明白他的意思，雙頰頓時透紅，狠狠啐他一口，拿起銀票走了。
楊太傅在後面摸著鬍鬚笑。

李太后讓廚房做了頓豐盛的午餐，又怕楊太傅吃素太久，腸胃一下子受不了，葷菜都是清淡的做法。
楊太傅在明盛園越來越隨意，吃過了飯，就端著一碗茶坐在那裡。等下人們收好碗筷，又拉起李太后的手往外走。
「咱們上了年紀，吃過了飯不能光坐著，還是到處走一走為好。我看姊姊近來略微豐腴了些，想是動得少了。」
李太后有些不好意思，在屋裡也罷了，都是她的心腹。要是滿園子逛，豈不人人都看到她跟楊太傅？
楊太傅拉著她緩慢地走，明盛園裡服侍的人瞧見了，等級低的只遠遠跪著，等級高一些的，紛紛行禮。

「見過太后娘娘，見過太傅大人。」

楊太傅笑咪咪地叫起，李太后紅著臉跟在後頭，一句話都不說，逛了一會兒，便扭頭回去了。

李太后躲進臥房，拿起針線，開始縫一雙襪子。

楊太傅慢悠悠地晃回來。「姊姊也不等等我，又不是不曉得我不能跑。」

李太后低頭不說話，楊太傅坐到她身邊，搶過她的針線活放到一邊，抱起她，坐到自己腿上。

李太后掙扎。「你快回去。」

楊太傅見她掙扎，直接抱起她，往她的大床上去了。

他用靈巧的左手，把自己和她的衣物剝得絲毫不剩。「這麼大的床，姊姊一個人，豈不寂寞？」

李太后羞得手腳都沒地方放，楊太傅怕她凍著，用被子把兩人裹得緊緊的，細心感受著身下的軟玉溫香。

細想起來，楊太傅上一次近女色，還是去年和李太后吵架那回。後來為陳氏守孝，他當了一年多的和尚。

楊太傅正值中年，跟他同年的男人，但凡做了官，別說當一年的和尚，十天也守不住。楊太傅一個老光棍，也不要什麼臉了，光天化日下，壓上去一頓摸索，自己先忍著，使出渾身解數，憑著巧舌和五指，伺候得李太后忍不住輕喊起來，才入了港。

李太后罵他。「你個不要臉的，這是大白天呢。」

楊太傅狠狠動了。「我就不要臉，妳是我的女人，我想什麼時候，就什麼時候。」然後，他又溫柔起來，在她耳邊輕輕問：「姊姊，我服侍得妳快不快活？」

李太后擰他一下。「一個太傅，臉皮怎麼這樣厚？」

楊太傅輕笑。「如今臣無官無職，全憑太后娘娘垂愛。娘娘只當臣是佞臣，是來伺候娘娘的。」

李太后氣得狠狠使勁，楊太傅見她耍狠，瞇起眼睛。「娘娘邀戰，臣只得全力而為。」

很快，李太后就有些後悔，不該和老光棍耍狠了。

從此，楊太傅三天兩頭上明盛園，一來了就不走，夜裡必定要水，偶爾白天也不放過。年過五十的李太后，忽然面若桃花了起來。

有李太后管著，楊寶娘姊妹的嫁妝很快便開始置辦。李太后時常叫姊妹倆過去，量尺寸、挑首飾。除了楊太傅給的錢，李太后也幫她們準備了許多東西。

陳姨娘聽說李太后親自為楊默娘置辦嫁妝，拉著楊淑娘嘀咕。「以後四娘子多去棲月閣，要是出嫁時也能從明盛園裡出嫁妝，該有多豐厚呢。說起來，老爺真是有本事。」

楊淑娘連忙喝斥她。「姨娘不要胡說。」

她說完，打發走下人，苦口婆心地勸陳姨娘。「姨娘什麼時候能改改這毛病？以前家裡太太不管事，姨娘說三道四，還有奶奶護著您。如今可不一樣了，要是姨娘因為這張嘴得罪人，誰也救不了妳。」

陳姨娘往嘴裡塞了口點心。「我曉得，就是在妳面前說一說。」

豐姨娘聽聞李太后親自替女兒置辦嫁妝，讓楊默娘每天去棲月閣，幫著楊寶娘把嫁妝裡的繡活做完，又讓女兒用她珍藏的最好料子，替李太后做了一雙鞋襪，問過楊寶娘和楊太傅的意思後，準備孝敬李太后。

這日，姊妹倆跟著楊太傅去明盛園。

兩人一起行禮，楊寶娘喊阿娘，楊默娘喊娘娘。楊太傅沒有行禮，直接坐在一邊。

李太后對兩個孩子說：「我讓人把家什送過來了，等會兒妳們看一看，要是不喜歡，現在換還來得及。」

楊寶娘會意，把自己和楊默娘做的針線拿出來。「辛苦阿娘為我們操心，我和三妹妹一起給您做了身衣裳鞋襪，手藝不好，還請阿娘別嫌棄。」

瓊枝姑姑把東西呈上去，衣裙是楊寶娘縫製的，鞋襪是楊默娘做的。

李太后仔細看了看。「手藝不錯，妳們費心了。瓊枝，妳帶著她們去看東西。」

兩個女孩走了，楊太傅才開始跟李太后說話，像老夫老妻一樣，說姊妹倆的嫁妝，說兩個長公主家裡的煩心事，還有宮裡幾個皇子之間越來越緊張的關係。

楊太傅勸李太后。「皇子們的爭奪，姊姊不要摻和。近日皇太子已立，聖上春秋鼎盛，十幾年內，幾個皇子之間應該會太太平平的。姊姊是太后，聖上孝順，妳背靠趙家和李家，還有我在，沒人敢再拉姊姊站隊。過了十幾年，咱們都老了，更不用管。」

李太后嘆口氣。「都是我的孫兒，哪一個我不疼愛呢？」

楊太傅聽了，道：「姊姊慈愛之心，只是，天家無小事。就算姊姊疼愛孫兒們，也不能有偏頗。」

李太后笑了笑。「你說得對，皇兒正當壯年，我一個老婆子，操心那些事情幹什麼？」

楊太傅幫李太后倒了杯茶。「娘娘可不老，臣才是老頭子一個呢。」

李太后笑罵他。「沒個正經。」

此後，楊默娘時常會做些針線孝敬李太后，李太后也不拒絕，到了她這年紀和位置，沒有什麼事看不開了。楊太傅的幾個子女，聽話的，她願意照顧；不聽話的，就當沒看見。

第六十二章　結髮情父子同喜

時間晃悠悠的，兩年時光又過去了。

景仁二十二年秋，九月十二日，十七歲的楊寶娘要出閣了。

趙傳煒剛剛順利考過秋闈，成了京畿一帶最年輕的解元。參加完鹿鳴宴，立刻又要當新郎官，頓時讓整個京城都熱鬧起來。

多少未嫁的小娘子咬手帕，這麼好的少年郎，出身好、長得好、讀書好，可惜要成親了。新娘子出身豪門，還是太后親女，大家就算不服氣，卻是誰也比不了。

前一天晚上，趙楊兩家忙得焦頭爛額。楊太傅過了母孝，前兩個月已經恢復每日上朝。女兒的婚事，他全權交給楊玉橋夫婦去辦。

上個月，明盛園的人把楊寶娘的嫁妝送過來，整整八十抬，每一抬都滿滿當當，尤其是前面的十抬，景仁帝和李太后欽賜的東西，是有錢沒處去買的，真正價值連城。

楊太傅將趙家給的貴重聘禮充作嫁妝，全讓女兒帶走，又算了四十抬，加起來整整一百二十抬嫁妝。良田鋪子、金銀首飾、綾羅綢緞、古玩字畫、僕從家什，應有盡有。

快滿十八歲的楊寶娘，出落得越發動人。這兩年，她極少出門，在家裡帶著兩個妹妹整日搗鼓花草來養顏，皮膚越發白皙細膩。她的年紀在未出閣的小娘子裡已經算大的了，身段也越發玲瓏有致。

前幾日趙傳煒中了舉人，上門報喜，在屋裡摟著楊寶娘說悄悄話，見她這般嬌俏動人，摟著她滾到繡榻上，連衣衫都去了大半，要不是楊寶娘掙扎得厲害，他差點就沒把持住。

言歸正傳，出嫁前一晚，楊寶娘的東西都已經準備妥當了，就等著明日出閣。

吃過晚飯，楊太傅去了棲月閣。

楊寶娘仍舊如往常一般行禮，請他坐下，又替他倒茶。

楊太傅仔細打量女兒的氣色，見女兒如花般美麗的容顏，鼻頭忽然有些發酸，拉住楊寶娘的手。

「才一眨眼的工夫，我兒就長這麼大了。阿爹還記得第一次見妳，是個小小的孩子，阿爹抱都不敢抱。」

楊寶娘聽見這話，忍不住紅了眼眶，跪在楊太傅面前。「阿爹，女兒此生有幸，給阿爹當女兒。阿爹疼愛女兒，女兒不孝，以後不能朝夕相伴。請阿爹以後保重身體，女兒一有工夫，就回來看阿爹。」

楊太傅拉起楊寶娘，讓她坐在自己身邊。「我兒不必多想，阿爹希望妳以後跟煒哥兒和和美美過一輩子。阿爹好得很，寶兒不用惦記阿爹。阿爹只是來看看妳，早些歇著，莫哭，明天要做新娘子呢。」

楊寶娘聽見楊太傅打趣她，立刻笑了。「阿爹！」

楊太傅拍拍她的手。「妳是阿爹一手養大的，要是以後煒哥兒敢欺負妳，回來告訴阿爹，阿爹有辦法收拾他。」

楊寶娘輕笑著點頭。「好。」

說了一會兒悄悄話，楊太傅走了。

這時，李太后派來的嬤嬤悄悄摸進了房，先塞給楊寶娘一本書，然後靠在她耳朵邊，教授了許多夫妻人倫之禮。

楊寶娘雖然紅了臉，還是認認真真聽了。宮裡的嬤嬤水準高，除了說教，還教授許多房中的小技巧。

楊寶娘聽得雙眼發亮，連連點頭。

另一邊，趙傳煒也被他哥拎住了。

趙傳慶扔給他一本書。「你連解元都考得上，我就不多說了，自己好生看一看。嗯，莫要太粗魯，體貼一些。」說完甩甩袖子就走了。

趙傳煒拿起那本書，把書君打發出去，在燈下看了一眼，立刻合上，然後又忍不住打開，面紅耳赤地從頭看到尾。看到疑惑的地方，還拿出考解元的勁頭，前後連貫起來研究研究，登時豁然開朗。

九月十二日一大早，楊寶娘還迷糊著呢，就從被窩裡被撈了出來。

一通忙活，洗漱完畢，楊寶娘穿著喜服坐在床上，聽著外面的人來人往。

太傅嫁女，熱鬧自然是少不了的。如今楊太傅又去當差，在景仁帝身邊聽候傳喚，很多時候，他的一句話，能定人前程和生死。這種關鍵的位置，讓他又變成以前那個炙手可熱的御前第一人。

楊寶娘面帶微笑，兩個妹妹和族裡的小娘子們陪著她，家裡的事有楊玉橋夫婦操持。楊太傅在前院迎接賓客，因楊家男丁少，楊太傅還把魏大人和孔家父子請來幫忙。

楊寶娘的嫁妝都在院子裡，至於棲月閣裡的丫頭，她帶走喜鵲和黃鶯，還有四個三等丫頭，侍衛也帶走。另外，還有兩房家人，其中包括小莫管事一家。

楊寶娘的嫁妝裡有田莊和鋪面，外頭少不了男管事，暫時先用他們幾個，以後丫頭們到了趙家再配人，到時候能用的人就更多了。

京城晉國公府有趙傳慶夫婦當家，楊寶娘去了也不用操心，只須管好自己的嫁妝和院子裡的事就好，不需要太多下人。

楊寶娘聽著外面的腳步匆匆，內心忽然有些感慨，一眨眼，她到這裡五年多了。這五年裡，她經歷了許多以前從未經歷過的事情，以後許多個五年裡，她要在這裡扎根，有自己的家庭，和自己的丈夫一起養育兒女，四處游宦。

楊寶娘感受著胸前金鑰匙的溫度，心裡默念：妹妹，希望妳在那邊，也能幸福美滿。

吉時一到，全福人來幫楊寶娘上頭。

開臉、淨面、梳頭、佩飾，楊寶娘被裝扮得異常喜慶隆重。

等趙家接親的隊伍到時，她已經披上紅蓋頭，端坐在床上。

攔門、對詩、討紅包，外頭的熱鬧一波又一波的。楊玉昆沒回來，今日是楊玉闌帶著二房一群姪子攔門。

楊太傅的下屬們也帶了家裡的兒郎，趙傳煒領著族中出息的後輩和他們在門外對峙，雙方你來我往，聯詩、做對子，一句比一句精采。

等趙家的紅包送得差不多，吉時也到了，楊家人才開了門。

辭別父母時，楊太傅受了兩個孩子的禮，看著意氣風發的兒子，還有他當成寶貝一樣疼愛了十幾年的養女，眼眶有些濕潤。

「以後，你們好好過日子。」

楊寶娘結結實實給楊太傅磕了幾個頭。「請阿爹保重身體。」

楊太傅點頭。「為父知道，我兒也要好好的。若是受了委屈，回來找阿爹。」

趙傳煒也向楊太傅磕頭。「阿爹請放心，我會好生對寶兒的。」

楊太傅聽見這一聲阿爹，差點老淚縱橫，連連擺手。「去吧。」

今日趙家是由最有福氣的四老太爺領隊迎親，四老太爺性子開朗，吉祥話一句一句就沒停過。這邊小夫妻剛辭別楊太傅，那邊他立刻讓人吹打起來，沖淡離別的悲傷。

楊寶娘被楊玉闌揹起來往外走，楊玉闌年紀小，好在楊寶娘也不是很重，從正院到門口，他還撐得住。

快到花轎門口，楊玉闌有些體力不支，眼見楊寶娘就要摔到地上，趙傳煒眼明手快，一把接住，輕輕放進了轎子裡。

來迎親的人哄笑起來。「煒哥兒，還沒洞房呢，這就等不及了！」

趙傳煒轉身看著大家，笑得坦坦蕩蕩。「四爺爺，好了！」

四老太爺大笑。「兒郎們，回府！」

趙家的喜事班子又吹吹打打熱鬧起來，趙傳煒一身喜服，高頭大馬，走在最前面，旁邊簇擁著一群鮮衣怒馬的少年郎，後面跟著八抬大轎，再後面是楊寶娘的一百二十抬嫁妝。

迎親隊伍繞著內城轉了一圈，才回到裕仁坊，晉國公府早已張燈結綵，賓客滿門。

晉國公無法回京，但晉國公夫人李氏回來了，坐在上首右邊，旁邊是晉國公的位置，空了出來。

小倆口向李氏行禮，李氏笑咪咪地看著他們。

大禮一成，楊寶娘被送進了新房。

等所有儀式結束後，已經到了夜深人靜的時刻。楊寶娘久候趙傳煒不歸，便自己吃了些晚飯，拿著書坐在床邊看。

趙傳煒腳步發虛地被人送回新房，到了門口，書君鬆開他。「公子，您自己進去吧。」說完，笑得賊眉鼠眼地退下。

趙傳煒腳步踉蹌地進屋，楊寶娘合上書看著他。

趙傳煒坐在她身邊，眼神迷離，滿屋的紅色，晃得他有些暈，身子一歪，躺在床上。

趙傳煒酒量不好，在親朋中出了名。今日趙傳慶把族中幾個酒量好的姪子們全叫來擋酒，雖有他們保駕，趙傳煒還是被人灌了些酒。

他躺在喜床上，感覺頭有些昏昏沈沈，想睡覺。

迷迷糊糊中，他忽然想起，今日是新婚之夜，該死，居然要睡著了。

趙傳煒擰了自己的大腿一把，坐起身，只見楊寶娘還穿著一身喜服坐在他旁邊。

楊寶娘正在發愁呢，這個人回來後，居然一頭倒在床上睡著了，那要不要叫醒他？孰料他自己又醒了。

趙傳煒趁著酒意，伸手把她攬進懷裡。「寶兒，我頭昏。」

楊寶娘笑。「剛才大嫂讓人送來了醒酒湯，我端一碗給你。」

趙傳煒蹭蹭她的臉。「妳餵我喝。」

楊寶娘紅了紅臉，起身去端醒酒湯。趙傳煒斜靠在拔步床的內壁上，兩隻腳擱在床沿，眼神隨著她移動。
等楊寶娘端來醒酒湯，他果然賴著不起來，讓楊寶娘一勺一勺餵他喝。
趙傳煒看著楊寶娘，見她全身紅彤彤的，越發高興。這是他的小娘子，也是他的新娘。
喝完一小碗湯，趙傳煒搶過小碗，放在旁邊的凳子上，摟著楊寶娘說悄悄話。
「妳吃飯了沒有？今天累不累？」
楊寶娘輕輕點頭。「我吃過了。還好，不算累，我一直坐著呢，就是有些害怕。」
趙傳煒用鼻尖碰她的鼻尖。「別怕，我會對妳好的。」
楊寶娘知道他誤會了，頓時紅了臉。「我第一回嫁人，自然有些怕了。」
趙傳煒捏捏她的臉。「這輩子就這一回了，怕就怕吧，都過去了。現在只剩咱們兩個，別怕。」
他說完，在她臉上親了一口。
楊寶娘立刻推他。「我臉上都是粉和胭脂，要去洗洗。」
趙傳煒笑。「香得很，不用洗。」
楊寶娘又推他。「我才不要呢，黏黏的。」
趙傳煒怎麼看，怎麼覺得她嬌俏動人。「那妳等著，我叫人來伺候妳。」
不用他吩咐，早有人備好熱水，趙傳煒帶著楊寶娘進了旁邊的小隔間。
一進去，楊寶娘立刻把他打發出來，只留下喜鵲。

趙傳煒摸摸鼻子，在簾子外守著。

楊寶娘把臉上的脂粉全洗乾淨，又洗了澡。今日坐花轎鬧洞房，她緊張得出了一身汗。洗完了，喜鵲替她穿上大紅肚兜。那肚兜是楊寶娘特製的，按照她的尺寸大小，做了貼身的凹槽，能襯出玲瓏曲線。外面是紅色睡袍，上面繡了花朵。頭髮擦乾後，從頭頂挑了一束，挽成鬆鬆的髮髻，其餘披散在身後。

烏黑頭髮壓在紅色的睡袍上，她一出隔間門，趙傳煒的眼神就變得深邃起來，死死地盯著她。

楊寶娘吩咐喜鵲。「幫三爺換些乾淨的水。」

喜鵲照辦，換過水，楊寶娘就把她打發出去。洗澡這等小事，趙傳煒自己就能解決了。

楊寶娘趁著趙傳煒洗漱的工夫，把換下的喜服收好，放進箱子裡，又把明日要穿的衣裳準備好。這些事，其實丫頭們會做，楊寶娘就是緊張，找些事情忙。

等忙完了，她坐在屋裡的小圓桌旁邊，倒了杯水，慢慢喝起來。

趙傳煒洗好之後，披著一身寶藍色的睡袍出來，頭髮上還在滴水。

楊寶娘接過他手裡的帕子。「你坐下，我幫你擦。」

趙傳煒聲音有些低沈。「好。」

他坐著，楊寶娘站在他身後，一寸一寸替他擦頭髮，擦到一半，還換了塊厚實的棉帕。

趙傳煒感覺楊寶娘的兩隻手像有魔力一樣，十根纖細手指從他頭皮上滑過時，渾身的血液都跟著流竄。

他感覺那兩隻小手像兩隻不聽話的小貓一樣，一下一下撓動著他的心弦，讓他的心跳一會兒少了一拍，一會兒又多了一拍。

楊寶娘細細擦了許久，等有八、九分乾了，才拿梳子梳通，輕聲說：「三郎，好了。」

趙傳煒轉過身，仍舊坐在凳子上，抬頭看她。

旁邊兩根兒臂粗的龍鳳蠟燭一起燃燒，燭光亮堂堂的，照得楊寶娘身上的紅色睡袍充滿了誘惑。

趙傳煒站起來，雙手摟著她的纖腰。「寶兒，妳終於是我的人了。」

楊寶娘把臉扭到一邊。「什麼我是你的了，明明你是我的了。」

趙傳煒吃吃笑了，拿起她的一隻手，輕輕親了一口。「好，我是妳的了。」

他輕輕轉正她的頭。「寶兒，我等這一天等了好久。」

楊寶娘輕輕抬起眼簾。「你才多大，怎麼能叫好久？」

趙傳煒見她嘴硬，似笑非笑地看著她。「寶兒難道不想早些嫁給我嗎？」

楊寶娘低下頭，沒有正面回答他的問題。「你酒醒了沒？」

趙傳煒見她有些羞意，把她摟得更緊了。「我想這樣醉一個晚上。」

楊寶娘的臉頓時紅得更厲害。「醉死你算了。」

趙傳煒的呼吸急促起來，眼神越發深邃，緊緊貼著楊寶娘。今天晚上，他再也不用苦苦忍耐了。

楊寶娘隔著兩層睡袍，感覺到他的變化，有些緊張不安，想掙開他的懷抱，卻被他越抱越緊。

前兩年因為腿傷，她仍舊每日活動，卻停止習武。趙傳煒長年文武兼修，比以前更高、更有力氣，楊寶娘哪裡是他的對手，越掙扎越心虛。

「三郎，我害怕。」

趙傳煒輕聲安慰她。「別怕，我會對妳好的。」說完，抱著她進入了重重帷幔中。

一室燭光搖曳，滿簾春色撩人。

楊府那頭，因是嫁女兒，楊家賓客散得比較早，楊玉橋夫婦幫著打理剩下的事。

楊太傅獨自坐在外書房裡，心裡有些高興，又有些難過。高興的是兒子娶親了，娶的是他最喜愛的養女。難過的是他獨自坐在上首，受了孩子們的禮。兒子的生母，今日卻不能來觀禮，孤零零地待在明盛園。

楊太傅透過窗戶，看著天上的一輪明月。

他抬起自己的手，上面的皮膚不再像年輕時那樣飽滿緊繃。他老了，頭髮裡藏了白髮。這一輩子，他好像都在隱忍，從來沒有任性過。

他忽然有些焦躁，在屋子裡轉了幾圈後，像是下定決心，從床上找出一樣東西，塞進懷裡，出門讓莫大管事備車。

莫大管事驚訝。「老爺，都這個時候了。」

楊太傅沒看他。「莫要囉嗦。」

一會兒後，楊太傅坐著馬車，去了明盛園。

到了李太后的正院，楊太傅站在院子裡，不肯進屋。

李太后已經歇下了，聽見他來了卻不肯進屋，有些奇怪，披著外衫走出來。

「怎麼這個時候來了？事情都辦妥了？」

楊太傅滿眼柔情地看著她。「姊姊，我來了。」

李太后聽他聲音飽含深情，也定定地看著他。「鎮哥兒。」

楊太傅從懷裡拿出一塊紅蓋頭，表情期盼地凝視她。「姊姊，妳願意當我的新娘嗎？」

這話一落，李太后瞬間紅了眼眶，眨了眨眼，把淚意憋回去。

「鎮哥兒，我老了。」

楊太傅抬起那隻沒有手指的肉掌，輕輕撫摸她的頭髮。「在我心裡，姊姊永遠都是最好看的。」

李太后的眼淚掉下來。「鎮哥兒，謝謝你。」

楊太傅拉著她的手。「我給姊姊帶了紅蓋頭。今日十二了，有些月色，咱們請月老作媒，結為夫婦好不好？」

李太后看看天，大半個月亮掛在天上，溫柔皎潔，輕輕點頭。「鎮哥兒，你等等我。」說完，回了屋子。

過了一盞茶工夫，李太后穿著紅裙出來了，紅裙上繡滿牡丹花，頭上戴了首飾，臉上搽胭脂，手裡還捧著一件男子穿的紅袍。

楊太傅見李太后一身大紅色的裙子，思緒飄飛起來。

那年楊柳胡同初遇，他看了她一眼，從此一輩子沈淪；退婚時李家小院的訣別，他哭斷了肝腸；後來她一次次冊封，他內心絞痛，還要設法為她籌謀；幾十年的孤獨清冷，他心如死灰，直到這幾年破鏡重圓，才好似又活了過來。

秋夜涼，微風起，李太后的裙襬飄飛，楊太傅忍了又忍，平日孤高清冷的他，還是沒忍住，摟著李太后痛哭起來，一聲聲低喊。「姊姊，姊姊。」

他的雙手有些發抖，李太后也跟著哭。

哭了半晌後，李太后幫彼此擦了擦眼淚。「鎮哥兒，別哭，以後我陪著你，你別嫌棄我老了。」

楊太傅換上那件紅袍，把紅蓋頭蓋在李太后頭上。「姊姊，是我沒用，遲了三十多年才來娶妳。今日兒子娶親，我也來娶親。他們少年結髮，咱們黃昏再遇。姊姊，以後妳願意和我在一起嗎？」

在紅蓋頭下，李太后再次淚雨紛飛。「鎮哥兒，不遲呢。」

楊太傅拉著李太后在院子裡跪下，一起對著天上的月亮叩首。

「皇天在上，后土在下，月老為媒，今日楊鎮迎娶李氏女豆娘，從此兩人結為夫婦，白首不離。」

行過禮之後，楊太傅牽著李太后往屋裡走。李太后頭上有蓋頭，楊太傅怕她摔著，一路輕聲提醒。

到了臥室裡，楊太傅牽著她，坐在床上。

沒有喜秤，他把頭上的玉簪取下來，挑開紅蓋頭，輕輕叫了一聲。「娘子。」

李太后早哭成了淚人，哽咽著回答。「官人。」

番外一 神仙眷侶

成親第二天，趙傳煒不負眾望，繼承趙家的傳統，立刻成了老婆奴。

天還沒亮呢，他幫楊寶娘蓋好被子，悄悄起了身，自己在院中打了兩趟拳，然後命人送熱水過來。

昨晚楊寶娘被折騰狠了，渾身痠痛，在被窩裡拱了拱，不想起來。

趙傳煒進來時，就看到自己的新娘子半睜著眼，裹著薄被子，在床上滾來滾去。

他心裡一片欣喜，走過去，低頭含笑看著她。「寶兒乖，該起床了。」

楊寶娘扭頭不看他。「你還說會對我好，都是騙我的。」

趙傳煒想起昨晚自己的孟浪，有些不好意思，在她額頭上親了一口。「以後我再也不會了，三奶奶消消氣，我服侍您起身。」

楊寶娘斜眼看他。「你休想再騙我。」

趙傳煒笑，拿過她的衣裳。「小的定不敢撒謊，求三奶奶恕罪，讓小的將功補過。」說完，將楊寶娘連被子抱進懷中，拉開了被子。

楊寶娘還沒穿衣裳，嚇得立刻抱住自己。「你快出去，讓喜鵲進來。」

趙傳煒見到她身上斑斑紅痕，有些心疼，摸了摸她的臉。「都是我的錯。」

楊寶娘紅了紅臉，少年郎嘛，洞房花燭夜，能克制自己照顧她的感受，已經很難得了。奈何她身上這一身皮膚，碰了就紅。

楊寶娘忸怩一下。「你放我下來，我要穿衣裳。」

趙傳煒親親她的臉蛋。「娘子別怕羞，我幫妳穿。」

他說完，真動手替她穿，但頭一回這樣細心研究小娘子的衣裳，忙活半天才穿妥當。

等衣裳穿完，楊寶娘的臉已經紅透了。

趙傳煒又去門外叫人送水進來，親自拉著她洗漱。等到要梳頭了，才喊丫頭們。

喜鵲帶著幾個丫頭進屋，有人收拾床鋪，有人幫楊寶娘梳頭。

等楊寶娘收拾妥當，趙傳煒指指自己的頭。「煩勞娘子替我梳吧。」

往常這是書君的活兒，如今楊寶娘進門，書君不好再進來了。

楊寶娘笑，拿起梳子，把他的一頭烏髮打理得整整齊齊，戴上金冠，換了一身鮮亮的新衣裳。

趙傳煒穿好衣裳，起身上下打量楊寶娘。「娘子真好看。」

丫頭們捂嘴偷笑，楊寶娘拍他一下。「別胡說，快帶我去見婆母。」

趙傳煒拉著她的手，一起去了正院。

到了正院，趙傳慶一家子都來了。

見小夫妻攜手而來，李氏滿臉含笑。「怎麼來得這麼早？昨兒一天鬧哄哄的，定是累著了，該多歇會兒的。」

趙傳煒笑。「大哥大嫂來得這麼早，顯得我們是懶鬼了。」

趙傳慶也笑。「我又不做新郎官，自然起得早了。」

李氏嗔怪大兒子。「你別打趣他們。」說完，對楊寶娘招手。

楊寶娘終於掙脫開趙傳煒的手，低頭走過去，先屈膝行禮。「見過阿娘。」

李氏拍拍她的手。「好孩子，咱們家沒有那麼多規矩，大致上沒錯就行。這兩日妳和煒哥兒好生在家裡玩，等回門之後，跟我一起進宮。」

楊寶娘點頭。「好，我都聽阿娘的。」

王氏在一邊接話。「三弟妹要是缺了什麼，只管讓人去找我。」

楊寶娘連忙道謝。

李氏的貼身嬤嬤拿了兩個拜墊過來。「夫人。」

李氏點頭，嬤嬤把拜墊擺在她前面。

趙傳煒拉著楊寶娘跪下，給李氏磕頭，接著楊寶娘從嬤嬤手裡接過茶盤，舉過頭頂。

「兒媳請阿娘喝茶。」

上面有兩杯茶，李氏每一杯都喝了一口。晉國公不在京城，她代替他喝。

喝過茶，李氏在茶盤上放了兩個紅包。「好孩子，以後你們和和睦睦，白頭到老。」

趙傳煒拉著楊寶娘起來，再去見過趙傳慶夫婦。

父親不在家，長兄如父，趙傳慶也叮囑他幾句話，王氏給了楊寶娘見面禮。然後是趙傳慶的幾個孩子見過嬸嬸。

等這邊的禮行完了，李氏帶著兒孫們，去了趙老太爺的院子。

趙老太爺正跟大老爺夫婦閒話呢，見小兒子媳婦來了，笑道：「好了，可以開飯了。」

李氏笑著說：「都是我的不是，耽誤阿爹吃早飯了。」

趙老太爺打趣道：「都說人這一輩子能吃的飯是有數的，先吃完先走，我老頭子現在吃飯，可比往常遲了。」

一家子都笑了起來。

小夫妻倆見過大房長輩後，一大家子一起吃早飯。

往常是各吃各的，自從李氏回京後，她每天都來趙老太爺這裡吃早飯，代替丈夫盡孝。趙老太爺也喜歡兒孫滿堂的感覺，每日樂呵呵的。

下人上早飯，楊寶娘見王氏坐下，也跟著坐。

趙傳煒拉著楊寶娘坐在李氏身邊，顧不得自己吃飯，一會兒幫李氏剝雞蛋、一會兒幫楊寶娘夾菜，忙得不得了。

趙老太爺笑。「這樣子，跟你阿爹年輕時一模一樣。」

趙大太太孫氏道：「阿爹真是的，不癡不聾，才是好家翁呢。」

趙老太爺哈哈大笑。

楊寶娘不好意思，也替趙傳煒夾菜。王氏笑咪咪看趙傳慶一眼，趙傳慶也連忙往她碗裡夾了個水晶蝦餃。

新婚的日子，除了甜蜜還有忙碌，無他，因為楊寶娘的嫁妝實在太多了。

好在趙傳煒的院子夠大，後面有好幾間屋子當庫房。楊寶娘帶著丫頭婆子，趙傳煒又叫了幾個小廝進來，忙活一個下午，才把嫁妝整理好。

楊寶娘累得躺在榻上不想動。

趙傳煒過來，搬張小圓凳坐在她身邊，輕輕幫她捶腿。「娘子累了，歇一歇。」

楊寶娘見他捶著捶著，手腳就不老實，拍開他的手。「你快去讀書，我忙得過來。」

趙傳煒一把摟住她。「姊姊好狠心，用完了我，就趕我走。」

小倆口鬧著鬧著，滾成一團。

楊寶娘整日無事可做，院子裡一堆丫頭婆子，家裡的事有王氏打理，趙傳煒領著她吃吃喝喝，一起寫字畫畫、一起逛花園。

楊寶娘寫字時，他總是從後面一手摟著她的腰、一手握著她的手，兩個人一起寫，經常寫得亂七八糟。

楊寶娘畫畫時，他便在她眼前晃。「娘子，畫我吧，花兒哪有我好看。」

楊寶娘早上起來梳妝，他非要替她畫眉。楊寶娘死活不依，他就一再央求。

「好娘子，我畫畫雖然不如妳，畫眉可不差的。小時候，我經常看阿爹給阿娘畫眉，我就在旁邊幫妹妹畫，手藝不比喜鵲差。」

楊寶娘半信半疑。「要是畫糊了，我可要打你！」

趙傳煒當著丫頭們的面，細細為她畫眉，畫出了兩輪新月。

楊寶娘照照鏡子。「看起來還不錯。」

趙傳煒低聲問：「娘子要如何打賞我？」

楊寶娘斜睨他一眼。「三爺想要什麼賞賜？」

趙傳煒似笑非笑地看著她。「娘子的賞賜，留著我想用的時候用，可行？」

楊寶娘踢他一腳。「要死了！」

趙傳煒摟著她哈哈笑了，摸摸她頭上的金釵。「娘子真好看。」

楊寶娘推他。「快別貧嘴，一個解元郎，整日沒個正經。」

他低頭在她臉上嘬了一口。「娘子本來就好看，我又沒說謊。」

他成天嘴巴像抹了蜜似的，幾個丫頭從不好意思到見怪不怪。

小夫妻回門之後，李氏讓他們繼續好生玩個七、八天。楊寶娘也樂意，婚假嘛，要是只有三天，也太短了。

小倆口轉夠了家裡，便跑到外面去玩。酒樓、茶肆、銀樓、綢緞莊，每天換個地方，形影不離，感情好得不得了。

這樣甜甜蜜蜜過了十幾日，趙傳煒又恢復繼續讀書的日子。楊太傅建議，先不參加明年春闈，進國子監讀幾年書，下一科拿個好名次。

於是，趙傳慶替趙傳煒報了國子監，京畿解元，又是貴族子弟，到哪裡讀書都受人歡迎。趙家離國子監不遠，以後趙傳煒早上天沒亮出發，夜裡回來。

當然，他要是願意住在國子監，就更方便了，裡面吃的穿的住的，什麼都有。

可是家有新婚嬌妻，他才親香十幾日，如何捨得分開？

趙傳慶不管那麼多，幫趙傳煒在國子監訂了張床，願不願意住，看他自己。

去上學的前一天晚上，趙傳煒覺得這陣子有些荒廢功課，讓楊寶娘先歇下，自己去書房看書。

趙傳煒的書房很大，楊寶娘把從娘家帶來的書全塞到他的書房裡，夫妻倆共用內書房。

楊寶娘笑看他。「三郎要讀書，怎麼打發我睡覺，難道我就是不思進取的草包不成？」

趙傳煒刮刮她的鼻尖，湊到她耳邊，低聲說道：「妳去了書房，我哪裡還有心思讀書，只想讀妳。」

楊寶娘頓時臉紅。「以後你考上進士做了官，到時候多的是人給你送錢、送女人。這會兒不把心思穩住，以後豈不是個昏官！」

趙傳煒哈哈笑了，抱著她親了一口。「娘子說得有道理，那咱們一起讀書。」

小夫妻去了書房，各用一張桌子，各忙各的。

忙到一半，楊寶娘抬頭看了對面的趙傳煒一眼。

只見他收斂笑容，認真看著手裡的一篇文章，不時拿筆在旁邊的紙上寫兩句。

啊，這樣優秀的少年郎，是她的丈夫。成親十幾天，楊寶娘終於有了這種感覺。他們是最親密的人，以後還要一起攜手面對許多困難和風雨。

三郎，願我們能白頭到老。

趙傳煒似有感應一般，也抬頭看她一眼，小夫妻相視一笑。

第二天一大早，天還沒亮，趙傳慶讓人來叫趙傳煒。

楊寶娘聽見動靜，立刻爬起來，幫他穿衣洗漱，然後和他一起吃早飯。

趙傳煒走之前，拉著她的手叮囑。「以後我整日不在家，娘子要是閒著無事，去找阿娘和大嫂說話，或跟燕娘和婉娘玩也行。覺得家裡無趣，回去找兩個妹妹也可以。出門逛時，多帶幾個人。我的錢匣子放在娘子的妝匣旁邊，娘子想買什麼，只管從裡面拿錢。」

秋天的早晨涼得很，楊寶娘再次幫他整理好衣衫。「官人去了學堂，好生讀書。我在家裡有吃有喝的，官人不用擔心。」

趙傳煒聽她叫官人，心裡如吃了蜜一樣甜，也不管旁邊站了一堆丫頭，抱著她親一口。

「娘子等我回來。」

這一去，趙傳煒開始了四年的走讀生涯，每日早出晚歸，只有休沐日會待在家裡。

楊寶娘見他讀書辛苦，用心把院子裡的事打理得妥妥帖帖。想到以後趙傳煒可能要外任，便跟著王氏處理家務，捋順人情關係。包括趙傳煒同窗之間的往來，都攬了下來，跟他們家裡的女眷交好。

婚後第三年春天，楊寶娘生下長子煜哥兒。

這孩子一出生，便得到全家的喜愛。楊太傅沒有和兒子親近過，特別疼這個長孫，經常登門看孫子。等煜哥兒大一些，他甚至抱著煜哥兒去明盛園給李太后瞧瞧。

景仁二十六年，趙傳煒中了進士。

會試他是第一名，殿試時，景仁帝親自給他點了狀元。楊太傅就站在景仁帝身邊，差點沒忍住老淚。

景仁帝見楊太傅動容，開起了玩笑。「先生眼光真好，三姨家的三個兒子，數這個最會讀書。」

楊太傅忙謙虛。「多謝聖上誇讚。」

景仁帝摸了摸鬍鬚，笑道：「朕送先生一副對聯。」

話音剛落，張內侍送上筆墨，景仁帝揮筆而就。

一門兩進士，翁婿同狀元。

對聯一出，景仁帝身邊的幾位老臣紛紛稱讚，楊太傅躬身道：「多謝聖上。」

旁邊的幾位尚書們心裡發酸，老楊真是狗屎運好。

打馬遊街時，趙傳煒在一壺春樓下，看見自家娘子抱著煜哥兒，站在窗口對著他笑。

趙傳煒對妻兒揮揮手，旁邊的進士們抬頭一看，小婦人國色天香，小兒郎玉雪可愛，這狀元郎真有福氣。

趙傳煒頭懸梁、錐刺股讀了好幾年書，終於不負眾望摘得榜首。瓊林宴一過，他立刻把外頭的事都放下，只在家裡陪著妻兒。

煜哥兒邁著小短腿，跟著趙傳煒在院子裡瘋跑，挖土、捉蟲子、擺弄花草，還拿著小木劍比劃。楊寶娘終於不用再每日早起送他出門讀書，一家三口整日膩在一起。

參加完瓊林宴，趙傳慶便幫弟弟擺了酒席。

趙家大宴賓客，楊太傅來得特別早，抱著煜哥兒在前院和賓客們說話。百官們驚奇地發現，平日不苟言笑的楊太傅，居然任由外孫扯他的鬍子。

楊寶娘打扮得光鮮亮麗，來赴宴的女眷們，哪個不羨慕她？

父親是狀元，丈夫是狀元，自己是太后親女，雖然不是明面上的，除了宮裡娘娘和兩位長公主，誰還敢要她的強呢？

沒過多久，趙傳煒去了翰林院，開始早出晚歸的當差生涯。他是狀元，家世好、長得好，書又讀得好，以前還有人嫉妒，後來就只剩下羨慕了。

沒辦法，有些人就是天之驕子，羨慕也沒用，還不如交好。

三年散館，眾人原以為趙傳煒至少能撈個御前行走幹，孰料他直接去了偏遠的小縣城當父母官。

臨行前，趙傳慶親自幫趙傳煒挑了師爺、侍衛和隨從，楊寶娘帶了喜鵲、黃鶯和幾個丫頭婆子。趙傳慶想著他們出門在外，又給了不少銀錢，趙傳煒也不拒絕，統統接下。

小夫妻告別親友，輕車簡行，帶著煜哥兒出發。

剛出京城，楊寶娘忍不住歡欣起來。「官人，我們又要離開京城了。」

趙傳煒抱著兒子，笑看她。「娘子，以後要跟著我吃苦了。」

楊寶娘搖頭。「怎麼會，能到處走一走，見一見各地風俗和山川，我不知多高興呢。不過官人是去做官的，以後要辛苦了。」

趙傳煒把母子倆摟進懷裡。「有你們在，我不怕辛苦。」

此後，楊寶娘陪著趙傳煒從七品小縣令熬起，縣令、同知、知府……一步步往上爬，每個品級都要輪轉好幾個地方。

二十年過去，趙傳煒回到京城，從三品做起，一步一腳印，慢慢爬到權力中樞。

他有二十年游宦生涯打底，對民生社稷了解得非常通透，不論坐在什麼位置，都能一絲不苟、認認真真。這些底子，為他後來爬上權力頂峰，打下堅實的基礎。

有一種官員，不需要站隊，不需要投機，任何想要有作為的帝王，都會重用這種人。

景仁帝一輩子沒有和這個跟他兒子年紀差不多的同母異父弟弟相認，卻一直賞識他、重用他。

景仁帝晚年時，眾皇子又開始不安分，爭奪激烈，他把這個弟弟放到兩江做總督，隔開鬥爭。等塵埃落定，又把他召回來，當作下一任帝王的人馬培養。

楊寶娘跟著他，打理內宅，同官眷交際，也時常幫他出些主意。救災、改良作物、提升灌溉水準，把自己能想到的都化為實際，助他造福一方。

兩人育有二子二女，一世和和美美。

番外二　清醒

等楊寶娘和楊默娘出嫁後，楊家內事徹底歸楊淑娘掌管。

每日，楊太傅上朝，楊玉闌去學堂，家裡除了兩個姨娘，就是她最大。有時楊太傅去明盛園，好幾天不回來，她在家裡就更一言九鼎了。

楊淑娘管家和兩個姊姊不同，楊寶娘管家時，因陳氏年老，偶爾有昏聵的時候，故而下人們總免不了渾水摸魚，她革除弊病，立了規矩。只要不亂了規矩，什麼都好說。

楊默娘管家，完全是蕭規曹隨。

等楊淑娘接手時，陳氏死了，兩個姊姊出嫁，她是庶女，沒有親兄弟，府裡很多下人都不服她。

這些老僕人老成精，拿捏人的本事一等一的刁鑽。楊太傅讓女兒管家，這些人不敢明著為難楊淑娘，但偷懶耍滑的理由一套一套的，楊淑娘很是吃虧，不是家裡的帳目對不上，就是採買的東西價高質差。

楊淑娘背著人哭了好幾場，想去找楊太傅，又覺得自己沒用。

想了幾天後，楊淑娘開始大發雌威。

她徹底拋下大家小姐的面子，採買的人說最近胭脂漲了價錢，一盒胭脂要十五兩銀子，她問清是哪家買的，親自去買了一盒一模一樣的，只花了四兩銀子。

回來後，她把下人們都叫過來，劈手把胭脂甩到管事媳婦臉上，指著她的鼻子開罵。

「我知道你們心裡眼裡瞧不起我，我不得阿爹寵愛，不是嫡女，沒有一母同胞的親兄弟。但我告訴你們，我姓楊，我阿爹是當朝太傅，我姊姊一個嫁入國公府，一個嫁到清流孔家，就算不是一個娘生的，那也是我的姊姊們。你們豬油蒙了心，居然想要我的強，就算我再不受寵，也輪不到你們來欺辱！」

那媳婦立刻跪下磕頭。「四娘子饒命，我吃了屎，一時幹出這糊塗事來。求四娘子饒我這一回，我再也不敢了。」

楊淑娘冷哼一聲。「饒了妳？這幾個月，妳貪了多少銀子？四兩銀子的胭脂，竟敢報十五兩。我阿爹辛苦做官，就是專門掙銀子給妳花的？妳不用多說了，自己去找莫大管事，還能帶走兩件衣裳。若等我攆妳，什麼體面都沒了。我也不怕你們說我刻薄，這家裡沒有太太，哥哥們沒娶親，我且做一回惡人，先把事情理順了。」

楊淑娘小時被陳姨娘攛掇，總是說些糊塗的話。到了現在，她認清事實，她想立起來，必須靠自己。

所有人低下了頭，仔細想了想，自己屁股底下有多少爛帳。

楊淑娘發作一回後，眾人老實了好久。

莫大管事把這件事告訴楊太傅，楊太傅點頭。「我知道了。」

楊太傅知道么女管家艱難，卻沒有伸出援手。她總要長大的，不自己立起來，誰也扶不了她一輩子。

從此，楊淑娘管家就靠著雷厲風行和規矩重兩樣法寶，很快地，她在家裡漸漸變得說一不二。

陳姨娘見女兒做了內當家，立刻抖了起來。

如今沒有太太了，陳姨娘本想爭寵，可楊太傅根本不進後院，她連楊太傅的衣襬都摸不著，漸漸死了心。

為防止陳姨娘作怪，之前楊淑娘把她關在院子裡許久。陳姨娘迷上了吃，越長越胖。

現在，陳姨娘從一個風姿綽約的中年美婦人，變成一顆白胖的饅頭，但這並不影響她想作怪的心。

她實在太無聊了，如今她女兒當家，還怕誰啊。

陳姨娘背著楊淑娘，頭一個去撩撥豐姨娘。

這日，陳姨娘跑去豐姨娘院子裡，豐姨娘也無事可做，便和她閒話。

陳姨娘說著說著，扯到了楊太傅身上。「我也罷了，向來不得老爺寵愛，如今又走了樣子，更不敢奢想，可老爺怎麼也不來姊姊這裡呢？老爺真是狠心，把我們兩個丟到腦後，我們好歹是老太太做主抬進來的，難道還比不上外頭的？」

豐姨娘早修得一副佛爺性子，萬事波瀾不驚，聞言收斂了笑容。「陳妹妹說笑了，我都多大年紀了，有兒有女，吃喝不愁，老爺忙碌，我何必去給老爺添煩惱？以後陳妹妹別再說這話。」

陳姨娘看看豐姨娘的臉，撇撇嘴。

她記得清清楚楚，假喪禮的那天晚上，李太后一身素服來祭奠。當時，她眼睛都要驚掉了，李太后和豐姨娘長得太像了。

自從知道豐姨娘是個替身後，陳姨娘暗地裡沒少笑話她。以為受寵十幾年，沒想到是個假貨。

聽豐姨娘說得冠冕堂皇，陳姨娘懶得戳破她，酸幾句就回去了。

陳姨娘剛進院子，發現楊淑娘在屋裡等著她。

按理來說，家裡院子多，姊姊們都出嫁了，楊淑娘也大了，該有個自己的院子。但她憐惜陳姨娘不得寵愛，陳氏歿了，她若搬出去住，陳姨娘無依無靠，豈不孤單？

孰料，剛把陳姨娘規勸好，她又去豐姨娘那裡胡說八道。

楊太傅去了哪裡，滿京城誰不知道，但誰也不敢說三道四。陳姨娘嘴一歪，就抱怨楊太傅不管兩個老妾，還說什麼家裡的、外頭的這種混帳話，這到底是抱怨楊太傅，還是埋怨李太后吃獨食？

楊淑娘管著家，陳姨娘話一出口，她很快就知道了。她覺得陳姨娘還是沒嚐夠教訓，她這張嘴，一輩子沒說過一句對的話，也從沒人正經跟她計較過。但不能因為她蠢，所有人都要讓著她。

陳姨娘看著楊淑娘，稀奇道：「這會兒四娘子不去張羅晚飯的事，怎麼坐在這裡喝茶？雖說老爺晚上不回來，我們也要吃飯呢。」

楊淑娘起身行了個半禮，指指旁邊的椅子。「姨娘請坐。」

陳姨娘見她一本正經，心裡有些打鼓。這個女兒，從懂事後，她就管不了了，到了後來，還敢直接把她關起來。

「這是發生了什麼事情？」

楊淑娘忽然問：「當年姨娘為什麼要給阿爹做妾？」

陳姨娘愣住，半晌後回道：「我家境不好，能嫁什麼好人家呢？姑媽說，要在娘家給表哥挑個人做妾，我就來了。我原想著，我們雖不是親表兄妹，但我阿爹和老太太好歹沒出五服，有這重關係，也能多兩分體面。孰料老爺的心是石頭做的，我怎麼獻殷勤都沒用。要是輸給太太也罷了，連豐姨娘都壓了我十幾年，如今更是連老爺的面都見不著。」說完，還用帕子按了按眼角。

楊淑娘輕笑。「姨娘，妳來做妾，不是想過好日子嗎？現在的日子不好？姨娘吃的穿的，京中多少低品階官宦人家的太太、奶奶都沒妳好。不光妳自己過好了，還能補貼娘家，還有什麼不滿意的？難不成妳跟了阿爹，不光是想過好日子，還想和阿爹比翼雙飛不成？」

陳姨娘被親生女兒這樣質問，有些難堪。「四娘子何苦擠對我，總歸是我命苦。」

楊淑娘收斂了笑容。「小時候，姨娘總讓我去和姊姊們爭寵，爭來爭去，阿爹沒有多寵愛我一分，倒是我變得人嫌狗厭。好在姊姊們不嫌棄，仍舊願意照顧我。後來我就明白了，人和人之間的緣分，是爭不來的。

「有些人父母緣分淺，有些人兒女緣分淺，我和阿爹之間，有父女名分，但少了些緣分。妳看，我去爭搶，沒有多得一樣東西；我不爭搶，家裡什麼都沒少我一分，如今阿爹連家事都讓我管了。我早就看開了，姨娘怎麼還看不開？」

楊淑娘一席話，要是讓李太后等人聽見，定然要誇這孩子小小年紀卻如此通透。但對陳姨娘來說，這話卻像刀子一樣，戳她的心。

陳姨娘覺得，不得寵就是羞辱，說什麼不在意，不爭不搶，不過是搶不來罷了。想到自己有些窩囊的一生，聲音忍不住拔高起來。

「如今四娘子要什麼有什麼，自然能看得開，我是個苦命人，唯一的女兒倒像我祖宗似的。我抱怨幾句，怎麼就惹得四娘子不痛快了？別人家的女兒若是有出息，給姨娘請封誥命的都有。我又沒讓四娘子替我請封，不過說了兩句話，怎麼就成了賊呢？」

楊淑娘盯著她。「姨娘，妳要是嫌飯菜不好、嫌衣裳不好、嫌下人服侍不妥帖，說一籮筐話都行，就是不要去豐姨娘那裡說阿爹的閒話。妳想見阿爹是吧？我現在就帶妳去！」

她說完，立刻起身，不由分說，拉著陳姨娘往外走。

陳姨娘見她來真的，頓時孬了，想縮回去。「我不去！」

楊淑娘知道，今日若不下一劑猛藥，陳姨娘這張嘴老實不下來。若是她的閒話傳進了明盛園，誰都救不了她。

皇宮裡的九五至尊對親娘的黃昏戀都睜隻眼、閉隻眼，陳姨娘是誰，憑什麼說三道四？

楊淑娘看向旁邊的兩個婆子。「還不來扶著姨娘。」

兩個婆子會意，一起拉著陳姨娘往外走。

楊淑娘把陳姨娘塞進馬車裡，讓人趕著馬車，往皇城去了。

陳姨娘一路哭、一路罵，罵楊淑娘狼心狗肺，不說對她好些，整日給她立規矩；罵楊太傅狼心狗肺，一輩子讓她守活寡。

楊淑娘命人把馬車停在離皇城不遠的地方，楊太傅一出來，就能見到她們。

楊太傅離開宮中時，聽見家裡人說，楊淑娘把陳姨娘弄來了，有些驚愕。這個蠢婦人，不知道又幹了什麼蠢事？

到了馬車前，楊太傅一把掀開車簾，上了車。

陳姨娘立刻停止哭泣，擦擦眼淚。

楊太傅看向女兒。「淑娘有什麼急事？」

楊淑娘也不遮掩。「姨娘說，想見阿爹了。阿爹整日不在家，姨娘想阿爹。」

陳姨娘太胖了，瞇成一條線的眼睛頓時瞪了起來。死丫頭，她什麼時候說過這種話！

楊太傅忽然哈哈笑了，笑完之後，看著陳姨娘。

「當初納妾時，我跟妳說過，我保證妳吃穿不愁，給妳一個孩子，妳貼補娘家，我也不管，但是沒有寵愛。當初，妳不是點頭答應了？怎麼，如今好日子過久，開始不知足了？是不是家裡沒了太太，妳不習慣？」

陳姨娘立刻陪笑。「沒有的事。這些日子，表哥好不好？」

楊太傅答非所問。「妳想找個太太伺候是吧？走，我帶妳去。」

他說完，對外面的車夫擺擺手。車夫會意，趕車走了。

陳姨娘立刻緊張起來，她不過是隨口說了兩句話，怎麼大家全來罵她呢？

車夫直接把車趕到明盛園大門口。

一下車，陳姨娘登時傻了，想逃走，但楊太傅一個眼神掃過來，她又老實了。

李太后先一步得到消息，她也很好奇。楊太傅從不跟她說家裡兩個妾的事，她就權當養兩個閒人。

陳姨娘一路跌跌撞撞，被楊太傅帶進來。

一進門，楊太傅如往常一樣打招呼。「娘子可用過飯了？」

楊淑娘的頭低得垂到地上，先恭恭敬敬行了個禮。

李太后眼波流轉，輕笑道：「官人這是唱什麼好戲？」

陳姨娘聽見他們之間的稱呼，腿都軟了，立時跪下。「婢妾……婢妾給娘娘請安。」

楊太傅看向陳姨娘。「妳不是說想服侍太太？從明兒開始，好生服侍。端茶倒水，洗衣刷鞋，不拘什麼都行。」

李太后看向陳姨娘胖胖的身軀，忍不住笑了。「捉弄她做什麼？」讓陳姨娘起來。

陳姨娘戰戰兢兢起了身，李太后沒再管她，對著楊淑娘招手。

楊淑娘低頭走過去，很乖巧地說：「姨娘不懂規矩，給太太添麻煩了。」

她原來叫娘娘的，聽見楊太傅改口，很精怪地跟著改了口。

李太后笑了笑。「淑娘好久沒來了，聽說妳這些日子在管家？妳年紀小，那些老貨們免不了要拿大。妳小孩子家的，就算把小姐架子全擺出來，他們一時老實，後面還要作怪。外頭不知道的人，不說妳能幹，反倒說妳厲害。我給妳兩個人，妳帶回去，總能幫上忙。」

楊淑娘行禮。「多謝太太垂愛，我年紀小，什麼都不懂，可不就是抓瞎？有太太的人，我還擔心什麼呢。」

李太后繼續笑。「好。既然來了，一起吃頓飯吧。」

楊太傅和李太后帶著楊淑娘吃飯，李太后當皇后時，先帝有一堆庶出子女，她對他們很和善。楊家姊妹乖巧，她不介意多憐愛幾分。

陳姨娘哪裡敢上桌？跟著明盛園的下人們在旁邊伺候。一頓飯下來，渾身是汗。吃過飯，她又跟下人一起幫李太后準備洗漱用的水，忙到半夜，才在一間小屋裡睡下。隔天，李太后就打發她們母女回去了。

陳姨娘回家後，病了一場，再也不敢說楊太傅不回家的事。

她不知道的是，等她走了，楊太傅說了一籮筐好話，李太后才不和他計較家裡小妾作怪的鬧劇。

豐姨娘聽聞陳姨娘病倒，暗自笑了半天。真是好日子過夠了，去撩撥虎鬚。以為陳姨娘多厲害呢，老虎還沒發威，自己先嚇得腿軟。幸虧她有個懂事的女兒，不然早死八百回了。

這件事過後，楊淑娘在眾人眼裡，顯得越發有手段了。

兩個姊姊回娘家時，一起誇讚她。「四妹妹真是越來越能幹。」

楊淑娘抬起下巴。「妳們兩個，小日子可過得滋潤了，把我留在家裡管這些雞毛蒜皮的小事。我管得鬆，家裡就跟個篩子似的；管嚴一點，就說我是母老虎。呸，我要真是母老虎，先吃兩個潑皮再說。」

楊寶娘拉起她的手。「四妹妹受委屈了，我們都曉得。娘娘不是給了妳兩個人，妳只管用，她們的本事大得很，不必替她們省麻煩。」

楊淑娘笑。「姊姊放心，我難道想一直當母老虎？如今兩位嬤嬤是我的左膀右臂，離了她們，我就是沒牙的老虎。」

楊默娘也笑。「誰能想到四妹妹這麼能幹，如今娘娘知道四妹妹這份才幹，要不了多久，說不定就幫四妹妹說個好婆家呢。」

楊淑娘呸她一口。「自己嫁了個如意郎君，就來編派我。今兒妳們回來，我就偷懶不幹活了。」

楊寶娘點頭。「也好。這群小人，幾天不修理，皮就癢了。」

楊寶娘帶著兩個妹妹，取來家中的帳本，查了兩、三個時辰，有那貪墨公中銀子多的，立刻打板子攆出去，還讓所有人都看著。

「阿爹要上朝，我和三妹妹不在家，昆哥兒和闌哥兒沒娶媳婦，四妹妹小小年紀，整日操心家事，你們不說多幫襯，反倒欺負她，背地裡編派主子。今兒我讓你們看看，什麼叫真正的母老虎。」

她命趙家那些從軍中退下的侍衛們打的板子，看似血淋淋，其實不會傷及性命。

一頓板子下來，楊家下人徹底老實了。

後來，楊淑娘在京城閨秀圈子裡越來越有名氣，兩個姊姊參加宴會經常帶著她。她灑脫不拘束，並不因為自己是庶女而自卑，大大方方的。

聽說她在家裡管家，很多太太們開始注意她。

隔年，清河長公主去找楊寶娘，替楊淑娘作了媒。對方不是別人，是先帝第六子南安郡王嫡次子。

南安郡王不像南平郡王那樣有權勢，但好歹也是龍子鳳孫。楊淑娘是個庶女，論身分，是她高攀了。

但楊太傅是御前紅人，清河長公主是李太后生的，嫁入高門，又願意提攜楊淑娘，這裡頭的實惠，南安郡王家如何想不清楚？

另一邊，楊淑娘清楚自己的境況，毫不猶豫就點頭了。有長公主作媒，南安郡王府自然不敢輕視她。

果然，等楊淑娘嫁過去之後，沒過多久，就贏得公婆和丈夫的喜愛。丈夫朱二公子性子有些軟，但她性格開朗，兩人看著一急一慢，感情卻越來越好。

在楊淑娘的鼓勵下，朱二公子也開始到外頭交際，慢慢認識了更多的人。

以朱二公子這樣的性子跟家世，他不是嫡長子，長大後可能就是隨意領個差事，一輩子不溫不火，就景仁帝那小氣勁兒，爵位是不用想了。但娶了楊淑娘之後，他倒也能在李太后跟前露露臉了。

天家輩分亂，楊淑娘跟著朱二公子管李太后叫皇祖母。以前名不正言不順，如今是孫媳婦，她有機會就去明盛園，做針線孝敬李太后，至於兩個姊姊那裡，自是維持感情。漸漸地，南安郡王府的交際圈子跟著她走。每次她給李太后做針線，連她婆婆都過來幫著裁剪。

朱二公子仍舊如原來計劃的一樣，領了個普普通通的差事。他不爭不搶，岳父和兩個連襟倒是喜歡他這性子。後來，他因為性子穩妥，辦差牢靠，被封了鎮國將軍，楊淑娘也有了正式誥命。

景仁帝死後，朱二公子紅了起來。新任帝王不知道哪裡不對勁，忽然對這個平日不起眼的堂弟另眼相看。不光升他的官，連爵位也升了一等。

但這是有代價的，新帝看重他的身分，要他跟趙家交好，竊取消息。

朱二公子何曾幹過這種事？立刻把真相告訴楊淑娘。

楊淑娘敏銳，新帝與趙家不睦，兩方早晚要鬥個你死我活。她想都不用想，屁股肯定是坐到趙家那一頭。新帝要她丈夫當探子，可是沒安好心。

楊淑娘一邊和楊寶娘通氣、一邊讓丈夫穩住新帝，時常給些消息，朱二公子慢慢獲得了新帝的信任。

後來，趙家逼宮，朱二公子倒戈，皇宮的大門還是他開的。

張老太妃的兒子上位後，朝堂政治依舊風起雲湧。朱二公子聽從楊淑娘的指揮，緊跟兩個連襟的步伐，屢次鬥爭中，始終得以保全。

坊間傳聞，楊家四女，除了老大，後面的三姊妹雖然非一母同出，卻情比金堅。在她們的牽動下，三人的丈夫，一個豪門狀元，一個清流領袖，一個宗室子弟，緊密團結在一起，形成一股強大的力量。

而楊淑娘，早已不是小時候那個想爭寵的庶女。她頭腦清醒，站位準確，雖是內宅婦人，卻是南安郡王這一脈的隱形領袖。

楊淑娘知道，人活一世，那些飄渺無緣的東西，不必勉強，只有珍惜自己擁有的，才能活出光彩。

番外三　附葬

莫氏到死都沒等到兒子接她離開慈恩寺。

她獨自待在慈恩寺，沒有朋友，沒有知己。會到這裡的人，以前都是大家的太太、奶奶，哪個不是一肚子心眼呢？

莫氏不同，論起身分，她之前是一品誥命，這裡沒幾個人比得過她。但她一輩子除了算計楊太傅的婚事，其餘再沒操過心。

而且，她是個聾子，到了這裡，如同羊入虎口。

慈恩寺裡的管事們看起來和善，每日唸著阿彌陀佛，但哪裡是好相處的？犯婦們見來了新人，還是個一品誥命，只想看笑話欺負她。

起初，莫氏擺架子，來了三天不吃不喝，可誰管她呢？這裡吃飯，都要自己去盛，她不去，別人還能多吃點。慈恩寺裡的犯婦不許吃肉，那些以前身嬌肉貴的太太、奶奶們，為了塊豆腐，都可以打起來。

莫氏餓了三天，見沒人搭理她，自己爬了起來。

吃飯的時候，她的碗被人打翻，她睜圓眼睛，要和對方爭論。

對面那個比她年輕好多的婦人輕笑出聲。「這不是楊夫人？哎喲，您怎麼也來了？嘖嘖嘖，真是因果報應。妳搶人家男人，享了一輩子福，如今老天爺睜開眼啦。妳還吃什麼飯吶，趕緊去唸經吧，消一消孽障，省得下輩子還是個聾子。」

莫氏看懂了她說的話，氣得差點吐血。但她口不能言，只能吃悶虧。

慈恩寺裡的婦人每日還要幹活，像是種菜、紡線，莫氏什麼都不會，管事們就剋扣她的飯食。

莫氏很快就瘦了一圈，楊黛娘不在京城，也沒有人來看她。

楊玉昆第一次來看她時，把身上的銀子全掏給她了。可楊玉昆不知道，在慈恩寺，有銀子不一定是好事情。

別的婦人有了銀子，會先孝敬管事們，換來一頓好飯食。管事們得了銀子，說不定會在她們碗裡藏個雞蛋，或是兩塊肉。

莫氏得了銀子，便放在枕頭底下。她不是不知道要討好管事們，但她高傲的頭顱還沒低下來。

當天夜裡，她的銀子就丟了。

莫氏到處找她的銀子，那是她兒子給她的！她二話不說，直接去翻別人的屋子，沒偷她銀子的人豈會答應，當場和她打了起來。

這些婦人幹了多少年的粗活，力氣大，莫氏被打得吱哇亂叫。

莫氏挨了打，也沒人替她說話。管事們才不管呢，反正各家都交了錢，別說只是打架，就算死了人，最多去知會一聲，還能得一筆喪葬銀子。

莫氏每天都在吃虧，漸漸地，學會了怎麼在這裡生存。吃飯時不能矜持，猶豫片刻，什麼都沒了；幹活時不要衝在最前頭，幹得多又沒獎勵；來了新人，要一起欺負她，不然會被排擠；家裡送了銀子和東西，銀子拿去孝敬管事，東西要分給姊妹們享用。

都是犯婦，誰沒是做了醜事進來的，誰也沒比誰高貴。莫氏識趣之後，眾人也不再為難她。都在一個地方關著，時間久了，多少有些情分。見莫氏一把年紀了，有時候還會幫她出主意。

莫氏失手打死婆母，這罪名太大，一時半會兒肯定走不了，眾人讓她耐下性子，等兒子長大。

兒子，成了莫氏最後的期盼。

起初，她期盼著兒子成親。她是生母，總能出去參加兒子的婚禮。

可楊玉昆不知道哪根筋不對，就是不成親，也不參加科舉，到處遊山玩水。

剛開始，他說是為了增加見識，這樣寫的文章更好。後來遊歷得多，見多了民生疾苦，他也想模仿東籬先生，為百姓做些事情。

他去拜訪東籬先生，但東籬先生不想搭理他。

當年莫家強按著李家的頭欺負人，雖然是陳氏幹的，但若無莫家撐腰，陳氏哪有那麼大的膽子？整個李家提不得一個莫字，後來莫家的敗落，未嘗沒有李家的手筆。

東籬先生見到莫氏的兒子，一個眼神都不肯給他。昔年李太后的難堪，整個李家的難堪，都是那個聾子造成的。

楊玉昆知道長輩們之間的恩怨，學古人三顧茅廬，每天來拜訪東籬先生。順寶年紀也大了，伺候不動，他便幫著掃院子、打水、做飯，不管東籬先生怎麼刻薄他，都不肯走。

最後，東籬先生煩透了，寫信給楊太傅。

楊太傅只回了兩句話，願意收就收，不願意收就攆他走。東籬先生被楊太傅的無賴氣到，一邊去向李太后告狀、一邊留下楊玉昆打雜。

楊玉昆在東籬書院讀了幾年書後，又想在東籬書院教書，但東籬先生仍舊不肯收他。他返回京城後，花了幾年考上舉人，雖不是解元，名次也不錯。

他再次去求，東籬先生問過楊太傅的意思後，留下了他。

楊玉昆當先生當得很起勁，楊太傅要幫他說親，他屢次拒絕。等他年過三十，楊太傅見這個兒子始終不肯成親，不再勉強，將準備給他的銀子全分給他，愛幹麼就幹麼去，老子不管了。

楊玉昆拿著這些銀子，供養了許多窮學生。東籬先生晚年時，雖然沒收他做親傳弟子，卻把書院裡的事全交給他打理。

東籬書院名氣大，若是沒有身分硬的人撐著，遲早被人侵占。楊玉昆是太傅之子，姊夫出身豪門，狀元及第，後來更是位居中樞；妹夫一個是清流中的領袖，一個是皇帝親姪子。雖然他只是個小小舉人，但有他掌管東籬書院，沒人敢來撒野。

楊玉昆在外頭幹得風生水起，莫氏就這樣盼了一輩子。兒子死活不成親，她等得滿頭白髮，日漸失望。

楊太傅見狀，先替小兒子娶媳婦。等楊玉闌跟楊淑娘成了親，楊太傅立刻把家裡的事交給小兒子夫婦掌管，除了過年過節，再也沒回過太傅府。

楊玉闌是個厚道人，莫氏被休了，但楊玉昆在外做著利國利民的好事，他的生母便由家裡照看。

楊玉闌時常讓妻子去探望莫氏，莫氏看著楊玉闌的兒子從奶娃娃長成少年郎，也沒等來自己的親孫子。

後來，她又盼著楊太傅先死。她不知道自己已經被休了，若是楊太傅死了，她就是太夫人，不管親生子還是庶子，總不能不讓她回家。

可她萬萬沒有想到，身體虛弱的楊太傅硬是比她命長。

楊太傅把最小的楊淑娘嫁出去後，長住明盛園。

起初李太后不答應，理由是明盛園離宮城太遠，他每日上朝不便。

但楊太傅就是不走，口口聲聲說，既然是夫妻，豈能分開而居？李太后沒法子，替他特製了馬車，冬暖夏涼，可以在裡頭睡覺。好在楊太傅年紀大了，睡得少，起早些也無妨。

他這樣早睡早起，每日跑大老遠去上朝，精氣神反倒越來越好。

因為受過兩次重傷，楊太傅晚年的身體很不好。景仁帝派了太醫定期幫他診治，每天只讓他跟著處理一、兩個時辰的事，便打發他回去。

楊太傅六十五歲後，只上五日一回的大朝會，平日釣魚遛鳥，和李太后在明盛園吃吃喝喝，侍弄花草，好不快活。

莫氏在慈恩寺吃齋二十多年，也沒等到出去的一天。

她去世後，慈恩寺的人把消息傳回楊家。楊玉昆在南邊，楊玉闌不敢擅自做主，將消息送去明盛園。

李太后一句話沒說，楊太傅讓人傳話給楊玉闌，另擇地方厚葬，不入楊家祖墳。

莫氏的陪葬品不少，但葬禮很簡單。她已經不是楊家婦，楊寶娘姊妹都沒回去祭拜，只讓人送了祭品過來。

楊黛娘跟隨丈夫在外地，也無法趕回，只能在異地服喪。楊玉昆正準備擴建東籬書院，忙得不可開交，聽到消息後，時值盛夏，屍身不可久留，他回京也來不及了。

他寫信給楊玉闌，送了銀子，託他置辦莫氏的後事，自己一身重孝，繼續打理書院。

最後，只有楊玉闌夫婦和莫家人一起送莫氏上山。

莫氏死了，楊太傅開始考慮自己的身後事。

直到中年，他才私自和李太后拜了天地。他們的婚事，沒有經過任何人同意，就是他們的兩心結合。

在明盛園裡，人多的時候，他叫姊姊，也叫娘娘，私底下才叫娘子。李太后也一樣，人多的時候喊他名字，在屋裡才喊官人。

他們住在一起，是冒了天下之大不韙。景仁帝不追究，天下人也睜隻眼、閉隻眼，但說破天去，李太后仍是景平帝親封的皇后。

她是皇家媳，不是楊家婦。

楊太傅拉著李太后的手問她。「姊姊，等我死了，妳願意和我葬在一起嗎？」

李太后從不去想這個問題，也不敢想。她是先帝親封的皇后，現今帝王的生母。景平帝的陵寢裡，已替她留了位置。

可仔細想起來，她以侍妾的身分入王府，進東宮時只是良媛，生了雙胞胎女兒後封良娣，做了多少年的妃子，才熬成皇后。景平帝沒有用八抬大轎娶她，她也沒有從皇城大門口進去，只是個扶正的妾室。

景仁帝能容忍她和楊太傅住在一起，但死後的事情，她絲毫不敢想。

李太后答非所問。「鎮哥兒，我活一天，咱們就一起高高興興地過一天。死後不過一抔黃土，管那麼多做什麼呢？」

楊太傅目光複雜地看著她。「姊姊不要為難，我來解決這件事。」

此後，楊太傅忽然變得勤勉起來，不再整日泡在明盛園吃喝玩樂。除了大朝會，小朝會他也去。

景仁帝勸他。「先生勞苦一輩子，何不多歇歇？」

楊太傅笑著回答。「聖上厚愛，臣休養這麼久，身子骨好多了。聖上每日操勞，臣豈能獨自快活？趁著這把老骨頭還有用，來給聖上打簾子也行。」

景仁帝自然不會攆他走，每日帶著他商議朝政。

楊太傅做了一輩子天子近臣，啃了一輩子硬骨頭，見慣風浪，底下人那些小心思，他比景仁帝看得還清楚。

年過七旬的楊太傅杵在景仁帝身後，笑咪咪的，看起來像一尊菩薩，但一睜開眼，就化身怒目金剛。

景仁帝不方便說的話，他一個老頭子怕什麼呢，張口就出。他年輕時就是朝堂上出了名的嘴巴刁鑽，後來身居一品，離開御史臺，收斂許多。孰料現在老了，又開始討人嫌。

景仁帝手頭有難辦的事，楊太傅從來不退縮，查帳目、抄家、打發來討封賞的皇親國戚，他滿頭白髮了，又成了景仁帝手裡一把好刀。

他也不怕人家報復，兩個兒子，大兒子有李家罩著，小兒子有趙家罩著，四個女兒也不用他擔心，他無賴得很，無所畏懼。

晚年的楊太傅再次重回朝堂，逢山開路、遇水搭橋，所向披靡，文人不敢逆其鋒芒，武將不敢掠其風采。

除了家裡人，滿朝文武都在盼他早點死了！

但他就是不死，且越老越精神。最後，文武百官都絕望了，這糟老頭子大概能活一百歲，有他盯著，誰也別想作怪。

景仁帝用最好的太醫和藥方養著楊太傅，兩人一起又辛苦奮鬥了十幾年，國庫豐盈，邊疆穩定，百姓安居樂業。

大景朝迎來最繁盛的時期，景仁帝也成了一代勵精圖治的中興之主。後世稱這一時期為景仁之治，君臣名揚千古。

景仁五十年，八十多歲的楊太傅在明盛園溘然長逝。

當日早晨，景仁帝沒等來楊太傅，等來了明盛園的內侍。

內侍哭著爬進來。「聖上，太傅大人昨兒夜裡走了。」

景仁帝目不轉睛地盯著他，忽然一把掀翻龍椅前的桌子。「胡說八道，拉出去砍了！」

內侍一邊磕頭、一邊哭。「聖上息怒，奴才不敢撒謊。太后娘娘讓奴才來報喪，通知楊家後輩，給太傅大人辦後事。」

早朝被打亂，景仁帝親自去了明盛園，見到哭成淚人的李太后。

楊太傅臨終前，拉著李太后的手，不斷囑咐她。「姊姊，我要去了。姊姊莫要和孩子鬧脾氣，妳該葬在哪裡，就葬在哪裡。」

李太后被嚇了一跳，喝斥楊太傅不要胡說八道，孰料半夜裡，他忽然就沒氣了。

頭髮花白的李太后哭腫了眼睛，精神漸漸萎靡，任誰勸都沒用。她恨不得把自己劈成兩半，一半附葬先皇，那是她禮法上的丈夫；一半與楊太傅合葬，這是她心裡的丈夫。

楊太傅死後，屍首被送回楊家，所有兒女回來奔喪。景仁帝派了太子去祭奠，滿朝文武登門弔唁。

清冷了好多年的太傅府，忽然車水馬龍起來。

楊太傅在家裡停靈七天，正當孩子們準備把他葬入楊家祖墳時，景仁帝突然下了旨。

他再次封楊太傅為文忠公，配享太廟，附葬皇陵。並讓人在他的陵寢附近點個穴，那位置，明眼人一眼就看出來了，說是附葬景仁帝，其實離先帝皇陵更近。

旨意一出，滿朝文武駭然。

李太后和楊太傅一起住了多少年，全天下的人都睜隻眼、閉隻眼。可等太后百年，自然要和先皇葬在一起。但是，把楊太傅塞進去算怎麼回事？嫌先皇的帽子不夠綠嗎？

但這事，百官們也不好明著反對。從古至今，附葬皇陵的臣子不是沒有。楊太傅一輩子兢兢業業，為景仁帝、為大景朝的江山，鞠躬盡瘁，兩度死裡逃生。老年重返朝堂，拖著一把老骨頭，為朝廷做了多少大事。景仁之治，至少有三分之一是他的功勞。

年輕時他忠心耿耿，是為了對李太后的承諾，也是為了君臣道義。等老了再次出山，他卻什麼要求都沒提，又像老黃牛一樣，埋頭苦幹十幾年。

景仁帝知道楊太傅所想，他不能讓李太后葬入楊家。讓楊太傅附葬，是他能想到的唯一折中法子。

景仁帝曾問過楊太傅。「先生百年後願意陪著朕嗎？」

楊太傅點頭。「能陪著聖上，是臣的榮幸。」

景仁帝笑。「先生是父皇點的狀元，輔佐朕幾十年。朕的陵寢與父皇毗鄰，先生跟著朕，也能常見父皇。」

但這是君臣兩人私底下的話，對誰也沒提過。

眾人心想，算了算了，楊太傅沒有正妻，附葬皇陵也能說得過去。

先帝旁邊的妃陵裡葬了幾十名嬪妃，李太后帶個臣子附葬，又怎麼了？若是沒有楊太傅，平帝年間的那場鬥爭中，仁帝早被人砍死了。而且人家本來就是訂過親的，後來陰錯陽差，才各自婚嫁。

嘖嘖嘖，見了面可別打起來。

爾後，史書記載楊太傅，全是溢美之詞。

文忠公楊鎮，景平年間狀元，輔佐仁帝五十載，清吏治、平稅務，才高八斗，為官清廉，耿直忠義，是仁帝年間的國之棟梁。

但野史記載楊太傅，除了他的卓越功績，還有他的逸聞。相傳，他和平帝皇后李氏一起居住三十多年，不是夫妻，勝似夫妻。據聞兩人還有一女，嫁給第一代晉國公嫡出三子。

李太后得知景仁帝的旨意後，擦乾眼淚，開始吃齋唸佛。兩年後，李太后在明盛園逝世，陪葬先皇陵寢。

李太后住進景平帝的皇陵正殿，景平帝在左，李太后在右。皇陵左後方是妃陵，一群嬪妃們呈眾星拱月之勢，圍繞著景平帝。皇陵右後方是楊太傅，他的墳墓離皇陵最近。

李太后死後，趙傳煒接下替李太后生母劉氏上香的事。劉氏一輩子沒有入文家祖墳，當年文老太爺做下的噁心事，讓李太后十分痛恨這個生父。

文老太爺年輕時，為個妓女氣死元配，李太后差點被那妓女賣進青樓。後來續弦為他生了三個兒子，這三個兒子裡，長子文大郎最有出息，考上進士後，到外地赴任。

文老太爺很高興，非要跟著一起去。可他倒楣，還沒跟著兒子做一天老太爺呢，半路上遇到狼群，他為了救兒子，被狼吃光肚腹，真正入了狼心狗肺。

李太后聽到消息後，只派人送些銀兩，讓文大郎把文老太爺葬入文家祖墳，等續弦死了，與文老太爺合葬。

後來，在劉氏的墳墓後面，並排立著兩座小墳。一座寫著女兒之墓，一座寫著女婿之墓，墓碑上沒有任何姓名。

番外四　傳承人

晉國公六十五歲那年，生了一場大病，在床上躺了幾個月。李氏日夜不眠不休，貼身照顧他。

晉國公一輩子戎馬生涯，上過無數次戰場，身上有許多舊傷。年輕時還顯不出來，等年紀稍微大些，時常有病痛，但他是整個家族的頂梁柱，憑著一股精氣神，努力撐著。

這回病倒，原不過是一場很小的風寒，孰料他就扛不住了。

他知道自己老了，不能一直把持東南三十五萬軍隊。

這二十年來，他一直努力培養二兒子，後來又把女婿帶在身邊。郎舅兩個合力，是晉國公的好幫手。

除了兒子和女婿，東南軍裡還有許多他的心腹。他想在自己退下來之前，把兒子推上去。就算推不上去，至少也要分掉東南軍一半的權柄。

將在外，君命有所不受。晉國公掌管東南軍近四十年，他剛來的時候，東南軍潰不成軍，他帶著幾萬殘兵，招兵買馬、安撫災民，平定景平末年胡人入關之亂，擊退無數次倭寇攻擊，滅掉了許多民亂。

最重要的是，晉國公發明許多新式武器，讓東南軍名聲大噪。剛開始他自己研究，後來帶著兒子一起，也給趙傳平增添了些接棒的籌碼。

他們父子在東南軍的威信，比哪個皇帝都大。

晉國公要培養兒子當接班人，眾將領心中有數。好在趙傳平本人很出色，又是元帥嫡出的兒子。這種天然的血脈聯繫，讓他更容易獲得軍中認可。

晉國公病倒後，趙傳平帶著妹夫和趙家心腹，迅速收攏軍中權力，東南軍大部分將領都倒向了他，算是異常順利。就算朝廷想派人來分一杯羹，也不是那麼容易的事。

先帝在時，將王老太師和晉國公並稱為大景朝的「擎天白玉柱、架海紫金梁」，王老太師早已仙去，由楊太傅接任，但晉國公仍在東南屹立不倒。有他在，東南邊境可保無虞。

如今，晉國公病倒，大臣們都有些坐不住了。

晉國公已經六十多歲，這年頭，武將們能活到七十歲的實在不多。

景仁帝接到晉國公病重的消息後，立刻召集中樞大臣議事。

眾人都知道，該為東南軍選定接班人了。但這種要命的事，誰也不敢輕易開口。晉國公的意圖，大家都知曉，子承父志。可還要看景仁帝的意思，也要看趙家的忠心。

幾十年以來，君臣兩人未見過面，卻一直相安無事。

晉國公不光把東南沿海治理得如鐵桶一般，還幫助朝廷建立對外港口，每年掙了不少錢。除此之外，不管景仁帝要做什麼，只要是利國利民的事，他都是全力支持。

景仁帝對趙家的恩寵不薄，趙家對景仁帝的忠心也沒有二話。

第一天議事，無疾而終。

第二天，有人提議，從其他武勛世家選擇新人接任，大景朝有好幾家呢。但現任英國公駐守西北；衛家敗落，至少有兩代人沒摸過兵權，肯定無法勝任；先帝其他親信掌管五城兵馬司，一時半會兒也脫不開身。

要是硬挑，也不是挑不出來，可就算挑出來了，誰也不敢去啊。人家經營了幾十年的老巢，去了想當家太難，不當家就得做傀儡。

如此商議了幾天，景仁帝背著人問楊太傅。「為何這時先生沈默不語？」

楊太傅垂下眼簾。「聖上，臣與晉國公是親家，不好說話。」

景仁帝沒抬頭。「先生不是一向秉公無私？」

楊太傅躬身回答。「聖上知道臣的心，臣就更不能說了。」

已過不惑之年的景仁帝，自有帝王威嚴，沈聲道：「先生說來聽聽。」

楊太傅正經開口。「聖上，如今就算派人去，沒個十年八年的，怕是白費功夫。聖上真想要東南兵權，找個理由，奪爵抄家即可。」

景仁帝面無表情。「先生覺得什麼理由好？」

楊太傅耍無賴。「臣還沒想好。」

景仁帝低頭批奏摺。「換個人，時日久了，也是一樣當土皇帝。」

楊太傅不置可否。

過了幾日，景仁帝下旨，著東南軍宣威將軍趙傳平暫代元帥職務，晉國公回京休養。沒多久，東南回了一封奏摺，宣威將軍自稱能力不足，不足以代元帥職務，請景仁帝另擇棟梁。

景仁帝沒駁回，從京城裡挑了兩個能征善戰的年輕將領，封四品將軍，去給趙傳平當副將。同時命趙傳平的嫡長子趙雲輝回京讀書，算是做質子了。

晉國公收到聖旨後，親自接待朝廷派來的副將，把他們安排在很重要的位置，然後囑咐了趙傳平一大籮筐的話，這才收拾包袱，回京覆命。

趙傳平帶著家人以及妹妹、妹夫，把父母送了好幾十里路遠。

晉國公夫婦在孫子和孫媳婦的服侍下，一路慢悠悠回到了京城。

一路上，他們輕車簡行，連蹲守在城門口的趙家人都沒認出來。等到了晉國公府大門口，門房還以為是窮親戚來投奔。

晉國公看著大門口赫赫巍巍的石獅子和匾額，內心十分感慨。

上一次他回來時，才三十多歲。這一別，就是三十年。那時候，他是朝中權力最大的新貴，現在，他是個退下來的糟老頭子啦。

李氏也有些感慨。「官人，上回煒哥兒成親時我回來，這一晃，又十幾年過去了。」

晉國公拉著她的手。「咱們進去吧。」

門房不認得他們，很有禮貌地問：「敢問這是誰家老爺？」

旁邊的人喝斥門房。「快退下，國公爺和夫人回來了！」

門房嚇得立刻跪地行禮。

進了家門，晉國公帶著李氏直奔趙老太爺的院子。

院子裡靜悄悄，趙老太爺正在廊下逗小鳥，忽然轉頭，看到了小兒子和小兒子媳婦。

父子倆互相凝視，漸漸紅了眼眶。

趙老太爺先拄著枴杖走下來。「老二，你回來了！」

晉國公趕緊走上前，直接跪在院子裡的青石磚上。「阿爹，兒子不孝。」

父子一別三十年，趙老太爺忍不住老淚縱橫。「老二呀，我拚著這口氣不死，就是想再見你一面啊！」

父子倆抱頭痛哭，李氏跪在一邊跟著哭。如今家裡老一輩的人，只剩下趙老太爺了。

哭了一會兒，趙老太爺拉起兒子。「別哭，團聚是喜事，咱們進屋說話。等晚上慶哥兒爺兒倆回來，咱們聚一聚。」

剛見過面，大老爺兩口子來了，兄弟父子，又是一頓廝見。

都說趙家權勢熏天，可趙家的骨肉難以齊聚，不是少了這個，就是少了那個。大老爺很高興。「二弟終於回來了。這個家，我幫你看了幾十年，這回可以放心地交給你啦。」

晉國公對大老爺說了許多感謝的話，趙老太爺等他們說完，打發他們回去歇著。

當天夜裡，趙傳慶和趙雲陽回來後，一家子吃了頓熱鬧的團圓飯。

晉國公回京的消息不脛而走，隔天他遞摺子進宮，景仁帝直接召他上明日的大朝會。

那天早上，晉國公和兒子一起上朝。路上，他遇到了丁將軍跟張侍郎，這兩個是他的好友。另外還有現任承恩公的大舅子李承業，以及親家公楊太傅。

晉國公在京城裡當差的時日不長，除了這些老人，二品以下的，他一個都不認識。

眾人見到赫赫威名的晉國公，原以為他是個威莽大漢，沒想到是個儒雅老頭。也是，別看人家當元帥當了四十年，當年他可是先帝欽點的兩榜文進士，殿試第十名。後來他棄文從武，又中了武探花，但不代表人家就變成糙漢子了。

景仁帝坐在龍椅上，百官跪拜行禮。

他一眼就認出這個三姨夫，溫聲回答。「趙愛卿請起。」

晉國公謝恩後起身。

景仁帝問他。「愛卿身子如何了？」

晉國公躬身道：「多謝聖上關心，如今臣每日只曉得吃喝，倒是好了不少。」

景仁帝笑。「愛卿為大景朝勞碌一輩子，如今東南有平哥兒照看，朕自然放心。愛卿只管好生休養，等身子骨好些，朕還需要三姨夫繼續為朝廷效勞呢。」

景仁帝說著說著，稱呼就變了，晉國公仍舊守著規矩，彎下腰。「多謝聖上抬愛，若有差遣，臣萬死不辭。」

君臣第一次見面，當著滿京城七品以上文武百官的面，氣氛十分和諧。下了朝，景仁帝又召他們父子單獨見面，不談國事，只敘家禮，並留他們吃了午膳，才讓他們回去，送了許多賞賜，又派太醫去幫晉國公診治。

從此，晉國公過起半退休生活。平日上朝他不去，只去五天一次的大朝會。家裡的事，他和李氏也不插手，仍舊是趙傳慶和王氏在管。

李氏回來沒幾天，李太后立刻召見了兩個妹妹。

李太后仍舊住在明盛園，想著楊太傅在那裡，姊妹倆乾脆把丈夫也帶過去。

方二郎一路絮絮叨叨。「他們兩個奸鬼聚到一起，我就是個傻子了。」

方太太眼睛一瞪。「閉嘴！知道自己是個傻子，就少說話。」

這些年，方二郎越發怕老婆，立刻把嘴閉上了。

李太后親自到二門口迎接兩個妹妹，李氏和方太太帶著丈夫先行國禮，李太后扶起她們，十分親熱。
老姊妹見面，有說不完的知心話，從孩子說到日子，又說到身子，絮絮叨叨個沒完。
另一邊，楊太傅接待了兩個連襟。
方二郎見面，先行大禮。「下官見過太傅大人。」
楊太傅皺眉。「幾十歲的人了，什麼時候能正經些？」
方二郎立刻直起腰，微笑著抱拳。「見過大姊夫。」
楊太傅的眉頭舒展開來。「今日替趙兄弟接風，莫要客氣，都坐。」
方二郎心裡嘖嘖，好不要臉，叫聲大姊夫，還真應了。
晉國公和楊太傅品級一樣，簡單行過家禮後，兩人聚在一起，起先還說說孩子們的事情，說著說著，就扯到了政務。
方二郎漸漸聽不懂，算了，他還是老實吃點心吧。
都是過了六十歲的人，也不用計較男女，六個人坐在一張桌上吃午飯。姊妹三個仍舊說著女人家的話，三個男人默默聽著，默默幫自己的屋裡人夾菜。
見過了李太后，晉國公兩口子就在家裡安靜過日子。
第二年，趙傳煒帶著楊寶娘回京述職。

而立之年的趙傳煒從外貌上來看，一點都不像有十幾歲兒子的人，楊寶娘伴在他身邊，兩口子真正是一對璧人，不論相貌還是氣質，走到哪裡都引人注目。

父子相見，自然又是一番親熱，趙傳慶在趙老太爺院子裡開家宴，替趙傳煒接風洗塵。

趙傳煒在外做了十幾年的官，他的所作所為，晉國公夫婦都知道。

當他們頭一回聽說兒媳婦在搞間作套種時，心裡都存了疑惑。等楊寶娘又開始折騰育種時，漸漸確定了自己的猜測。晉國公掌兵權，故而在民生方面，沒辦法為百姓做太多事情。他能做的，就是竭盡全力，保一方平安，保朝廷穩固，但不代表他無所知。

夫婦倆見楊寶娘始終陪著兒子，幫他出謀劃策，為地方百姓謀福利，便什麼都不說。

楊寶娘知道，她做的這些事，若被婆母知道，肯定會露餡。以前她是大門不出、二門不邁的大家閨秀，什麼都做不了，現在她是父母官的太太，關心度日艱難的百姓，責無旁貸。

哪怕她不太精通這些，但有前世的記憶，知道方向在哪裡，可以慢慢研究，總能得些成果。不管這一世是不是虛幻，她都想活得更有意義些。

對她天馬行空的想法，趙傳煒向來全力支持，甚至親自扛著孩子，陪她去田裡看秧苗。

夫妻倆在京城只住了個把月，趙傳煒又要外任了。

臨行前，晉國公夫婦把楊寶娘叫到正院，屏退所有下人，連趙傳煒都不許進去。

楊寶娘心裡知道，要攤牌了。

一進屋，她先行禮。「兒媳給阿爹阿娘請安。」
李氏親自拉起她。「不用多禮，坐在一邊，我們有事情要交代妳。」
楊寶娘低頭。「請阿爹阿娘吩咐。」
晉國公雙目炯炯地盯著楊寶娘，看了許久，突兀地問：「妳什麼時候來的？」
楊寶娘倏地抬頭，她知道婆母的來歷，但她沒想到，原來公爹也是一路人。
半晌後，她輕聲回答。「阿爹的話，兒媳不明白。」
晉國公又問：「妳一個人來的嗎？」
李氏聽了，拉拉晉國公的袖子。「你別嚇著孩子，我來問她。」
李氏轉頭，溫聲對楊寶娘說：「我們知道妳有些來歷，我和妳阿爹並不介意。浮生若夢，誰知道這是夢裡，還是真實？我和妳阿爹從胎裡就來了，我不知道妳來多久，可既然願意和煒哥兒過日子，可見是真心的。咱們是一家人，我們敞開心扉，也想知道妳的背景。」
楊寶娘低下頭。「阿娘想知道什麼，兒媳定如實回答。」
李氏先問：「妳來時，多大了？」
楊寶娘低聲回答。「二十六歲了。」
李氏又問：「可曾婚配？是男是女？」
楊寶娘扭了扭帕子。「未曾婚配，是女。」
李氏笑。「其實我也不知道該問些什麼，那都是前塵往事，和現在也不相干。」

楊寶娘抬頭看著他們。「阿爹與阿娘是一起來的嗎？」

李氏點頭。「我們原就是夫妻。」

楊寶娘聽了，又看看他們兩個，這真是稀奇。

晉國公忽然插了句嘴。「原來可曾讀書？」

楊寶娘答道：「讀過十幾年。」

晉國公起身，從旁邊案桌底下的抽屜裡拿出一疊紙，走到楊寶娘面前。

他身上威勢太重，楊寶娘一驚，連忙站起來。

晉國公把紙遞給她。「妳把這個收好。」

楊寶娘接住，打開一看，心跳頓時快了起來。那上頭記錄的，都是一些化學反應，看樣子，是武器製造方法。

晉國公回座，聲音輕下來。「都說趙家有私造武器，這話不假，但我沒交出去，一是殺傷力太大，二是為了自保。咱們家煊赫幾十年，聖上還算信任我，但下一任帝王不知道能不能信任妳二哥。妳年輕，至少能活四十年，這其間，若是帝王發威，便把東西破解出來，交給妳二哥。若是等到妳死，趙家始終平安，就找個兒孫傳下去，不到危急關頭不可用。」

楊寶娘覺得手裡的東西重逾千斤。「阿爹，兒媳不太懂這個。」

晉國公摸摸手上的扳指。「無妨，妳會認就行。妳只要把方子破解出來，妳二哥能聽懂。就算他不在了，他的後人裡，肯定也有懂的。」

楊寶娘忍不住問：「阿爹為何不交給二哥？」

晉國公沒說話，李氏代為回答。「這東西若是到了妳二哥手裡，萬一新任帝王苦苦相逼，難保東南軍不會起反意。若是妳二哥起事，京城這一大家子就要全軍覆沒。他沒有這東西，總會謹慎些。妳好好收著，誰都不要說。煒哥兒不認得，別告訴他。若是可以，妳把它們背下來，然後燒掉。」

李氏說完，正色吩咐。「妳千萬記住，不到抄家滅族的關鍵時刻，萬萬不能讓這東西問世。就算家族敗落，子弟沒出息也無妨，沒有誰家能永世輝煌的。這東西一出來，必然屍橫遍野，遭殃的還是百姓。我們只求自保，不傷及無辜。」

楊寶娘連忙起身，向公婆行禮，鄭重應下。「兒媳謹遵教誨。」

李氏讓她坐到自己身邊，拉住她的手。「我和妳阿爹等了幾十年，沒等到一個同鄉，沒想到緣分在自己家裡。我兩輩子加起來一百多歲了，也能當妳的長輩。既然來了，就安心過日子，希望妳能平安康泰到老。」

楊寶娘對著李氏燦然一笑。「多謝阿娘，我好得很。寶娘妹妹替我去孝順我的親生父母，我沒有牽掛，一心都在這裡。」

晉國公和李氏瞬間明白了她的意思，李氏拍拍她的手。「那就好，這是你們的緣分。」

等婆媳倆說完了閒話，晉國公再次開口。「切記，不可外傳，不到危急時刻不可顯露。妳是女子，煒哥兒一不是世子，二不掌兵權，世人不會懷疑妳。」

楊寶娘再三保證，李氏才打發她回去。
楊寶娘回房後，趙傳煒納悶，問道：「阿爹阿娘為什麼單獨叫妳去說話？」
楊寶娘笑。「阿娘給我私房錢。你又不管這些事，難道想藏錢呀？」
趙傳煒立刻搖頭。「沒有的事。阿娘給妳，妳收著就好。」
李氏確實給了楊寶娘一些錢，以掩人耳目。
後來，楊寶娘花了幾天工夫，完完整整記下那些東西，等她能倒背如流之後，當著晉國公夫婦的面，燒了那疊紙。
交代完這件事，楊寶娘又跟著趙傳煒上任去了。
晉國公活著的時候，趙家和朝廷和平相處。
晉國公活到八十多歲，臨終前，他拉著李氏的手，告訴她，他會再次等著她。
沒過多久，李氏無疾而終。夫妻合葬，墳墓旁邊是他們夭折的長女。
景仁帝去世後，嚴皇后的兒子即位，果然開始打主意。
新帝想要兵權，卻不敢輕舉妄動。趙傳平也不想跟朝廷兵戎相見，雙方僵持不下。朝廷有令，他遵從，但該給的軍餉，別想賴。
過了幾年，新帝開始磨刀霍霍，想收回各處兵權，但過於冒進，景仁帝留下的大好局面，被他破壞殆盡。這場鬥爭持續了好幾年，天昏地暗，雙方各有折損，不光死了無數炮灰，連新帝都丟了性命。

嚴太后扶持長孫繼位，可小娃兒懂什麼呢，嚴家裡應外合，把控朝廷。趙傳煒便和趙傳慶在京城籌謀，聯合幾個世家及連襟，推翻嚴家勢力，推張老太妃的兒子上位。

然而，新任的帝王當久了傀儡，又開始蠢蠢欲動。

權力的鬥爭，永無止境。波譎雲詭的權力場，奪走無數人的性命，又讓後來的人前仆後繼，醉心其中。

各大家族裡，有人異軍突起，有人就此沈淪。唯一不變的，是頭頂的青天，還有腳下的土地。

楊寶娘很慶幸，她從未用到手裡的東西。到了晚年，她挑了個不起眼的孫子，把東西傳下去。

這一世，她沒有辜負自己，也沒有辜負身邊的人。

她很滿意。

——全書完

2020年12月出版

洪福齊天

文創風 904～905

夢中的情景讓齊昭痛徹心扉，
卻怎麼樣都醒不過來，
幸好，這一世，還能轉圜……

再活一次 還是要天涯海角遇到妳／遲意

齊昭，京城順安王府的第五子，由順安王最寵愛的侍妾所生，
卻屢遭忌憚，最後落得娘死爹疏遠、被害扔出宮的下場。
他活了兩世，上一世在冰天雪地中被福妞所救，
他心悅福妞，卻礙於義父、義母的顧慮，只能以姊弟相稱。
經過五年的休養生息，他回京扳倒從前害他的人，登上皇位，
當他帶著大隊人馬來接福妞一家時，
卻得知義父、義母染病雙亡，奶奶做主將福妞嫁給地主兒子，
竟又被妒恨的小妾按入水井中淹死，死後也沒把屍體撈上來……
摯愛已殞，再無希冀，他一生未娶，孤獨終老，
雖日日受萬人朝拜，卻帶著巨大的遺憾撒手人寰……
重活一世，他在冰天雪地中等到了他的福妞，
只是，這一世的福妞境遇完全不同，
他能擺脫姊弟的桎梏、化解奪嫡的凶險，護福妞此世周全嗎？

2020年10月出版

歪打正緣

文創風 893～895

她家相公看起來肩不能挑、手不能提的，還三天兩頭就生病臥床，
可抵不過他有張俊美好看的臉，而且又博學多聞、親切有禮，
就算擺著當飾品，她天天看著也覺得賞心悅目、開心舒坦啊，
但不知是不是她多心了，總覺得他彷彿瞞著她不少事，
而且，他似乎沒她想像中的文弱呢，這男人，該不會是扮豬吃老虎吧?!

良緣天賜　歪打正著／畫淺眉

因為皇帝表舅的一道口諭，馮纓千里迢迢地從戰事不斷的邊陲小鎮河西返京，
不就是嫁人嘛，沒事，她連穿書這麼大的事都能接受了，成親有何難？
之所以拖成現如今二十有五的大齡姑娘，不過是一直沒遇到合適的人罷了，
可她那二十年來都對她不聞不問的親爹竟已幫她找好了對象——
魏韞，簪纓世家魏家的長房長孫，人稱長公子，是太子好友兼皇帝跟前大紅人，
簡單來說，這男人不僅身家好，前途更好，長得又極好看，是最佳夫婿人選，
如此各方面條件都絕佳的男子，卻年近而立都未娶妻，身邊連個通房也無？
原來他體弱多病，連太醫都掛保證，說他的病對壽數有損，
這般病秧子，她親爹竟要她嫁去沖喜，到底是有多討厭她這個女兒啊？
不過轉念一想，嫁他倒也不是不行，畢竟她與長公子投緣，且她是顏控，
可偏偏有人不想讓她好過，婚後她才發覺，這魏府裡亂七八糟的事一堆，
最令她震驚加惱怒的，是一個偶然發現的秘密——
原來魏韞不是底子差，而是長年被府中人下毒，並且下手的還不只一人！
哼，這一個個的，看來是太平日子過久了，都忘了她馮纓是什麼人了吧？
想動她的男人？那也得先問問她肯不肯當寡婦！

2020年10月出版

佳窈送上門

文創風 890~892

這麼一個冷面清俊的郎君，
吃起辣來嘴唇嫣紅、多了些人氣，
配著這美景，她能再多吃一碗飯~~

字句料理酸甜苦辣，
終成一道幸福佳餚／春水煎茶

能吃就是福，可姜舒窈的娘卻非得把她餓成窈窕淑女，
偏偏她不是塊君子好逑的料，反而得尋死逼人娶自己，
這一上吊可好，原主的黑鍋，全得由她這個「外來客」背了。
幸虧她什麼沒有，就是心大，新婚見著夫君──謝珣，
那張謫仙面容和翩翩君子風範，讓她很是滿意。
他不是自願娶她，定然不肯與她親近，但也不會苛待她。
果然，婚後她沒人管束，成日在小廚房內鑽營美食，
玉子燒、麻辣鍋、蛋糕……香氣四溢，
不但小姪子們被勾來，偶爾還能吸引美男夫君陪吃，可逍遙了！
好景不常，也不知怎的，老夫人想給她立規矩了……
晨昏定省能回去補眠，可抄經書是怎麼回事？她不會寫毛筆字呀！
正當她咬著毛筆桿苦惱時，有了飯友情誼的他說道：
「母親只是想磨妳的性子，與其趕工，倒不如白日多表現。」
這話的意思……是讓她耍心機，賣乖抱大腿？
咦？總是板著一張冷臉的夫君，也沒想像中古板嘛！

三生有妻　實乃夫幸／踏枝

2020年9月出版

聚福妻

她萬萬沒想到，重生後最難的不是發家致富，
而是幫自己找個——不怕被剋死的好丈夫?!

文創風 882 1

重生的姜桃只想求個能走跳的健康身子，孰料老天爺開了個大玩笑——
她因命格帶凶被當成掃把星，生個小病就被抬進山上破廟自生自滅。
幸虧她懂得採藥養身，不但救了小白貓作伴，還救下苦役沈時恩。
病癒下山後，她打算靠著前世習得的高超繡藝撫養兩個弟弟，
可伯母們居然說動祖父祖母，打算隨便找人把她嫁了，替姜家解厄？
嫁就嫁，既然嫁誰都是賭，不如設法嫁給在廟裡看對眼的沈時恩吧！

文創風 883 2

成家後，姜桃的日子過得有滋有味，可她的廚藝卻完全走味——
煮的蛋是焦的、菜是爛的，做個飯居然險些燒了廚房啊……
幸虧沈時恩出得廳堂入得廚房，在他支持下，她的繡活生意越做越好，
巧手穿針繡出一家人的富足，孰料懂事聰明的大弟卻鬧出逃學風波，
原來他受她先前的掃把星之名所累，被同窗取笑，連老師病倒都怪他。
唉，古代家長也難為，她定要想出辦法，替無端受屈的大弟討回公道！

文創風 884 3

重新安排好弟弟們跟小叔上學的事，姜桃旋即被另一個消息震驚了——
原來她收養的雪團兒不是貓，而是繡莊東家苦尋的瑞獸雪虎?!
如此因緣下，她與繡莊合作開了十字繡繡坊，卻因生意紅火招來毒手，
見沈時恩帶著小叔解圍，姜桃越發不懂，為何出色的丈夫會淪為苦役？
可沒待她想清楚，便在沈時恩因故出遠門時遇上地牛發威，
且縣城因這突如其來的急難缺糧，她該如何幫助鄉親度過危機呢……

文創風 885 4

沈時恩果然不是一般的苦役，而是受了冤屈的當朝國舅爺！
瞧小皇帝親自來接沈時恩回京，姜桃自告奮勇擔下招呼之責，
結果小皇帝先震驚於她的黑暗料理，晚上又被雪團兒嚇得急召護駕，
隔天她喊賴床的弟弟們起來吃飯，竟一時不察拍了小皇帝的龍體……
如此招呼不周卻弄拙成巧，小皇帝因重溫家庭和樂之感而龍心大悅，
她總算鬆了口氣，這下上京平反夫家冤屈，可就容易多了呀～～

文創風 886 5 完

沈家陳年冤屈得雪，姜桃原以為能輕輕鬆鬆當個國舅夫人，
可該回本家英國公府的小叔卻因長年不在京城，失了父母寵愛，
姜桃氣壞了，如果英國公夫妻不珍惜這個好兒子，國舅府自會替他撐腰！
然而考驗又至，來朝研議邊疆商貿的番邦公主瞧中小叔，帶嫁妝上門，
但兩國素無秦晉之好，生意又談得不順，小皇帝為此頭疼萬分，
她該如何讓朝廷制勝，又幫心儀公主的小叔抱得美人歸呢？

文創風 911

傳家寶妻 3 完

國家圖書館出版品預行編目資料

傳家寶妻 / 秋水痕著. --
初版. -- 臺北市 : 狗屋出版社有限公司, 2020.12
冊 ; 公分. --（文創風）
ISBN 978-986-509-168-2（第3冊：平裝）. --

857.7　　　　　　109017280

著作者	秋水痕
編輯	安愉
校對	周貝桂
發行所	狗屋出版社有限公司
地址	台北市104中山區龍江路71巷15號1樓
電話	02-2776-5889～0
發行字號	局版台業字845號
法律顧問	蕭雄淋律師
總經銷	知遠文化事業有限公司
電話	02-2664-8800
初版	2020年12月
國際書碼	ISBN-13　978-986-509-168-2

本著作物由北京晉江原創網絡科技有限公司授權出版

定價260元
狗屋劃撥帳號：19001626
網址：love.doghouse.com.tw　E-mail：love@doghouse.com.tw